Peter Müller

Rieger

und das Mädchen, das durch Wände ging.

Science Fiction

Verlag: BoD · Books on Demand GmbH,
In de Tarpen 42, 22848 Norderstedt, bod@bod.de
Druck: Libri Plureos GmbH, Friedensallee 273,
22763 Hamburg
ISBN: 978-3-7693-5767-7

Teil 1

Liebe ist nicht alles im Leben,
aber ohne Liebe ist ALLES nichts.

Unbekannt

~PM~

Kapitel 1

Soji Hagemann war 16 Jahre alt und eine Teenagerin, wie sie im Buche steht. Sie war sportlich und hatte ein durchaus anziehendes Wesen. Aber sie hielt sich zurück und stand nicht gern im Mittelpunkt. So fiel sie erst einmal kaum auf. Sie wohnte in dem kleinen Städtchen Bielnau. Ein Dorf war es nicht mehr, denn es hatte über 10.000 Einwohner und ein Rathaus mit einem Turm auf dem Dach. Der Platz davor hieß natürlich Rathausplatz und wurde von vielen Fachwerkhäusern mit kleinen Geschäften eingerahmt. Hier zu bummeln machte Spaß. Ansonsten gab es nicht viel Erwähnenswertes über den Ort zu berichten bis auf einen Wasserturm aus dem Mittelalter, auf dem man seit seiner Restaurierung hochlaufen konnte. Das waren immerhin 220 Stufen und obwohl Soji im Sport recht gut war, war sie jedes Mal außer Atem, wenn sie oben ankam. Aber bei guter Sicht lohnte sich der Aufstieg, denn der Ausblick auf die vielen Wälder rings herum und die Hügel am Horizont war grandios. Sie wohnte mit ihren Eltern und ihrem dreizehnjährigen Bruder Benjamin direkt am Stadtrand in einem Reihenhaus. An der Rückseite befand sich eine große Terrasse und ein kleines Stückchen Rasen. Alles war umgeben von großen Bäumen.

Nach ungefähr 100 Metern begann der Wald der Bielnauer Heide. Dort konnte man sich verlaufen, so groß war der Wald. Gehe nie ohne Karte und Kompass in den Wald, hatten ihre Eltern ihr immer wieder eingetrichtert. Anfangs hatte sie sich daran auch gehalten, aber mittlerweile kannte sie ihre Wege. Und sie war oft mit dem Fahrrad unterwegs und brauchte keinen Kompass mehr. Trotzdem hatte sie ihn immer im Rucksack verstaut.

Ihr Dad war beruflich einige Zeit in Japan, in Osaka tätig gewesen. Ihre Mom hatte ihn dort vier Wochen lang besucht. Sie war das Ergebnis aus dieser Zeit. Und ihr Vorname erinnerte daran. So wie ihre Eltern von dieser Zeit immer wieder mal schwärmten, muss es ein tolles Erlebnis für sie gewesen sein. Später wollte sie unbedingt auch einmal nach Japan. Wenn sie erst einmal selbst Geld verdient, stand das ganz oben auf ihrer Agenda.

Sie hatten ein kleines Ferienhaus an einem See mitten in der Bielnauer Heide. Der See hieß, so glaubte sie, Klausensee. Aber wenn sie in der Familie darüber sprachen, wurde er nur See genannt. Das Ferienhaus war schon recht alt und verwittert, das Holz war grau und mancher Balken verbogen unter der Last der Zeit. Aber das Dach war dicht und drinnen war es trocken und warm. Sie hatten es von den Großeltern übernommen. Heutzutage durfte man nichts Neues an dem See bauen, man bekam auch kein Pachtgrundstück dafür, schon gar nicht so nah am Wasser. Früher war das eben anders. Das hatte aber den Vorteil, dass dieser See recht unbekannt war und erst recht ihr kleines Häuschen. Selten, dass mal ein Förster vorbeischaute. Mit dem Fahrrad brauchte Soji eine gute Stunde bis dahin. Seit sie ein E-Bike zum Geburtstag geschenkt bekommen hatte, war der Weg gar kein Thema mehr. Ihre Eltern verspürten keine Lust mehr, das Ferienhaus zu besuchen, und so war sie es, die dort für etwas Ordnung sorgte. Es hatte ein Wohnzimmer, ein Schlafzimmer mit einem zusätzlichen Doppelstockbett für die Kinder und eine kleine Küche. Überall hingen an den Wänden Geweihe und auch einige ausgestopfte Tiere wie ein Marder, ein Fuchs und eine Krähe. Ihr Großvater hatte die Tiere selbst präpariert. Und das hatte er recht gut gekonnt. Das Schöne im Wohnzimmer war der Kamin, der mit Holz befeuert wurde. Davor standen zwei ausgeblichene Ohrensessel, die beide die beste Zeit hinter sich hatten.

Soji fand trotzdem immer eine bequeme Sitzhaltung. Und so genoss sie abends die Stimmung, wenn das Feuer knisterte und den Raum mit seinem flackernden gelben Licht erhellte. Es war Sommer und der Wetterbericht hatte schönes Wetter für die nächsten Tage vorhergesagt. An diesem Wochenende wollte Soji unbedingt allein sein, sie musste für Klausuren lernen.

Was lag näher, als sich im Haus am See aufzuhalten. Das Okay ihrer Mom hatte sie, ebenso Proviant für die zwei Tage, und das Handy, die Powerbank und der Fahrrad-Akku waren aufgeladen. Es war Freitag und sie musste sich nicht beeilen. Also ging's los.

Sofort war sie wieder von dieser Stimmung eingefangen, die der späte Nachmittag mit sich brachte. Sie hatte schon oft versucht, mit dem Handy dieses besondere Licht festzuhalten, kurz bevor die Sonne anfing unter zu gehen. Aber das hat bisher nicht geklappt. Ein richtiger Fotoapparat wäre toll, den konnte sie sich aber nicht leisten und als Geschenk war er auch zu teuer. Von ihrer Freundin Claudia hatte sie sich einmal deren Kamera ausgeliehen und so wusste sie genau, was den Unterschied ausmachte. Vor allem mit einem guten Teleobjektiv hatte man in der Natur viel mehr Möglichkeiten. Aber sie wollte nicht undankbar sein, irgendwann würde sie sich eine Kamera leisten können. Fotografieren machte einfach zu viel Spaß.

Es war immer noch sehr warm zu dieser Tageszeit, und so nahm sie sich ihre Decke und legte sich auf die Wiese hinter dem Haus. Wie es hier nach Gras duftete, einfach umwerfend! Die Wiese war naturbelassen, denn niemand hatte Lust, sie mit dem alten mechanischen Rasenmäher wieder in Form zu bringen. Strom gab es hier nicht, und so war das Mähen schwere körperliche Arbeit. Spannend war es, in die Wiese hineinzuschauen. Was da alles wuchs mit den vielen bunten Blüten und wie viele Insekten es sich hier gut gehen ließen. Soji konnte sich nicht satt sehen. Aber immer, wenn sie dachte, eine neue Insektenart entdeckt zu haben, wurde sie nach einem Blick in Großvaters Insektenführer enttäuscht. In diesem großen alten Buch waren einfach alle Insekten aufgeführt, auch die, die man noch nie gesehen hatte. Was mussten die Leute früher für Zeit gehabt haben, dachte sie.

Sie riss sich von diesem Anblick los und widmete sich ihrem Mathebuch. Sie hatte die Lösungswege der Mathematikaufgaben im Kopf und hoffte nur, dass sie auch Thema der Matheklausur wurden. Mittlerweile war die Sonne untergegangen und langsam kroch aus der Erde feuchte kühle Luft. Soji fing an zu frösteln. Mit der Decke unterm Arm ging sie zurück ins Haus. Sie hatte sich auch eine Packung Milch mitgenommen, und so konnte sie sich auf dem kleinen zweiflammigen Gaskocher einen schönen heißen Kakao zubereiten. Die Decke über die Schultern gelegt und die große Tasse mit dem Kakao in der Hand setzte sie sich in den Schaukelstuhl auf der Terrasse des Hauses. So ließ es sich aushalten. Sie blickte auf den See und beobachtete, wie sich der Nebel auf dem Wasser ausbreitete. Immer wieder sprangen kleine Fische aus dem Wasser und erzeugten kreisrunde kleine Wellen, die schnell verflachten, so dass wieder Ruhe auf der glatten Wasserfläche einkehrte. Bis die nächsten Fische sprangen und das Spiel von Licht und Form von neuem begann. Man konnte sich darin verlieren. Langsam wurde es dunkel, Farben verblassten und wurden grau. Soji sollte hineingehen, aber sie hatte noch einen Schluck Kakao in der Tasse, der ihr als Vorwand diente, diesen besonderen Moment des Tages weiter zu genießen.

Kapitel 2

Plötzlich gab es einen gewaltigen Knall am Himmel, wie wenn ein Düsenjäger die Schallmauer durchbricht, nur noch um einiges lauter. Soji hatte sich mächtig erschrocken und sah sich um. Schräg hinter ihr war ein Feuerstreif zu sehen, der in den Wald hineinfuhr. Dann beendete ein weiterer dumpfer Knall das Schauspiel. Die abendliche Ruhe kehrte wieder ein, so als ob nichts passiert wäre.

„Was war das denn?" sprach sie zu sich.

Allem Anschein nach war das ein Meteorit gewesen, immer noch so groß, dass er nicht vollständig in der Atmosphäre verglüht war. Sie überlegte kurz und beschloss, morgen nach diesem Meteoriten zu suchen. Dass ihr jemand zuvorkommen könnte, schloss sie aus, zu groß war das Waldgebiet darum herum. Sie holte die Landkarte und den Kompass und übertrug ihren Blickwinkel auf die Karte. Offen blieb die Frage, wie weit weg der Einschlag war. Denn was sie gesehen hatte, konnte sowohl in der Nähe als auch viele Kilometer entfernt passiert sein. Sie packte alles zusammen, was sie für ihren morgigen Ausflug benötigte. Dann aß sie ein Sandwich und ging ins Bett. An Schlaf war natürlich erst einmal nicht zu denken, ihr ging zu viel ihr im Kopf herum.

Soji war ein Frühaufsteher, schon wegen der Schule und dem langen Schulweg, doch die Erwartung an ihr heutiges Abenteuer trieb sie regelrecht aus den Federn. Der Wald war schon längst aufgewacht, die Vögel zwitscherten ihr Morgenkonzert. Der Himmel war strahlend blau, kein Wölkchen war zu sehen. Und so sollte es den ganzen Tag über bleiben. Das waren beste Voraussetzungen für einen längeren Fußmarsch quer durch den Wald. Früher hätte ihre Mom bei ihr mit einem einen Tag alten Sandwich keine Chance gehabt, der Salat war schon etwas welk, aber unter den gegebenen Umständen spielte das keine Rolle. Sie rührte sich das Kakaopulver in die kalte Milch, zum Kochen hatte sie keine Zeit. Dann nahm sie sich ihren Rucksack und los ging es. Mach's gut, altes Haus, dachte sie. Die Kompassnadel zeigte ihr auf der Karte die Richtung. Anfangs machte es ihr richtig Spaß, so durch den Wald zu laufen, aber nachdem sie ein Stück sehr eng stehender Bäume bewältigt hatte und es zunehmend wärmer wurde, schwand auch ihr Elan.

Auf einer schönen, sonnenbeschienenen Lichtung machte sie erst einmal Pause und setzte sich auf einen alten, umgefallenen Baumstamm. Auf der einen Seite des Stammes war er bemoost, auf der anderen Seite machte sich an einigen Stellen goldgelber Hallimasch breit, Die Sonnenstrahlen kitzelten sie im Gesicht und sie empfand die Wärme als sehr wohltuend. Die Spannung nach dem langen Marsch löste sich etwas und sie konnte tief durchatmen. Man konnte die Luft fast schon schmecken, so würzig war sie.

Neben ihr saß auf einem der Äste eine große schillernde Libelle. Sie schien gar keine Angst zu haben, als sich das Mädchen ihr näherte. Sie verdrehte ihr Köpfchen, als wenn sie Soji von jeder Seite beäugen würde. Aber dann wurde es ihr wohl doch zu viel und sie flog davon.

Dann dachte sie wieder an diesen mörderischen Knall und weiter ging es. Sie war neugierig und das trieb sie an. Nach vielen Kilometern, die Sonne stand hoch am Himmel, bemerkte sie eine Veränderung. Es roch verbrannt. Also musste der Einschlag hier in der Nähe sein. Kaum hatte sie das dichte Unterholz verlassen, sah Soji die verbrannte Lichtung. Je näher sie kam, umso wärmer wurde es. Das war schon merkwürdig, waren doch alle Feuer erloschen, nirgends war Glut zu sehen. Beinahe wäre sie in den Krater hineingefallen, der sich plötzlich vor ihr öffnete. Sie ruderte mit den Armen, dann hatte sie ihr Gleichgewicht wieder. Interessiert schaute sie zur Mitte des Kraters, dort leuchtete es in allen Regenbogenfarben. Sie konnte nur nicht erkennen, was die Ursache war. Sollte sie da runter? Zum Glück gehörte zu ihrer Ausrüstung auch ein Seil. Damit sicherte sie sich an einem nahestehenden Baum und los ging es. Es war warm wie in einer Sauna, ihre Kleidung klebte am Körper.

„Ein netter Empfang sieht anders aus", murmelte sie vor sich hin. Dann sah sie den Meteoriten. Ein kleiner schwarzer Tennisball lag da in der Mitte, umgeben von einer farbigen Aura.

Anfassen oder nicht war die Frage. Sie kletterte am Seil wieder ein Stück zurück und hob einen abgebrochenen Ast auf. Damit berührte sie den Meteoriten. Er war offensichtlich kalt oder nur warm, denn der Ast fing kein Feuer. Sie machte Fotos mit dem Handy. Bei der Kontrolle der Bilder sah sie keine Regenbogenfarben, nur den schwarzen kleinen Ball. Sehr merkwürdig war das. Auch weitere Aufnahmen zeigten dasselbe Ergebnis. Mutiger geworden, tippte sie die Kugel mit dem Finger an. Der Meteorit war warm. Sie umschloss ihn mit einer Hand und hob ihn auf. Im selben Moment hatte Soji das Gefühl, als würden die Farben durch ihren Körper strömen. Verwirrt ließ sie den Meteoriten wieder fallen und er kullerte an seinen ursprünglichen Platz im Zentrum des Kraters zurück. Da lag er nun. Sie runzelte die Stirn und wusste nicht, was sie davon halten sollte. Sie schaute an sich herunter, aber Farben waren keine zu sehen. Soji ließ das Ganze im Kopf Revue passieren und wurde wieder mutiger. Warm wurde ihr, als sie erneut den Stein aufhob. Eine Spannung baute sich in ihr auf, so dass sie die Umgebung vollkommen ausblendete. Sie hatte nur noch Augen für diesen Meteoriten. Fasziniert sah sie diese Farben um ihn herum, als wenn sie durch ein Prisma schaute.

Der Stein selbst war schwarz, ein stumpfes Schwarz ohne Glitzer oder Glanzpunkte. Nur feine Rillen durchzogen seine Oberfläche. Wahrscheinlich waren sie beim Eintauchen in die Atmosphäre entstanden. Immerhin hatte sie einen Feuerschweif gesehen. Nach einer Weile ließ die Spannung nach und sie konnte wieder klar denken. Soji steckte die Kugel in den Rucksack. Sie hatte den Meteoriten gefunden, also gehörte er ihr. Sie schaute auf die Uhr, es war schon nach 13:00 Uhr. Sie sollte sich auf den Rückweg machen, wenn sie noch vor Eintritt der Dunkelheit im Ferienhaus ankommen wollte. Soji packte noch das Seil ein und los ging es.

Der Rückweg kam ihr viel kürzer vor, trotzdem stand die Sonne schon tief, als sie im Ferienhaus ankam. Sie konnte nicht anders, sie musste auf ihrem Weg ein paarmal anhalten und den Meteoriten, den sie einfach Stein nannte, aus dem Rucksack nehmen und bewundern. Das Farbspiel war einfach einzigartig. Verlieren konnte sie sich darin oder auch süchtig werden, je nachdem, wie man es betrachtete. Jedes Mal musste sie sich einen innerlichen Ruck geben, um davon loszukommen und weiter gehen zu können.

Der Stein hatte schon etwas Besonderes, etwas Einnehmendes. Das müsste ihr eigentlich Angst machen, aber das Gegenteil war der Fall. Glücksgefühle, Euphorie, sie wusste nicht, wie sie es beschreiben sollte. Das Ganze kam vielleicht noch gefühlsmäßig ihrer ersten Liebe gleich, als sie auf Wolke sieben schwebte und Schmetterlinge im Bauch hatte. Aber diese Liebe hielt nicht lange an. Den Jungen, den sie da zeitweilig vergötterte, verglich sie danach mit einem Kolibri, der von Blüte zu Blüte flog und aus jeder einmal naschte.

Sie legte den Stein auf dem Tischlein vor dem Kamin zwischen den Sesseln ab und machte sich etwas zu essen. Trotz aller Euphorie hatte sie einen Bärenhunger. Was lag da näher, als sich ein paar Eier in die Pfanne zu schlagen, die ihre Mom ihr zum Glück mit eingepackt hatte.

Da der Stein auf ihrem Mathelehrbuch lag, rückte dieses wieder in den Mittelpunkt ihres Denkens und Handelns. Sie machte es sich im Sessel bequem und nahm das Buch zur Hand. In der linken Hand umklammerte sie den Stein. Alles, was sie sich jetzt anschaute, kam ihr vor, als würde sie es genau kennen, so dass sie sich schließlich die Frage stellte, was soll sie hier noch lernen, wenn sie schon alles wusste? Es war schon etwas merkwürdig. Sollte das alles mit diesem Meteoriten zusammenhängen? Soji sagte zu selbst: „Ich werde es herausfinden".

Sie schwamm eine Runde im See, und genoss den Abend im Schaukelstuhl auf der Terrasse. Der Tasse mit heißem Kakao durfte dabei nicht fehlen.

Ihre Mom rief an und erkundigte sich nach ihrem Wohlbefinden. Soji überlegte, ob sie alles über den Meteoriten erzählen sollte. Aber dann entschied sie sich anders. Sie wollte es spannend machen. Denn es machte immer wieder Spaß, die Leute zappeln zu lassen.

„Also Mom, du glaubst nicht, was mir passiert ist. Aber das erzähle ich euch, wenn ich wieder zu Hause bin. Solange müsst ihr euch noch gedulden."

Ihre Mutter hakte nach, aber Soji blieb stur. Das konnte sie gut.

„Nein, es ist nichts Schlimmes passiert, ich bin gesund, alles super. Du brauchst dir keine Sorgen machen".

Nach dem Gespräch ging sie zu Bett und schlief sofort ein. Der lange Tagesmarsch und die Ereignisse forderten ihren Tribut. Am nächsten Morgen war das erste, was Soji machte, nach dem Stein zu sehen. Der lag wie am Abend zuvor auf dem kleinen Tisch. Als sie ihn in die Hand nahm, wurde ihr wieder richtig warm. Das war schon bemerkenswert. Sie packte ihn in den Rucksack zu den anderen Sachen. Dann schloss sie das Ferienhaus ab und schwang sich aufs Fahrrad. Heute fand sie die elektrische Unterstützung des Fahrrades in Ordnung. Der gestrige Ausflug steckte ihr immer noch in den Knochen und so hatte sie es etwas leichter auf dem Rückweg nach Hause.

Kapitel 3

Ihre Mutter wartete schon auf sie. Sie machte für sie beide einen Tee und sie ließen sich gemütlich im Wohnzimmer nieder. Soji holte den Meteoriten und drückte ihn ihrer Mutter in die Hand. Die schaute sie fragend an.

„Was ist das?"

"Das ist ein Meteorit. Ich habe gesehen, wie er abgestürzt ist und habe ihn geborgen" Sie beobachtete ihre Mutter genau, konnte aber nicht erkennen, was sie gerne gesehen hätte. Der Stein schien sie nicht weiter zu berühren.

„Aha. Und was ist nun so aufregend, dass du es so spannend gemacht hast bei deiner Ankündigung?"

„Na siehst du nicht die farbige Aura um den Meteoriten?"

„Ich sehe eine schwarze runde Kugel aus Stein." Sie schaute Soji fragend an.

Sie merkte, dass ihre Mutter anders reagierte, wahrscheinlich normal wie der Rest der Menschheit. Also erzählte sie von dem Absturz des Meteoriten und seine Bergung durch sie ganz genau, ließ aber die Besonderheiten, die offensichtlich nur sie empfangen konnte, unerwähnt.

Bei der zweiten Tasse Tee und einem Butterkeks fragte Soji nach Dad: „Wo ist der eigentlich?"

„Der ist mit einem Kollegen zum Angeln gefahren. Der hat nämlich einen Angelschein und wir nicht. Aber so selten, wie er angeln geht, brauchen wir den auch nicht. Wenn wir Glück haben, bringt er das Abendessen mit."

Sie und ihre Mutter fanden Angeln so was von langweilig, so dass ihr Dad alleine gehen musste.

„Und wo ist Benjamin?"

„Der ist bei seinen Freunden. Ich habe ihm gesagt, dass er zum Abendessen wieder zu Hause ist."

Also hatte Soji Zeit, um sich nochmals um Mathe zu kümmern. Sie ging in ihr Zimmer, legte den Stein vor sich auf den Schreibtisch und startete den PC. Sie wollte wissen, was Google zum Thema Meteorit wusste. Danach könnte man zweifeln, ob das wirklich ein Meteorit war, denn das, was sie gefunden hatte, war weder schwer noch magnetisch. Aber im Grunde war es ihr egal, denn die Faszination war real und zutiefst beeindruckend.

Sie schlug das Mathebuch auf. „Das ist ja abgefahren!" Je länger sie auf die Aufgaben sah, umso schneller sah sie auch die Lösungswege und das Ergebnis. So brauchte sie sich wirklich keine Sorgen um den morgigen Tag und die Klausur machen. Sie konnte alles. Wieder nahm sie den Meteoriten in die Hand. Ob es daran liegt, dass er in ihrer Nähe ist und sie irgendwie beeinflusst, auf alle Fälle positiv beeinflusst? Da der Stein nicht größer als ein Tischtennisball war, würde sie ihn ab jetzt immer bei sich tragen. Mal sehen, was da auf sie zukommt.

Ihr Dad kam nach Hause. An der Eingangstür zog er sich die Gummistiefel aus und kam in die Küche auf Strümpfen. Laut rief er zu seiner Frau: „Na, was sagst du jetzt?"

Fünf große wunderschöne Forellen hingen an einer Schnur in seiner Hand. Stolz präsentierte er sein Fangergebnis, das wirklich für ein Abendessen taugte. Ihre Mom war begeistert und ging sofort in die Küche. „Ich werde sie im Bratschlauch zubereiten. Da schmecken sie am besten."

Ihr Dad freute sich, dass sein Fang solche Anerkennung fand. Dann wandte er sich seiner Tochter zu.

„Na wie war dein Wochenendausflug? Steht das Häuschen noch?"

Sie zog ihn mit sich in ihr Zimmer. „Komm, ich will dir etwas zeigen."

Aber als er den Meteoriten in der Hand hielt, merkte sie an seiner Reaktion, dass er auch nicht mehr und nicht weniger als einen kleinen schwarzen Stein in der Hand hielt. So behielt sie ihre besonderen Erlebnisse für sich. Als dann kurze Zeit später ihr zehnjähriger Bruder auftauchte, machte sie sich wieder Hoffnungen, doch noch einen Gleichgesinnten zu finden, der ebenso wie sie empfand und das Gleiche sah, was sie sah. Immerhin war es ihr Bruder. Benjamin hielt den Stein in der Hand und zeigte echtes Interesse. Er beobachtete die Kugel von allen Seiten und staunte, wie gleichmäßig rund sie war. Aber auch er war nicht berührt und sah nicht diese schillernden Farben.

„Soji, das hast du toll gemacht, ich hätte ihn auch geborgen. So wird er ein besonderes Hinstellerli und Verstauberli. Wo soll er denn seinen Ehrenplatz bekommen?"

„Das weiß ich noch nicht."

Sie war nun doch etwas verwirrt. Warum hatte der Stein sie auserwählt? Nur weil sie ihn geborgen hatte? Sie konnte sich keinen Reim darauf machen.

Am nächsten Tag war die Matheklausur angesagt. Ihre Freundin Claudia gesellte sich zu ihr, sie saßen immer zusammen. Soji hatte in der Tasche den Stein stecken. Er war jetzt ihr Talisman. Die Aufgabenblätter wurden ausgereicht und sie staunte nicht schlecht. Beim Überfliegen der Aufgaben wusste sie sofort die Lösungen. Und so legte sie los. Zwei Stunden waren angesetzt, nach der Hälfte der Zeit war sie bereits fertig. Sie schaute zu Claudia hinüber, die hatte noch mächtig zu tun. Bis gestern wäre es ihr genauso ergangen, gehörte sie doch bei Mathe eher zum letzten Drittel der Klasse. Nun was soll's. Sie stand auf und gab ihre Arbeit als erste ab. Der Lehrer sah auf die Uhr und staunte nicht schlecht. Leise sagte er:

„Willst du deine Ergebnisse nicht noch einmal überprüfen?"

Soji schüttelte den Kopf. „Es ist alles ok."

In der Pause nach der Arbeit kam Claudia sofort zu ihr.

„Was ist los mit dir? Seit wann kannst du Mathe? Oder hast du das Wochenende nichts anderes getan als zu büffeln?"

Soji wusste nicht so recht, was sie sagen sollte. Aber dann erzählte sie ihr dieses besondere Wochenenderlebnis und dass ihr das Lernen leichtfiel, seit der Meteorit in der Nähe war. Sie zog der Stein aus der Tasche und zeigte ihn. Claudia schaute ihn sich lange und intensiv an. Mit hochgezogenen Augenbrauen fragte sie schließlich:

„Das ist also der Stein der Weisen?"

Sie mussten beide darüber lachen.

Die Woche verging wie im Fluge. Soji hatte so ihren Höhenflug, denn das Lernen war für sie überhaupt kein Thema mehr. Einmal etwas gelesen, hatte sie den Inhalt verinnerlicht. So musste es den Kindern mit hohem IQ gehen und sie verstand nun auch, wieso denen dann langweilig wurde. Der Meteorit wurde für sie immer wertvoller und sie dankte dem lieben Gott, dass er sie zusammengeführt hatte.

Kapitel 4

Am Samstag war wieder Superwetter angesagt und die Freundinnen beschlossen, den Tag im Freibad zu verbringen. Claudia hatte seit kurzem auch ein E-Bike und so war der Weg zum Freibad für sie beide kein Thema mehr.

Doch dann passierte es. Für einen Moment stand die Zeit still. Ein Auto kam recht schnell aus der Nebenstraße heran und hatte sie beide übersehen. Während Soji, die als Erste fuhr, knapp einem Zusammenstoß entkam, hatte es Claudia voll erwischt. Der PKW hatte sie regelrecht aufgegabelt, sie flog mehrere Meter durch die Luft und knallte dann auf den Asphalt. Soji schrie, aber Claudia rührte sich nicht mehr. Der Autofahrer stieg aus, er sah aschfahl aus. Ein Passant rief die Polizei und den Rettungsdienst. Immer mehr Menschen versammelten sich um sie herum. Soji beugte sich über ihre Freundin und hörte nach ihrem Atem. Nichts. Sollte es das wirklich sein? Sie kann doch nicht einfach so sterben. In ihr sträubte sich alles gegen diesen Gedanken.

Sie umklammerte in ihrer Verzweiflung ihren Meteoriten in der Hosentasche ganz fest und hoffte inbrünstig, dass irgendetwas passierte. Ihre andere Hand legte sie Claudia auf den Brustkorb. Und da war sie wieder, diese Wärme, die ihren ganzen Körper durchströmte und Gänsehaut erzeugte. Und über ihre Hand gelangte sie auch zu Claudia. Zum Glück konnte an diesem sonnenhellen Tag niemand von den Umstehenden sehen, wie kleine, glitzernde Funken mit einem starken Kribbeln verbunden aus ihrer Hand übersprangen. Soji's Innerstes verkrampfte sich regelrecht bei dem Wunsch, ihr helfen zu können. Sie hörte die Sirene vom Rettungswagen. Jetzt kommt endlich Hilfe dachte sie noch, doch dann spürte

Soji den starken Atemzug von Claudia, als wenn sie Minuten lang unter Wasser gewesen wäre und die Luft angehalten hätte. Sie lebt. Sie lebt wieder und Soji dachte an ihren Stein, den sie noch immer fest umklammerte. Die Rettungssanitäter nahmen sie sanft zur Seite und widmeten sich Claudia. Die Polizei war inzwischen auch eingetroffen und nahm den Unfall auf.

Beide fuhren mit dem Rettungswagen ins Krankenhaus. Sie wollte jetzt an Claudias Seite sein. Trotz der ganzen Tragik fiel ihr auf, wie schlecht der Rettungswagen gefedert war und klapperte, als würde er dafür einen Preis bekommen. Und dass, obwohl er wie neu aussah und sauber war.

Vom Krankenhaus rief sie Claudias Eltern an, die einen Wahnsinnsschreck bekamen und auch sofort zum Krankenhaus kommen wollten. Dann rief sie ihre Mom an und berichtete kurz von dem Geschehen. Sie hörte die Erleichterung ihrer Mom, dass ihr nichts passiert ist. Ein riesengroßer Felsbrocken war ihr vom Herz gefallen.

„Ja natürlich kümmern wir uns um die Fahrräder. Und du hältst uns auf dem Laufenden."

Claudia wurde sofort in den OP gebracht und Soji musste im Wartebereich Platz nehmen. Langsam ließ die Anspannung etwas nach. Sie schaute sich um. Irgendwie hatten alle Wartebereiche die gleiche unpersönliche Atmosphäre. Nirgendwo etwas Freundliches oder auch Beruhigendes fürs Auge. In einem Ständer waren Prospekte ausgelegt, auf dem Tisch lagen alte Zeitschriften. An einer Wand standen ein Getränke- und ein Snackautomat. Dazu die helle Neonbeleuchtung. Da konnte man nur die Augen schließen.

Eine Frage ging ihr nicht aus dem Kopf: Konnte sie wirklich mit der Kraft des Steines Menschen wieder zurück ins Leben holen? Einfach durch Handauflegen? War das nun Zufall, oder hat das nur in diesem Fall geklappt, weil Claudia ihre beste und einzige Freundin war und sie zu ihr ein besonders inniges Verhältnis hatte?

Wie sollte sie diese Frage beantworten? Sie konnte ja schlecht auf die Krebsstation gehen und jemand Fremden durch Handauflegen von seinem Krebs befreien. Wer sollte das sein? Und dann müsste sie eigentlich allen helfen.

Nein, das war ein nicht durchführbarer und damit kein guter Gedanke. In diesem Moment kamen die Eltern von Claudia. Die Mutter sah sehr mitgenommen aus und hatte geweint. Ihr Vater zeigte keine Regung im Gesicht. Er war wie versteinert. Soji nahm die Mutter in den Arm und drückte sie. Dann kam auch der Vater dazu und so standen sie einen Moment eng verbunden zusammen.

Soji erzählte den Unfallhergang im Detail, ließ aber ihre Rückholaktion unerwähnt. Sie würden es nicht glauben und nur unangenehme Fragen stellen. Das Warten zog sich hin. Ihr ging vieles durch den Kopf. Vor allem die Tatsache war bedrückend, wie schnell sich alles von eben auf gleich ändern konnte. Eben noch waren die Gedanken voller Freude beim Freibad und gleich darauf und ringt man mit dem Tod.

Bei einem Gedanken jedoch bekam Soji einen Schreck: Sollte bei den vielen Zuschauern jemand das gefilmt haben, was sie für sich behalten wollte? Sie holte ihr Handy hervor und besuchte nacheinander die verschiedenen Plattformen. Nichts war zu sehen, sie konnte aufatmen. Aber sie würde es im Auge behalten.

Dann kam ein Arzt auf sie zu. Alle sprangen auf.

„Sind sie die Angehörigen von Claudia Henning?" Ihre Eltern nickten.

„Also, sie ist erst einmal über den Berg, aber bei den vielen Verletzungen mussten wir sie in ein künstliches Koma versetzen, um den Heilungsprozess nicht zu gefährden. Sie hat eine Gehirnerschütterung, zwei gebrochene Rippen, eine gerissene Milz, einen kompletten Unterschenkelbruch und einen Handgelenks-bruch. Und sie hat viel Blut verloren. Aber das konnten wir alles wieder richten. Sie wird wieder."

Alle atmeten auf. Soji umarmte den Arzt, so erleichtert war sie. Auch Claudias Mutter nahm ihn in den Arm. Sie wischte sich die Tränen aus dem Gesicht.

„Können wir sie sehen?"

„Aber natürlich. Sie befindet sich wie gesagt im künstlichen Koma und so wird sie wahrscheinlich ihren Besuch nicht wahrnehmen. Aber das weiß keiner so genau. Sie kann auch jederzeit wieder aufwachen, wenn ihr Körper das will."

Claudia war gerade in ihrem Zimmer angekommen und an verschiedene Geräte angeschlossen worden. Es war ein 2-Bett-Zimmer, aber das zweite Bett war unbenutzt und mit einer Folie überzogen. Soji hielt sich im Hintergrund, die Eltern nahmen sich die zwei Stühle und setzten sich zu Claudia ans Bett. Wie abschreckend ihr dieses mit Folie überzogene Bett vorkam, als wenn darin jemand vor kurzem gestorben war. Nein, das war nur aus hygienischen Gründen mit Folie versiegelt, das wusste sie.

Sie dachte wieder an den Unfall und an die Macht, die ihr der Meteorit verliehen hatte. Sie suchte wieder Instagram & Co. danach ab, ob jemand das Wunder gepostet hatte. Aber sie konnte sich beruhigen, vielleicht hat man das auch wirklich nicht sehen können. Leise und in sich gekehrt verließ sie das Zimmer.

Zu Hause angekommen, wollte sie nur noch in ihr Zimmer und allein sein. Kurz erzählte sie ihren Eltern, ihr Dad war inzwischen auch zu Hause, wie es Claudia ging und welche Verletzungen sie hatte. Dann verschwand sie.

„Willst du nicht etwas essen?" Ihre Mom war schon auf dem Weg in die Küche.

„Mom, ich habe keinen Hunger. Sei nicht sauer, aber ich brauche jetzt nur Ruhe."

Ihr Dad schaute sie verständnisvoll an, ihre Mom ließ die Hände sinken und stand dann einfach nur da, bis ihr Mann sie liebevoll in seine Arme nahm. Ihr kullerten die Tränen über die Wangen, das war doch alles srhr viel für einen Tag.

Soji setzte sich auf ihr Bett, machte es sich bequem und nahm den Stein aus der Tasche. Sofort zeigte er sich in seiner prächtigen farbigen Aura. Seine Wärme tat ihr übriges, sie schlief mit dem Stein in der Hand ein. Mitten in der Nacht wachte sie von einem Gedanken auf, der ihr nicht mehr aus dem Kopf ging.

Was, wenn sie Claudia mit der Kraft des Steines schneller heilen konnte? Sie wird das nachher bei ihrem Besuch gleich ausprobieren. Sie legte sich ins Bett, konnte aber nicht mehr einschlafen. Zu viele Gedanken gingen ihr durch den Kopf. Und alle drehten sich um die Freundin. Was, wenn sie zu lange krank sein würde? Wieviel Unterricht wird sie versäumen? Wird sie wieder richtig gesund? Oder behält sie bleibende Schäden?

Der Tag verging und Nachmittags saß sie an Claudias Bett und hielt ihre unverletzte Hand. Die andere Hand war bis auf die Finger eingegipst. Sie griff nach dem Meteoriten und hielt ihn fest umklammert. Wieder wurde ihr warm. Zu dem allgemein guten Gefühl, dass sie dabei hatte, kam jetzt fast eine Erwartungshaltung hinzu.

In Gedanken rief sie Claudia immer wieder zu, komm zurück zu mir, wach auf, ich bin bei dir! Plötzlich hörte sie im Kopf Claudias Stimme, erst ganz fein und leise, dann recht deutlich:

„Zieh mir diese Schläuche raus, dann können wir auch reden."

Soji blickte zu ihr und sah, wie sie langsam die Augen öffnete. Sie blinzelte ein wenig, doch dann sah Claudia sie direkt, fast durchdringend an. Soji freute sich:

„Du bist ja wirklich wach." Ihr standen die Tränen in den Augen. „Ich hole gleich die Schwester, dass sie dich befreit."

Claudia nickte. Soji rannte in den Flur zum Schwesternzimmer.

„Sie ist wach. Können sie ihr helfen? Es geht um Claudia, Claudia Henning."

Die Schwestern drehten sie zu ihr um und schauten sie ungläubig an.

„Das kann doch gar nicht sein? Sie ist jetzt schon wach? Normalerweise dauert das eine Woche, wenn nicht noch länger."

Soji nickte. Gleich mehrere Schwestern kamen mit ihr zurück ins Zimmer. Dann kam auch der diensthabende Arzt dazu. Sie konnten es kaum glauben. Sie extubierten sie und beobachteten, wie sie mit dem Atmen klar kam. Sie hätten sonst einen Luftröhrenschnitt durchführen müssen, aber bei der kurzen Behandlungszeit hofften sie, das nicht tun zu müssen. Und sie wurden nicht enttäuscht. Claudia atmete wieder, als wäre nichts gewesen. Soji wusste, woran das lag und freute sich, dass es geklappt hatte.

Claudias Eltern wurden angerufen und sicherten zu, sich gleich auf den Weg zu machen. Nachdem sie eingetroffen waren, begrüßten sie sich mit einer kurzen Umarmung. Dann verabschiedete sich Soji und versprach ihrer Freundin, morgen nach der Schule wiederzukommen.

Die Tage vergingen. Soji fühlte sich in der Schule einsam ohne ihre Freundin. Sie hatten ja sonst immer alles gemeinsam gemacht.

Auf der anderen Seite war die Schule für sie gar kein Thema mehr, denn alles, was mit geistiger Leistung zu tun hatte, flog ihr nur so zu. Im Sport war das ein bisschen anders, nur langsam konnte sie ihre Leistungen steigern. Aber vielleicht war das auch gut so, denn so fiel die Veränderung nicht auf.

Claudia erhielt fast jeden Tag von ihr Besuch. Erst im Krankenhaus, dann zu Hause und sie wurde Zeuge von der Magie dieses Steins. Die Genesung war für Außenstehende ein Rätsel. Und sie verstand Soji zunehmend, dass sie dieses Geheimnis für sich bewahren musste. Wie es funktionierte, war absolut unklar, aber ihre Freundin war der beste Beweis dafür, dass hier geheimnisvolle Kräfte im Spiel waren. Nach vier Wochen konnte Claudia wieder laufen, eine Woche später war auch ihre Hand wieder in Ordnung. Der Physiotherapeut, zu dem sie alle paar Tage ging, staunte nicht schlecht über den Turbo, den sie eingeschaltet hatte.

Der Tag kam, als Claudia wieder zur Schule ging. Ihre Mutter musste sie fahren. Die erste Woche nahmen sie Soji mit, dann fuhr sie aber lieber wieder mit ihrem Rad zur Schule. Sie brauchte den morgendlichen Sport, denn der Weg war lang und mit den Steigungen ein Supertraining. Auch wenn es von außen nicht so aussah, aber Bielnau war schon ein Gebirgsstädtchen.

Claudia wollte erst nie wieder Fahrrad fahren, was man auch verstehen konnte. Aber mit der Zeit verblasste das Erlebte und es war ihr auch peinlich, jedes Mal ihre Mutter als Chauffeurin zu bemühen.

Ihr Fahrrad war mittlerweile repariert und die Versicherung des Autofahrers hatte alles bezahlt. Der Unfallverursacher hatte sie einmal im Krankenhaus besucht und sich zehnmal entschuldigt. Claudia war sehr ablehnend ihm gegenüber, zu frisch waren noch die Erinnerungen an das Geschehen. Sie fand es trotzdem gut, dass er sich hat blicken lassen.

Sie hatte sich schon Sorgen gemacht, ob sie überhaupt wieder Fahrrad fahren kann. Aber der Spruch: ‚Fahrrad fahren und Schwimmen verlernt man nicht', war schon zutreffend. Also fuhren sie wieder gemeinsam zur Schule. Und anfangs war Claudia dankbar über die elektrische Unterstützung des Fahrrades. Sie war aus der Übung gekommen, aber es konnte nur noch besser werden.

Kapitel 5

Soji fiel auf, als sie Unterricht im Schulgarten hatten, dass sich die Amseln und die Spatzen vorwiegend in ihrer Nähe aufhielten, aber nicht bei den anderen Schülern. Die geringe Distanz, die sie zu ihr wahrten, war bemerkenswert. Die Spatzen waren so frech, dass sie sich auch auf ihre Schultern setzten. Anfangs hatte sie dieses Phänomen gar nicht als etwas Besonderes wahrgenommen, aber als sich der Zaunkönig und diverse Meisen dazu gesellten, war es nicht mehr zu übersehen.

Sie war verblüfft. Zu Vögeln hatte sie bisher keinerlei Bezugspunkte gehabt, sie fühlte sich ein wenig geschmeichelt, von diesen scheuen Tieren so beachtet zu werden. Wenn sie ihren Standort veränderte, folgten ihr die Vögel. Das war so frappierend, dass es den anderen Schülern in der Klasse auffiel. Schon kamen die ersten dummen Sprüche wie „unsere Vogelmama sammelt ihr Gefolge", oder „Wo ein Vogel weilt, ist unsere Soji nicht weit."

Soji ging das auf die Nerven, aber sie wusste nicht, was sie dagegen tun sollte. In der Folge war sie in den Pausen nicht so oft draußen bei den Anderen. Und das half dann schon ein wenig. Sie stand nicht mehr im Mittelpunkt.

Ihr Bruder Benjamin hatte Geburtstag, er wurde 14 Jahre alt. Zur Feier des Tages hatte er sich einen Zoobesuch gewünscht. Das fiel auf allgemeine Zustimmung, waren sie doch schon lange nicht mehr im Zoo gewesen. Und es sollte ein Zoobesuch werden, den sie so schnell nicht vergessen sollten. Frühes Aufstehen war angesagt, denn sie mussten eine Weile fahren, bis sie den Zoo der Hauptstadt erreichten. Mit einem Parkplatz hatten sie Glück und so konnte das Abenteuer beginnen. Das erste Ziel war nicht etwa ein Tier, sondern der Softeisstand gegenüber dem Eingang. So wollte es das Geburtstagskind. Gleich daneben war eine große Übersichtstafel über das Zoogelände, wo welche Tierart zu finden ist.

Soji hatte natürlich wie immer ihren Stein in der Tasche, trotzdem hoffte sie, die Vögel würden sie Ruhe lassen. Sie wollte kein Aufsehen, schon gar nicht unter den vielen Besuchern.

Anfangs waren es auch nur ein paar Spatzen, die ihr sehr nahe kamen und schließlich Platz auf ihren Schultern suchten, bis sie sie abschüttelte. Sie gingen weiter und die ersten Tiere kamen in Sicht. Benjamin alberte und hüpfte vor Freude, als wenn er noch ein kleines Kind wäre.

Seine Schwester sah etwas niedergeschlagen aus, denn es wurden immer mehr gefiederte Tiere, nicht nur die einheimischen Vögel, sondern zunehmend auch die Exoten des Zoos, die sich ihnen anschlossen. Sehr dreist war ein Strandläufer, der sich mit seinen großen Füßen auf ihrem Kopf niederlassen wollte. Zum Glück war ein großer Teil der Vögel in Volieren weggesperrt und konnten ihr so nicht näherkommen. Aber sie hingen alle in den Maschendrahtflächen, die ihr zugewandt waren. Fast schon synchron schauten sie ihr hinterher. Es war gruselig, wie in einem Horrorfilm. Ihr Dad fragte sie:

„Hast du irgendein Parfüm, oder Würmer in der Tasche, dass dir die Vögel so zugetan sind? Das sieht schon verrückt aus."

Soji schüttelte nur den Kopf. Auf dem Weg zum Affenhaus kamen sie an einem kleinen Teich vorbei mit verschiedenen Enten und anderen Wasservögeln. Alle unterbrachen ihr Tun und machten sich auf den Weg zu Soji. Die Vögel, die über die niedrige Absperrung kamen, folgten ihr direkt, die anderen verharrten dort und blickten ihr nach.

Natürlich bemerkten auch die anderen Besucher, das unnatürliche Verhalten der Vögel und schauten zunehmend fragend zu ihnen hinüber. Ihr war das so peinlich, so im Mittelpunkt zu stehen. Sie ging zu ihrer Mutter und hakte sich unter. Ihre Schritte wurden etwas schneller.

Gleich waren sie bei den Affen. Vor allem die Enten konnten nicht mithalten und flogen immer ein kleines Stück, ehe sie wieder landeten und wackelnd loshetzten.

Als Erstes gingen sie ins Affenhaus. Soji stand im Türbereich und beobachtete, wie die Vögel verwirrt verharrten und nach kurzer Zeit wegflogen. Aber wenn sie jetzt dachte, der Ärger ist vorbei, hatte sie sich geirrt. Zunehmend fingen die Affen, die sich im Haus und nicht in der Freianlage aufhielten, zu kreischen an und versuchten, Soji so nahe wie möglich zukommen. Sie wurden nur durch die Scheiben ausgebremst. Ihre schwarzen Augen sahen sie direkt und fordernd an. Sie wusste nur nicht, was sie von ihr wollten. Das Gekreische wurde immer stärker, es war kaum auszuhalten.

Tierpfleger kamen und schauten sich verdutzt um. So ein Kreischkonzert hatten sie auch noch nicht gehört.

Die Hagemanns flüchteten sich zum anderen Ausgang und kamen in das Freigehege der Affen. Erst gab es einen Moment der Ruhe und sie konnten durchatmen. Doch dann machten sich auch hier alle Affen auf den Weg in Richtung Soji. Sie waren nur noch durch die Abgrenzung von ihr getrennt. Ihr Verhalten wurde zunehmend untypisch, die Affenfrauen kamen als erste heran und hielten ihnen ihre Babys und Kinder entgegen. Die männlichen Affen blieben etwas zurück und zeigten Imponiergehabe. Anfangs war es nur Show, sie wussten, dass sie die Aufmerksamkeit aller Besucher hatten. Doch dann ging es richtig zur Sache. Sie kreischten, als ob sie einen Preis dafür bekommen würden. Jetzt verließen sie das Affengehege. Das war dann doch zu viel. Die Tierpfleger waren ganz aufgeregt. Wahrscheinlich hatten sie keinen Plan, wie sie die Affen wieder beruhigen sollten. Benjamins Mom machte sich Sorgen um sein Geburtstagsgeschenk. Es soll doch ein schöner Ausflug werden, aber bis jetzt erlebten sie nur Ungereimtheiten.

Es dauerte nicht lange und sie bemerkten, wie die Giraffen unruhig wurden. Sie hatten auf einmal nur noch ein Ziel – und das war Soji. Dicht drängten sie sich zusammen am Zaun und schauten zu ihr, direkt und irgendwie tiefgründig. Als wollten sie ihr etwas sagen. Sie stampften mit den Hufen und drückten sich gegenseitig zusammen. Die größte der Giraffen, wahrscheinlich der Leitbulle, drückte so gegen den Zaun, dass dieser sich sogar etwas verbog, aber zum Glück stand der Elektrozaun unter Spannung und hielt die Tiere da, wo sie hingehörten.

Also verließ Familie Hagemann auch diesen Ort. Was war nur los? Ihre Eltern sagten, so etwas hätten sie noch nie erlebt, aber auch noch nie davon gehört, dass so etwas schon mal in der Vergangenheit passiert sei.

„Benjamin, wärst du sehr traurig, wenn wir unseren Zoobesuch hier abbrechen?"

Seine Eltern schauten ihn fragend an. Innerlich fand er das alles sehr aufregend. Er freute sich schon, was er alles seinen Freunden berichten konnte. Denn so einen Zoobesuch musst du erst einmal erlebt haben. Aber er verstand auch seine Familie. Immerhin würden sie sich vor allen Besuchern angestarrt werden.

Er stimmte zu und sie verließen mit schnellen Schritten den Zoo. Es wurde trotzdem noch ein schöner Tag. So wie Benjamin es wollte, gingen sie erst zu McDonald. Dort gab es Riesenburger und Softeis. Und eine Stadtrundfahrt stand noch auf dem Plan, die ihnen die Sehenswürdigkeiten der Hauptstadt etwas näherbrachte. Der Stadtführer im Bus war ein lustiger Typ und brachte mit seinen Anekdoten alle zum Lachen. Spätabends kamen sie wieder zu Hause an.

Soji ging sofort auf ihr Zimmer, sie war müde und erschöpft. Mein Gott, was war das für ein Tag. Als sie im Bett lag, holte sie doch noch den Meteoriten zu sich und genoss das Gefühl, diesen wundersamen Stein in der Hand zu halten. Die wohlige Wärme, die von ihm ausging, umschloss ihren ganzen Körper und sein Farbenspiel machte sie glücklich.

„Was hast du nur heute gemacht, dass alle Tiere am Durchdrehen waren?"

Natürlich erwartete sie keine Antwort. Aber in ihrem Kopf entstanden seltsame Bilder, wie im Nebel. Sie sah einzelne Zootiere, wie sie versuchten, mit ihr zu sprechen. Aber es war nicht zu verstehen, was sie sagen wollten. Sie blickten sie an mit ihren schwarzen Augen und öffneten weit ihre Mäuler. Als wenn sie wüssten, dass Soji sie nicht verstehen konnte. Für einen Moment lichtete sich der Nebel und die Tiere, vor allem die Giraffen wurden ziemlich real.

Doch sie schüttelte diese Erscheinung von sich ab. Das alles kann doch nicht nur mit diesem Stein zusammen hängen? Was soll sie nur machen? Sie überlegte.

„Ich brauche jemanden wie einen Psychotherapeuten oder Psychologen, einen, der vom Fach ist und mich nicht gleich auslacht, wenn ich davon berichte." Mit dieser Idee fand sie dann Schlaf. Am nächsten Morgen sprach sie ihre Mutter beim Frühstück an:

„Mom, ich brauche eine Therapie, am besten von einem Seelenklempner. Was wir gestern erlebt haben, ist mir zu viel. Ich komme damit nicht klar."

Ihre Mutter hatte auch lange gebraucht, bis sie etwas Schlaf fand. Immer wieder ging ihr das Erlebte im Zoo durch den Kopf. Die Idee fand sie gut, richtig gut. Am liebsten würde sie sich mit einklinken. Aber das ging natürlich nicht.

„Ich mach mich schlau wegen eines Termins. Ich glaube, die sind sehr überlaufen, aber mal sehen. Heute Abend wissen wir mehr."

Am nächsten Tag gingen Soji und Claudia in der Pause auf den Schulhof und kein Vogel kam auf sie zu. Für einen Moment war Soji sogar ein wenig enttäuscht. Wenn so viele Tiere sich nur für sie interessierten wie in den vergangenen Tagen, war das schon etwas Besonderes, auch wenn sie es nicht wahr haben wollte. Sie schob den Gedanken bei Seite und genoss für einen Moment die zurück gewonnene Ruhe. Dann erzählte sie ihrer Freundin vom Zoobesuch und Claudia bekam immer größere Augen.

„Also normal ist das ganz bestimmt nicht. Und du meinst, das alles hängt mit deinem Meteoriten zusammen?"

„Ich denke schon. Welchen Grund sollte es sonst geben? Was unterscheidet mich von allen anderen? Doch nur dieser Stein. Zu gerne möchte ich wissen, was die Tiere mir sagen wollten."

Beide hingen ihren Gedanken nach. Dann sagte Claudia: „Meinst du nicht, es wäre ratsam, den Stein von Experten untersuchen zu lassen?"

„Denk nicht mal dran. Denn dann würden sie mich in die Klapse stecken. Wieso habe nur ich diese Verbindung und nicht andere auch? Wie du zum Beispiel."

Ihre Freundin musste ihr noch einmal versprechen, dass alles für sich zu behalten. Je mehr davon wussten, umso weniger hatte man das Ganze unter Kontrolle. Und ob sie dann ihren Stein behalten würde, war mehr als fraglich.

Kapitel 6

Soji's Mom hatte ihre Beziehungen spielen lassen und einen Besuch bei einem Therapeuten in der nächsten Woche arrangieren können.

„Mom, du bist ein Schatz."

„Soll ich dich begleiten beim ersten Mal? Vielleicht ist das ganz hilfreich?"

Soji lehnte dankend ab. Auch wenn sie ihre Mom sehr lieb hatte, sie hatten im Grunde keine Geheimnisse voreinander, so wollte sie sich bei diesem Thema ganz auf sich selbst konzentrieren. Ihre Mom würde nur stören.

Die Zuneigung der Vögel in ihrer Umgebung war wieder nicht zu übersehen. Jetzt saßen sie auch auf der Fensterbank, wenn sie sich in ihrem Zimmer aufhielt und verfolgten sie mit ihren schwarzen Knopfaugen. Wenn sie nur wüsste, warum sie immer ihre Nähe suchten. Sie öffnete das Fenster, und schon waren die Vögel etwas irritiert weggeflogen, um nach kurzer Zeit wieder zu kommen. Sie hüpften auch auf den Fensterrahmen, aber ins Zimmer trauten sie sich nicht. Soji näherte sich einer Amsel auf dem Fensterbrett, die etwas ungewöhnlich aussah. In ihrem schwarzen Federkleid hatte sie vereinzelt auch blaue Federn. Das hatte etwas von ‚Ich bin hier das Alphatier' an sich. Sie streckte einen Finger aus und die Amsel ließ sich ohne zu zucken streicheln. Dann schob sie ihr den Finger unter die Füße und sie hüpfte drauf. Dieses Gefühl der Vertrautheit, welches der Vogel damit ausdrückte, war schon herzerwärmend. Aber als sie mit ihr ins Zimmer hinein gehen wollte, flog die Amsel weg. Trotzdem war das ein irres Erlebnis.

Pünktlich am Mittwoch um 16:00 Uhr fand sie sich beim Therapeuten ein. Nach dem Scheck-In an der Rezeption und dem Ausfüllen eines Fragebogens musste sie im Wartebereich Platz nehmen.

„Der junge Mann da ist noch vor ihnen dran. Aber das wird nicht lange dauern."

Sie nahm Platz und schaute kurz auf. Irgendwie kam er ihr bekannt vor. Aber sie beließ es dabei und quälte wieder ihr Handy.

„Du bist das Vogelmädchen aus der Schule?"

Soji schreckte hoch. Hatte er sie direkt abgesprochen? Man nannte sie also das ‚Vogelmädchen'. Wie süß. Sie schaute dem Jungen direkt in die Augen und er schaute zurück. Plötzlich kribbelte es in ihrem Bauch. Sie musterte ihn von oben bis unten. Schlecht sah er ja nicht aus.

„Wer will das wissen?"

„Entschuldigung, ich hätte mich wohl erst einmal vorstellen sollen. Ich bin Max, eine Klasse über dir. Und dass die Vögel sich bei dir so merkwürdig verhalten, habe ich schon mit eigenen Augen gesehen."

„Tja, was die Viecher an mir gefressen haben, kann ich dir beim besten Willen nicht sagen. Anfangs war es noch aufregend, jetzt ist es nur noch lästig."

Sie schauten sich wieder in die Augen, zwei, drei Sekunden zu lange, wie ihr schien, aber er hatte offenbar Interesse an ihr.

„Ich bin Soji. An mir ist nur der Name japanisch, meine Eltern waren eine Zeit lang in Japan und der Meinung, mir deshalb diesen Namen geben zu müssen. Aber mittlerweile habe ich mich daran gewöhnt."

Sie hielt inne und schaute wieder zu ihm. Er lächelte und seine Augen strahlten sie an. Das war wie ein Automatismus, sie lächelte ebenso und blickte für einen Moment in seine Seele.

Wau, dachte sie, war das verrückt. Er blickte an ihr vorbei und sinnierte: „Nach Japan würde ich auch gerne mal verreisen."

Max machte eine Pause. „Aber da wäre es gut, wenn man ein wenig die Sprache, vor allem die Schrift beherrscht. So hat man ja dort überhaupt keine Orientierung."

In dem Moment wurde er aufgerufen. Sie sah ihm nach und er zwinkerte ihr zu. Ihr wurde auf einmal richtig warm. Was war nur los mit ihr? Sie benahm sich ja sonst nicht so, wenn sie mit Jungen aus ihrer Klasse sprach.

Ihr zweites Ich flüsterte ihr zu. ‚Die Jungs sind eben nicht wie Max.' Das ist wohl wahr. Sie verspürte jedenfalls den dringenden Wunsch, ihn wiederzusehen. Es waren keine zehn Minuten vergangen. Dann knarrte die Stimme aus dem Lautsprecher und rief ihren Namen. Sie war sie dran. Ihre Wege kreuzten sich und er sagte nur:

„Wir sehen uns!"

Sie nickte und wurde rot. Das konnte er zum Glück nicht sehen. Es wäre ihr peinlich, wenn er ihren Gemütszustand erkennen würde.

Der Therapeut war ein freundlicher älterer Herr mit geschlossenem Hemd und Fliege. Beides passte nicht zusammen. Bei der Wärme hatte er sein Jackett ausgezogen und über den Stuhl gehängt, obwohl es einen Garderobenständer gab.

Mit ‚Mein Name ist Wohlgrat, und du bist? Darf ich ‚Du' zu dir sagen?' stellte er sich vor.

„Sicher, ich heiße Soji Hagemann."

Nachdem sie in bequemen Sesseln Platz genommen hatten, sah er sie interessiert an und fragte schließlich: „Wo drückt der Schuh?"

Soji berichtete vom Verhalten der Vögel und vom Zoobesuch. Sie schilderte alles ziemlich ausführlich, wobei sie auf die Wirkung ihres Meteoriten nicht einging. Dann gab es eine längere Pause von mehreren Minuten. Herr Wohlgrat hatte die Stirn gerunzelt.

„Ich will ganz ehrlich sein. So etwas habe ich noch nie gehört. Und ich mache diesen Job schon einige Jahrzehnte. Es hört sich wirklich unwahrscheinlich an."

Soji hob die Hand und stand auf. Sie ging zum Fenster und zog die Gardine zur Seite. Sie befanden sich in einem Altbau und entsprechend hoch waren die Fenster. Aber ohne Probleme konnte sie die Fensterflügel öffnen. Herr Wohlgrat war hinter sie getreten. Nicht dass sie sich aus dem Fenster stürzen wollte. Das hätte ihm gerade noch gefehlt in seiner Sprechstunde. Aber sie stand nur da, hielt den Stein in der Hosentasche fest umklammert und wartete auf die Vögel. Sie musste nicht lange warten. Die Fensterbank war in kurzer Zeit voll besetzt. Und immer wieder flatterten neue Vögel heran, drehten dann ab, weil sie keinen Platz mehr fanden. Die Amseln hatten es ihr angetan. Sie hob mit dem Finger eine hoch und zu sich heran. Dann sah sie den Therapeuten an.

„Was sagen sie nun? Das sind keine dressierten Vögel, die sehe ich wie sie zum ersten Mal."

Er setzte sich wieder in den Sessel und hörte nicht auf, die Stirn zu runzeln. Sie schob die Amsel von ihrem Finger und machte das Fenster langsam zu. Dabei passte sie auf, dass sie keinen Vogel einklemmte.

Plötzlich sprang er auf, griff sich ein Tablet von seinem Schreibtisch und setzte sich wieder. Sie war für ihn zu einem Fall geworden. Die Demonstration eben war sehr überzeugend und verscheuchte seine anfängliche Skepsis. Er stellte ihr viele Fragen. Am meisten interessierte ihn, warum das Ganze jetzt passiert und nicht schon früher oder in Ansätzen früher, nur hat man es damals nicht so für voll genommen. Soji war innerlich hin- und hergerissen, ob sie ihm nicht alles erzählen sollte.

Als sie fast soweit war, beendete er die Sitzung. Sie machten noch einen neuen Termin aus und dann ging sie nach Hause. Wie gewohnt trafen sich den Tag darauf Soji und Claudia in der Schule. Ihre Freundin brannte regelrecht darauf zu erfahren, was der Therapeut zu allem gesagt hatte.

„Weißt du, als ich ihn endlich durch eine Demonstration am offenen Fenster von dem merkwürdigen Verhalten der Vögel überzeugt hatte, war die Sitzung eigentlich schon zu Ende. Über den Meteoriten haben wir nicht gesprochen. Ich bin mir nicht sicher, ob das der richtige Weg ist."

„Du musst erst ein paar Sitzungen mitgemacht haben, um das zu entscheiden."

Soji gab ihr Recht. Sie war aber eigentlich gar nicht bei der Sache. Immer wieder schaute sie sich um, dann entdeckte sie Max. Es war verrückt, ihr Herz machte einen kleinen Sprung und ihr wurde warm. Sie gab Claudia einen Schubs: „Was hältst du von dem?"

Claudia schaute sich nun ebenfalls um und dann sah sie, wie er zu ihnen hinübersah. Die Pausenklingel machte dem Blickwechsel aber ein Ende. Auf dem Weg in den Klassenraum fragte sie: „Soji, hast du etwa was am Laufen? Nett sieht er ja aus."

„Claudia, da ist noch nichts weiter. Wir haben uns gestern zufällig beim Arzt getroffen und kurz unterhalten. Aber ich wäre dir sehr verbunden, wenn ich dann alleine nach Hause fahren kann. Vielleicht treffe ich ihn wieder."

„Aber sicher, du musst mir morgen nur alles beichten."

Sie grinsten sich an.

So geschah es dann auch. Max wartete schon auf sie. Er schaute wieder in ihre wunderschönen Augen, die hellblaue Iris war von einem feinen, dunkleren Rand eingefasst und sie schaute zurück. Sie fühlte sich dabei etwas unsicher, und so umklammerte sie wieder ihren Stein in der Hosentasche. Sofort verstand sie genau, was er dachte. Die Stimme war leise, aber klar und deutlich: „Mein Gott, sie ist ja noch richtig schüchtern!"

Ohne an die Folgen zu denken, antwortete sie ganz impulsiv: „Ich bin nicht schüchtern."

Nun war er derjenige, der etwas irritiert dreinschaute.

„Kannst du etwa meine Gedanken lesen?"

Sie lachte. „Und wenn? Nein, das stand dir wie auf die Stirn geschrieben."

Tja, diese Soji ist aus einem anderen Holz geschnitzt, dachte er. Sie war nicht wie die anderen Mädels, die er schon vor ihr kennen gelernt hatte. Wenn es nach den Schmetterlingen in seinem Bauch ging, sollte diese Beziehung etwas Richtiges werden.

„Komm, wir gehen in die Eisdiele, ich lade dich ein."

Soji nickte, sie fühlte sich geschmeichelt. Sie benutzten ihre Fahrräder. Es dauerte nicht lange und sie waren an der Eisdiele angekommen. Und sie hatten Glück und fanden einen freien Tisch. Das Eis schmeckte wie immer hervorragend.

Soji hatte zu ihm ein gewisses Grundvertrauen, trotzdem wollte sie von ihrem Meteoriten erst einmal nichts erzählen. Sie berichtete von ihrer Familie und dass sie zu Benjamins Geburtstag den Zoo besucht hatten. Wie sich die Tiere wegen ihr verhalten hatten, erzählte sie auf eine humorvolle Art und so hatten sie viel zu lachen. Am liebsten hätte sie die Tiere nachgeäfft, aber angesichts der vielen Gäste um sie herum beherrschte sie sich. Er konnte es kaum fasen. Sie hatte ihn vollkommen für sich eingenommen.

„Nun erzähl du auch mal was von dir. Heißt du wirklich Max? Ich musste, als du dich gestern vorgestellt hast, an Wilhelm Busch und Max und Moritz denken."

Sie mussten beide wieder lachen. Es war ein ehrliches Lachen, ohne jeden Hintergedanken.

„Eigentlich heiße ich Darius wie mein Großvater. Aber schon im Kindergarten haben mich alle nur noch Max gerufen. Darius hört sich nicht so gut an. Meine Großeltern kommen aus Siebenbürgen, das liegt in Rumänien. Dort ist der Name öfters zu hören. Was gibt es sonst noch zu sagen, meine Eltern sind beide berufstätig, meine Mutter ist Bibliothekarin, mein Vater ist Tischler mit eigener Werkstatt. Das Geschäft läuft gut. Geschwister habe ich nicht, auch keinen Hund oder eine Katze."

„Und was willst du nach der Schule machen? Machst du Abitur? Du kannst dich ja noch bis Ende der Zehnten entscheiden."

„Ich weiß es wirklich noch nicht. So ein guter Schüler bin ich nicht."

„Da kann ich dir helfen. Ich überlege, ob ich die 10. Klasse überspringe."

"Bist du wirklich so gut?"

Er schaute sie mit großen Augen eindringlich an. Sie dachte, na ohne ihren Stein in der Tasche wohl eher nicht. Aber was soll's.

„Ich denke schon. Das Lernen fällt mir leicht, einmal gelesen, habe ich es auch schon abgespeichert. Aber ich meine es ernst. Wenn ich dir helfen kann, würde ich es gerne machen."

„Ok, ich komme darauf zurück. Was sind eigentlich deine Hobbies? Du hast doch welche außer Lernen?"

„Ich lese sehr viel, vor allem fasziniert mich Science Fiktion. Damit kannst du mich immer locken." Sie lächelte wieder.

„Und ich liebe die Natur. Das ist nicht so dahin gesagt. Wir haben an einem See mitten im Wald ein kleines Häuschen. Dort halte ich mich öfter auf. Und wie ist das mit dir? Bist du so ein hobbyloser Gamer oder machst du Sport?"

Da sie dabei lächelte, fand er die Frage nicht verletzend.

„Keines von beiden. Ich versuche mich an Instrumenten und am Komponieren. Und ich singe im Chor unserer Kirchgemeinde und spiele die Orgel, wenn der Organist nicht kann. Ich fahre viel Fahrrad und manchmal gehe ich auch ins Fitnessstudio."

Soji zog die Augenbrauen hoch. Wenn sie mit allem gerechnet hatte, aber nicht damit, dass er Musiker ist. Sie musste ihn fragen: „Wie kommt das? Hat dich jemand dazu animiert?"

„Meine Mutter ist eine ganz gute Pianistin. Sie hat auch ein paar Jahre in einem Orchester mitgespielt, bis ich kam. Wie das so ist. Aber wir spielen gerne zusammen. Und ich lese auch viel, aber weniger Science Fiktion als eher Steven King. Und ich habe den Dreh raus und lese sehr schnell. Manche sagen, ich überfliege nur die Seiten und begreife gar nicht, was ich da lese. Aber so ist das nicht."

Sie plauderten noch eine ganze Weile über ihre Interessen. Doch dann hatte er es auf einmal eilig.

„Oh Gott, ich habe ganz die Zeit vergessen. Meine Mutter gibt heute zusammen mit mir ein kleines Konzert für gute Bekannte in der Bibliothek und da muss ich jetzt los."

Er hielt inne und schaute sie an. „Hast du nicht Lust mitzukommen? Da kannst du uns beide live erleben."

Soji freut sich. Sie rief schnell ihre Mom an und bat um Erlaubnis. Die hatte nichts dagegen, wenn es nicht zu lange dauert.

„Auf in die Bibliothek. Ich war schon ewig nicht mehr dort."

Sie kamen rechtzeitig an, und so konnte Max Soji seiner Mutter vorstellen. „Ich hoffe, du hast nichts dagegen, dass ich sie mitgebracht habe?"

„Ach was!" Seine Mutter war eine warmherzige Frau, das spürte Soji sofort.

„Setz dich hier in die erste Reihe und genieße die Musik."

Sie lächelte Soji an und verschwand dann mit Max hinter der kleinen Bühne.

Langsam füllte sich der Raum mit Besuchern. So groß war der Vortragsraum auch wieder nicht, die 60 Plätze waren schnell belegt. Soji schaute sich um, es waren Leute wie du und ich, ordentlich gekleidet, aber auch nicht festlich angezogen wie bei einem Opernbesuch zum Beispiel.

Die beiden Akteure waren hervorragend aufeinander eingespielt. Cello und Flügel ergänzten sich in einer bis jetzt noch nicht gehörten Harmonie. Sie hatte auf ihrem Handy eine App, die die Musik erkannte. So wusste sie, dass ihr Lieblingsstück der Canon in D von Johann Pachelbel war. Soji versank in dieser Musik, weil Max das Cello spielte, und das meisterhaft, wie sie fand. Es war schon ein gewisser Automatismus, dass ihre Hand zum Meteoriten wanderte und ihn umschloss. Ob er ihre Gefühle verstärkte? Sie war von dem ganzen Konzert tief beeindruckt. Sie fühlte sich noch wie in einer Blase, als sie mit Max nach dem Konzert wieder zusammentraf. Sie berührten sich an den Schultern, so eng standen sie beieinander. Ihre Anspannung ließ nach und machte den Gefühlen für diesen Jungen Platz. Hatte sie sich verliebt? Aber so schnell, wie konnte das sein? Ihre Freundin Claudia würde sagen, das ist Liebe auf den ersten Blick. Er schaute sie aber ähnlich verträumt an, also musste es ihm wohl auch so ergehen.

„Darf ich die junge Dame noch nach Hause begleiten?" Er grinste sie an und sie lächelte zurück. „Danke, mein Herr."

Seine Mutter parkte gegenüber ihren Fahrrädern. Sie halfen noch, das Cello einzuladen, mit dem Kasten war das doch ein ganz schön großes Teil. Soji verabschiedete sich von seiner Mutter. Die sah sie an und hatte auch ein Lächeln auf den Lippen. Ihr war nicht entgangen, welche Schwingungen zwischen den Beiden herrschten.

„Ich möchte dich gerne zu uns zum Abendessen einladen. Am besten nächsten Samstag. Was hältst du davon?"

Soji freute sich. „Oh toll, ich komme sehr gerne".

Sie wurde rot. Nicht dass sie noch zu stottern anfing. Bei ihrer Wohnung angekommen, stiegen sie vor der Einfahrt von den Rädern.

„Es war ein wirklich schöner Tag gewesen."

Er nickte nur und kam ganz nah an sie heran. Sie schauten sich tief in die Augen. Ein zarter Kuss wurde von ihr erwidert. Sie drückte ihn etwas von sich: „Ich freue mich auf morgen, wenn wir uns wieder sehen."

Dann ging sie ein paar Schritte rückwärts, nahm ihr Fahrrad und verschwand in der Einfahrt. Ihre Mom war noch wach.

„Na wie war der Abend gewesen?"

Man sah Soji den erhöhten Blutdruck an.

„Es war wirklich schön. Ich hätte nie gedacht, das Piano und Cello so gut miteinander harmonieren. Hier, ich zeige es dir." Sie schaltete am Fernseher YouTube an und suchte den Canon in D. Dann beobachtete sie ihre Mom und sah, wie es ihr zunehmend gefiel.

„Vielleicht können wir zusammen mal so ein Konzert besuchen. Das haben wir bis jetzt viel zu wenig gemacht. Ach, und die Mutter von Max hat mich für nächsten Samstag zum Abendessen eingeladen."

„Du und der Max, habt ihr was miteinander?"

Soji nickte und strahlte. Sie musste gar nichts weiter sagen.

„Tja, so ein Konzertbesuch wäre schon nicht schlecht. Ich werde mal nachfragen. Aber jetzt gehe ich ins Bett."

Soji verschwand ebenfalls in ihrem Zimmer. Sie legte sich aufs Bett und holte den Stein hervor. Wie immer war sie von dem Farbspiel fasziniert.

Doch dann war da ein Gefühl, dass nicht zu ihrer Euphorie passte. Es war wie eine Warnung. Aber wovor sollte sie gewarnt werden? Fest umklammerte sie die schwarze Kugel und ging den Tag Schritt für Schritt in ihren Gedanken durch. Anfangs war alles normal, aber als sie zu dem Punkt kam, wo sie mit Max eng beieinanderstanden, war es wieder da, dieses ungute Gefühl. Was stimmte da nicht? Hatte er ein Geheimnis vor ihr?

Sie rätselte etwas herum. Die Frage wird sie wohl erst morgen beantworten können, wenn sie sich wiedersehen. Sie ging ins Bett und schlief irgendwann ein.

Kapitel 7

Am nächsten Morgen wachte Soji auf und ihre Gedanken waren wieder bei diesem unguten Gefühl und nicht etwa bei Max. Sie musste das klären, um ihren Seelenfrieden zu bewahren.

Ihre beste Freundin Claudia durfte bei allem nicht zu kurz kommen, also berichtete sie über die Geschehnisse des gestrigen Tages.

„Ich wusste es, du hast dich verknallt!" Claudia freute sich für Soji. Sie war nicht der Mensch, der ihr etwas nicht gönnen würde.

In der großen Pause traf sich Soji mit Max und sie musste ihn einfach anstrahlen. Am liebsten hätte sie ihn wieder geküsst, aber das musste warten, denn bei dem Publikum gäbe es nur blödes Gerede.

Sie saßen auf einem Podest etwas abseits vom Lärm und Geschrei der Anderen. Sie rückte an ihn heran und so saßen sie Schulter an Schulter. Er fasste vorsichtig nach ihrer Hand und sie erwiderte seinen Händedruck. Mit der anderen Hand umfasste sie ihren Stein.

Wieder sammelten sich einige Vögel um sie herum und erzeugten eine besondere Aufmerksamkeit in ihrer Umgebung, die sie jetzt gar nicht gebrauchen konnte. Vor allem die blöden Sprüche ihrer Mitschüler gingen ihr gehörig gegen den Strich. Aber sie nahm es hin, wie es war. Sie hörte in sich hinein und konzentrierte sich ganz auf ihr Gefühl für Max. Soji spürte die Wärme bei dem Gedanken an den Jungen, dem sie gerade so nahe war. Aber darum, um ihre Zuneigung ging es ihr im Moment nicht. Sie war diesem anderen Gefühl auf der Spur. Und dann, nach einer kleinen Ewigkeit kam sie wieder, diese

Warnung. Sie schaute zu Max auf und ihre Blicke trafen sich. In seinen Augen konnte sie sich verlieren, sie waren hellblau und schauten intensiv in sie hinein.

Was hatte er nur, was sie wie eine Warnung aufnahm? Wovor wollte sie etwas warnen? Sie könnte es ja mit Hand auflegen versuchen, nur würde das im Moment niemand verstehen, auch Max nicht. Und schon gar nicht an diesem Ort auf dem Schulhof mit sehr vielen neugierigen Schülern. Sie kam nicht weiter. Vielleicht machte sie sich oder auch der Meteorit ihr nur etwas vor.

Soji stand auf. Er schaute sie fragend an. „Ich muss mal für kleine Mädchen. Sehen wir uns nach der Schule?"

„Ja aber nur, wenn dein Angebot, mir bei den Hausaufgaben zu helfen, noch steht."

„Aber ja doch! Gehen wir zu mir? Meine Mom möchte dich auch gerne kennenlernen?"

Er nickte und freute sich.

Soji hatte ihre Mom schon telefonisch vorgewarnt und so wurden sie herzlich empfangen. Ihr Dad war auch da, nur Benjamin fehlte.

Max stellte sich vor und erklärte, dass Soji ihm bei den Hausaufgaben helfen wollte. Es hatte sich in der Schule herumgesprochen, dass sie mittlerweile eine der besten Schülerinnen überhaupt war.

„Du bist wirklich die Beste an der Schule?" Ihr Dad war überrascht. Sie zuckte mit den Schultern. „Darüber wollte ich sowieso mit euch sprechen. Ich will die 10. Klasse überspringen."

Nun schauten beide überrascht.

„Wir können das ja nachher weiter besprechen. Jetzt legen wir erst mal los." Sie zog Max am Arm und beide verschwanden in ihrem Zimmer. Kaum war die Tür geschlossen, zog er sie zu sich heran und willig folgte sie seiner

Bewegung. Ihre Gesichter waren ganz nahe. Er gab ihr wieder und wieder zarte Küsse und sie schmiegten sich aneinander. So standen sie eine ganze Weile mitten im Raum und fühlten die Ewigkeit. Max räusperte sich: „Wollen wir loslegen, ich schreibe doch morgen eine Klausur!"

Innerlich stürzte sie von Wolke Sieben zurück in die Realität. Sie knuffte ihn in die Rippen und beide setzten sich an ihren Schreibtisch. Soji war doch etwas verwundert, dass sie ihm ohne Probleme helfen konnte, obwohl das der Lehrstoff des kommenden Schuljahres war. Aber sie hatten Spaß und er ließ sich anstecken. Sie war wirklich ein besonderes Mädchen. Bei den Gedanken an sie wurde er richtig euphorisch und seine Blicke ruhten mehr auf ihr als im Lehrbuch. Sie lachte ihn an und ihr Zeigefinger wies immer wieder auf das Lehrbuch. Sie hatte eine ganz tolle Art, ihm die Lösungswege zu vermitteln, es machte einfach Spaß. Als sie fertig waren, legte sie wie zufällig ihre Hand auf seine Hand. Sie fasste mit der anderen Hand nach dem Stein in ihrer Hosentasche. Da war es wieder, dieses ungute Gefühl. Max sah, wie für einen kurzen Moment ihr Lächeln verschwand und ihr Gesicht grau wurde. Er bekam einen gehörigen Schreck. „Was ist mit dir?"

Sie fing sich sofort wieder und überlegte kurz, was sie antworten sollte. Sie schaute ihn eindringlich an:

„Ich kann es spüren, etwas in dir stimmt nicht. Ich habe nur noch nicht herausfinden können, was das sein soll. Darf ich mich mal schlau machen?"

Sie lächelte ihn an und er konnte nicht anders als zuzustimmen.

„Du darfst dich aber nicht erschrecken, sondern nur wundern."

„Okay." Max war irritiert, ließ es aber geschehen. Er wollte ja auch wissen, was mit ihm nicht stimmen sollte. Soji drückte ihre Handfläche auf verschiedene Stellen auf seinem Rücken.

„Du musst das T-Shirt ausziehen. So klappt das nicht."

Er folgte ihrer Anweisung. „Aber Vorsicht, ich bin nämlich kitzelig."

Sie sah zu ihm auf und lächelte nur. So prüfte sie mit ihrer Hand weiter seinen Rücken, dann die Brust und den Bauch.

„Es klingt jetzt wie beim Arzt, sie können sich wieder anziehen!"

Ihm ging der Gedanke durch den Kopf, dass es schon irgendwie skurril war, was sie hier abzog. Immerhin kannten sie sich ja mal gerade zwei Tage. Folgerichtig fragte er sie: "Und, hat das Ganze etwas gebracht?"

Sie lächelte nicht mehr. Ihr Gesicht hatte wie vorhin wieder eine gräuliche Farbe angenommen. Dann holte sie tief Luft:

„Du hast wahrscheinlich Herzrhythmusstörungen und solltest unbedingt zum Arzt gehen."

Sein Lächeln gefror. „Das kannst du so einfach feststellen, nur durch Berührung?"

Sie nickte. „Ich habe mir die Gabe nicht ausgesucht. Aber ich konnte Claudia mit ihrem Unfall auch helfen."

Die nette Stimmung war erst einmal dahin. Beide schauten an sich herunter und fragten sich, wie es jetzt weitergehen soll? Antworten mussten sie nicht, denn es klopfte an der Tür.

„Kommt ihr zum Abendessen?"

Ihr Dad stand in der Tür und wollte sie abholen. Er sah seine Tochter an, er sah Max an und fragte dann:

„Stimmt was nicht zwischen euch beiden? Ihr habt vorhin so gute Laune verbreitet."

Soji schüttelte den Kopf. „Wir reden nach dem Essen."

Am Tisch sorgte Benjamin, der inzwischen nach Hause gekommen war, dafür, dass die Stimmung nicht ganz in den Keller ging. Er wollte wissen, wer Max war und wieso er hier mit am Tisch saß. Max musste grinsen: „Ich trage deine

Schwester auf Händen, deshalb bekomme ich hier Speis und Trank."

Alle mussten lächeln und die bedrückende Stimmung war verflogen. Dann erzählte er, was Soji herausgefunden haben will und dass diese Nachricht schon der Hammer ist. Ihre Mom schaute sie etwas entgeistert an.

„So etwas kannst du? Einfach feststellen, welche Wehwehchen jemand hat?"

„Das klappt wahrscheinlich nur bei Leuten, zu denen ich eine besondere Beziehung habe, wie zum Beispiel zu euch oder auch zu Max. Aber wie das als Information zu mir ins Gehirn kommt, kann ich nicht sagen, das weiß ich nicht. Und ob es wirklich stimmt, was mir mein Innerstes da zuflüstert, das ist ja noch unklar. Deshalb solltest du zum Arzt gehen, Max."

Ihre Mom schaltete sich ein. „Ich schätze, ein Kardiologe wird dir helfen können. Ich kann ja mal versuchen, einen Termin zu bekommen. Die sind nämlich ziemlich ausgebucht."

Max schaute sie dankbar an. „Das würde mir sehr helfen. Meine Mutter will ich solange nicht beunruhigen, bis ich eine Bestätigung vom Arzt habe."

Er verabschiedete sich. Er muss unbedingt etwas schlafen, um die Klausur morgen packen zu können. Soji begleitete ihn noch vor die Tür und gab ihm zum Abschied mehr als nur einen zarten Kuss. Für einen Moment waren sie ganz inniglich fest verbunden. Sie drehte sich wieder einmal um ihre Achse, was schon lustig aussah. Lächelnd gingen sie auseinander. Sie half noch ihrer Mom mit dem Abwasch und zog sich dann in ihr Zimmer zurück. Sie legte sich bequem auf ihr Bett und nahm den Meteoriten in die Hand. Er strahlte sie mit seiner Farbenpracht an und sie spürte schon fast wie gewohnt seine wohlige Wärme.

Sie fragte sich: „Was machst du mit mir? Das ist doch alles nicht normal, was hier abgeht? Ich bin dein Medium, ok. Was kannst du noch mit mir anstellen außer Leben retten und Krankheiten finden?"

Sie umklammerte den Stein ganz fest und sagte immer wieder zu sich: Lass mich schweben! Sie wusste nicht, wie sie auf diese Idee gekommen war, aber sie hatte das Gefühl, dass es der richtige Wunsch sei. Sie hielt dabei die Augen geschlossen und merkte nach einer kleinen Ewigkeit, dass sich etwas an ihr verändert hatte. Soji blinzelte mit einem Auge und konnte es nicht fassen.

Vor Erstaunen blieb ihr der Mund offenstehen. Sie schwebte wirklich über ihrem Bett mit cirka 30 cm Abstand. Sie drehte sich ein wenig und fiel dabei nicht herunter. Sie war total verblüfft und konnte es nicht glauben. Aber es war offensichtlich. Sie wünschte sich wieder zurück ins Bett und sofort sank sie langsam herab. Wie kann das sein? Als wenn sie mittels des Steins zaubern könnte, oder auch magische Kräfte erwirken kann.

Offensichtlich gibt es wirklich Magie. Anders kann sie sich das nicht erklären. Obwohl das eigentlich nicht erklärbar ist. Aber der Stein ist ein Meteorit, er kommt aus dem Weltall. Niemand weiß, was da alles möglich ist.

Das muss ich doch gleich nochmal ausprobieren. Wieder schloss sie die Augen und wünschte sich zu schweben. Und es dauerte nur wenige Sekunden und sie hing wieder in der Luft. Sie hätte beinahe laut losgelacht, denn sie kam sich vor wie in einem Exorzismusfilm. Es fehlte nur der Pfarrer. Jetzt probierte Soji, was passierte, wenn sie den Stein nicht mehr fest umklammerte, sondern ganz normal anfasste. Sie sank wieder langsam ins Bett. Ihr erhöhter Herzschlag signalisierte ihr, das musste sie erst einmal verdauen. Sie legte den Stein in die Schublade ihres Nachtschränkchens und ging hinunter in die Küche, um etwas zu trinken. Auf dem Weg begegnete sie ihrem Dad. Der schaute sie an und runzelte die Stirn.

„Ist bei dir alles in Ordnung? Du siehst so aufgewühlt aus."

„Ich habe das mit Max Revue passieren lassen. Aber ich verstehe es immer noch nicht. Vielleicht stimmt das auch gar nicht und ich habe ihn nur verunsichert, vollkommen ohne Grund."

„Wir wissen mehr, wenn er beim Kardiologen war. Und wenn deine Diagnose zutrifft, das wäre ein Beitrag im Scientist wert. Nein, nein, bloß keine Reklame, halte den Ball ganz flach, auch zu deiner Freundin kein Wort.

Wie gesagt, das kann auch mächtig nach hinten losgehen."

Er sah sie liebevoll an. "Ich will nicht, dass du als Laborratte endest, umgeben von Fachidioten, die es nicht draufhaben."

Ihr Dad drückte sie kurz an sich und ging dann wieder ins Wohnzimmer. Sie ging ebenfalls zurück, nachdem sie etwas getrunken hatte.

Soji hatte von ihrem Dad eine hohe Meinung. Immerhin war er bei der ESA als Triebwerksingenieur beschäftigt. Als solcher musste er schon eine Menge können. Vor kurzem hatte Sie zufällig ein Gespräch zwischen ihren Eltern gehört, wo er den Wunsch äußerte, wenn er könnte, würde er am liebsten bei SpaceX arbeiten. Da könnte er sich mehr verwirklichen mit seinen Ideen. Aber in die USA umzuziehen fand er für die Familie nicht so gut. So hatten sie den Gedanken nicht weiterverfolgt.

Was er sagte, traf ja auf den Meteoriten noch mehr zu, bloß keine Reklame und gut, wenn keiner weiter davon weiß.

Wieder in ihrem Zimmer angekommen, nahm sie den Stein aus der Schublade in die Hand. Was kannst du noch mit mir machen? Erfüllst du mir auch andere Wünsche außer Schweben? Gibst du mir mehr Kraft? Kann ich den Stuhl mit ausgestrecktem Arm anheben? Sie umfasste fest die Lehne des Bürostuhls und streckte den Arm aus. Und wieder bekam sie große Augen. Der Stuhl war leicht wie eine Feder. Sie ließ von dem Stein ab und die Schwerkraft zog ihn wieder zu Boden. Das war einfach irre. Und wenn sie den Arm gar nicht brauchte, sondern einfach nur daran denken musste, was sie wollte.

Sie umfasste den Stein und dachte intensiv an den Bürostuhl, dass er schweben sollte. Und plötzlich hob er sich ein Stück in die Höhe. Sie ließ ihn wieder herunter und schüttelte den Kopf. Es war einfach nur verrückt. Sie probierte es mit anderen Gegenständen und es funktionierte.

Sie setzte sich vor ihre Frisierkommode und nahm einen Kugelschreiber in die Hand. Komm mein Kleiner, fang an zu schweben. Umgehend schwebte der Stift aus ihrer Hand heraus. Sie sah sich im Spiegel und da sah das ganze Geschehen noch verrückter aus.

Ihr kam ein ganz anderer Gedanke. Neben ihrem Zimmer befand sich das Bad mit Badewanne. Sie schaute in den Flur, dort war niemand. Sie schloss die Tür zu ihrem Zimmer und dachte intensiv daran, jetzt im Bad zu sein. Es gab eine Sekunde, wo alles schwarz war, und dann stand sie im Bad neben der Badewanne vor der Toilette. So ein Schock! Das war schon heftig, so heftig, dass sie am ganzen Körper zitterte. Sie legte den Stein ab, und musste die Toilette benutzen, so sehr war dieser Effekt in sie gefahren. Sie wusch sich die Hände und nahm den Stein wieder auf. Und ohne Probleme brachte sie der Gedanke an ihr Zimmer wieder zurück. Das ist einfach verrückt.

Für einen Moment bekam sie Angst. Was für eine Macht ist das? Ohne jegliche Mühe kommt sie von A nach B. Sie umfasste den Stein fester und seine Wärme beruhigte sie wieder.

Jetzt wollte sie es wissen. Ich will in unser Ferienhaus. Sie dachte fest daran und nach einer Sekunde, in der alles schwarz war, stand sie vor der Tür des Ferienhauses. Unfassbar war das. Sie setzte sich erst einmal in den Schaukelstuhl auf der Veranda und atmete tief durch. Wieder kam ihr der Gedanke, was für eine Macht sie in den Händen hielt. Einfach nur fantastisch, aber auch beängstigend. Und das alles geschieht mir, einer Sechzehnjährigen. Als ob ich Nerven aus Stahl hätte. Aber diese Gedanken waren nicht hilfreich. Also verdrängte sie es, daran zu denken.

Sie dachte an Star Treck und der Begriff ‚Beamen' machte sich in ihren Gedanken breit. Ich nenne das in Zukunft so. Also fasste sie den Stein fester und sagte zu sich:

‚Beame mich zurück'. Es kam wieder eine schwarze Sekunde und Soji befand sich in ihrem Zimmer. Sie packte den Stein in die Schublade des Nachtschränkchens und legte sich auf ihr Bett. Das ganze Geschehen musste sie erst einmal verdauen. An Schlaf war nicht zu denken. Wie funktioniert das Ganze nur? Wie kann dieser kleine Meteorit solche Kräfte entwickeln und die bekannten Gesetze der Physik über den Haufen werden? Denn erklären kann man das nicht, was hier gerade passierte. Soji grübelte vor sich hin. Sie musste sich mit Jemand austauschen, jemand, der ihr auch wirklich helfen konnte. Sie hatte sonst Angst, verrückt zu werden.

Sie ging ihre Verwandten und Bekannten der Reihe nach durch und blieb bei ihrem Dad hängen. Sie waren ja alle lieb und nett, aber ihm traute sie am ehesten zu, etwas Konstruktives beizutragen, nachdem er den Schock überwunden hatte.

Max kannte sie noch zu wenig und wollte es in Ruhe angehen lassen, als ihn mit dem Beamen zu überraschen.

Kapitel 8

Am Frühstückstisch erfuhr Soji, dass ihr Dad wieder auf Dienstreise ging und für ein paar Tage weg war. Er fuhr immer zur Firmenleitung von Airbus nach Toulouse in Frankreich. Was er dort machte, durfte er natürlich nicht erzählen. Also musste ihr Problem und seine eventuelle Lösung etwas warten.

Ihre Mom war gut drauf. Sie flog durch die Küche beim Vorbereiten des Frühstücks und der Pausenbrote und trällerte irgendeine Melodie. Es fehlten nur noch die Rollerskates.

„Triffst du dich heute wieder mit Max? Sicher trifft sie sich. Sag ihm, den Termin beim Kardiologen bekomme ich heute."

„Ich werde es ihm ausrichten."

Soji's Stimmung war nicht so gut, zu viel ging ihr im Kopf herum. Sie musste abschalten, sonst drehte sie noch durch. Und sie wollte sich mit Max treffen und eine gute Figur abgeben. Also war Vorfreude geboten. Es war schönes und warmes Sommerwetter vorhergesagt, der Himmel war auch strahlend blau.

„Mom, wo ist unsere Picknickdecke? Ich denke, dass wir die heute gebrauchen werden."

Ihre Mom brachte sie ihr mit einem Grinsen im Gesicht. Soji registrierte es, ging aber nicht darauf ein. Sie nahm ihren Rucksack und verstaute die Decke darin. Mit Helm und Fahrrad war sie komplett und machte sich auf den Weg zur Schule.

Claudia war wie gewohnt die erste, der sie vor dem Schulgebäude begegnete. Und sie war wieder neugierig wie immer. Also erzählte sie von ihrer Hilfe bei der Klausurvorbereitung und vom gemeinsamen Abendessen, wo alle Max kennen lernten.

„Und du kannst ihm da einfach so helfen, obwohl er eine Klasse weiter ist?" Claudia war echt erstaunt.

„Das hat mir nichts ausgemacht. Ich will auch versuchen, die nächste Klasse zu überspringen. So, wie es derzeit läuft, empfinde ich den Unterricht nur als Zeitvergeudung."

Claudias Stimmung wechselte. Sie wurde traurig. „Dann würden wir uns ja nur noch selten sehen?"

Soji wurde nachdenklich. „Das stimmt. So wie ich jetzt Max nur in den Pausen treffen kann, würde es uns beiden dann auch ergehen. Das tut mir ja auch leid, aber du musst mich verstehen, wenn ich das Potenzial, was ich offensichtlich habe, voll nutzen will."

Sie wollte keine traurige Claudia. Sie war ihre beste Freundin. Nur fiel ihr auch nichts ein, wie sie die Stimmung bessern konnte.

„Ich lade dich zu uns nach Hause zum Abendessen ein. Genauer Termin folgt noch. Was sagst du dazu?"

Claudia grummelte: „Du musst dir jetzt nichts aus den Fingern saugen, wir sind ja nicht aus der Welt. Und mit deiner Einladung, das überlege ich mir noch, wir haben uns ja wirklich schon eine ganze Weile nicht mehr bei dir getroffen."

Sie verschwand in der Schule und Max kam auf sie zu. Er strahlte sie an und sie konnte nicht anders und erwiderte diesen innigen Blick. Sofort war ihre Laune wieder wie sie besser nicht sein konnte. Als wenn es Zufall war, strich sie ihm mit der Hand über den Rücken und er schnurrte wie eine Katze. Sofort mussten beide herzlich lachen.

„Wollen wir uns nach der Schule im Gemeindepark treffen? Ich habe auch eine Decke dabei?"

„Gute Idee, ich wollte dir schon etwas Ähnliches vorschlagen."

Sie machte große Augen und sah ihn fragend an: „Was meinst du?"

„Ich hätte sonst vorgeschlagen, zu deinem Haus am See zu fahren, das Wetter ist super und übernachten kann man da auch. Nicht, was du denkst, ich meine wirklich übernachten.“

Er ist schon ein kleines Schlitzohr, dachte sie. Zum Glück nahm sie die Pille. Es wäre also kein Problem, wenn sich etwas anderes als übernachten ergeben würde.

„Deine Idee ist wirklich super, aber für die wenigen Stunden zwischen zwei Unterrichtstagen dahin zu radeln, man braucht mindestens eine Stunde für den Hinweg, fände ich es am Wochenende besser. Meinst du nicht auch?“

„Du hast ja Recht. Also treffen wir uns im Park.“

Der Sommer machte seinem Namen alle Ehre. Es war warm, die Luft flirrte, man konnte nur gute Laune haben. Die Leute um sie herum waren gut drauf, manche hatten ein Lächeln auf den Lippen. Sie fanden einen schönen Platz im Halbschatten unter einem großen alten Baum. Soji machte es sich am Rücken von Max bequem und fing an, ihn ganz zart mit den Lippen im Nacken zu berühren. Lustig war es, wie sich seine Nackenjahre sofort aufstellten. Max musste ein Hohlkreuz machen, um diesen Schauer an Gefühlen, der über ihn kam, ertragen zu können. Dann biss sie ihm ins Ohrläppchen, rückte weiter herum, bis ihre Lippen sich trafen. Sie sahen sich immer wieder in die Augen, küssten sich zart am Kinn, auf die Wangen und dann wieder inniglich und voller Leidenschaft. Die Welt um sie herum war verschwunden, nur sie beide waren da. Er war so erregt und musste sich beherrschen. Sie machten eine Pause. Sie zog sich bis auf ihren Bikini aus und cremte sich mit Sonnenschutzcreme ein. Sie bestand darauf, dass er sich auch eincremte. Etwas widerwillig tat er es dann auch, nachdem er sich ebenfalls bis auf die Shorts ausgezogen hatte. Sie legten sich nebeneinander und genossen die wärmende Sonne. Ihre Hände suchten und fanden sich. Es war einfach schön. Mehr brauchte es nicht.

„Deinen Vorschlag, zum Haus am See zu fahren, müssen wir kurzfristig entscheiden. Es soll zwar weiterhin schönes Wetter geben, aber deine Mutter hat uns doch eingeladen? Eins können wir nur. Aber das Ferienhaus läuft nicht weg, nur deine Mutter freut sich bestimmt schon."

„Du hast wieder mal Recht. Machen wir meiner Mutter eine Freude und du lernst mein Zuhause kennen."

Der Nachteil des Parks war, es gab keinen See oder Brunnen, wo man sich hätte abkühlen können. So kam es, dass den Beiden nicht nur warm wurde, sie fingen auch an zu schwitzen. Aber für sie war es gut, Soji fand, dass er betörend roch und sie rückte noch näher an ihn heran. Und ihn erregte ihre Weiblichkeit, die ihm in die Nase stieg und er musste aufpassen, dass seine Erregung nicht sichtbar wurde. Sie waren ja nicht allein und wurden bestimmt beobachtet. Er drehte sich zu ihr. Die Nähe zu ihr, die vielen Berührungspunkte ihrer Körper erzeugte ein Gefühl, als würde er auf der berühmten Wolke sieben schweben.

Für sie könnte die Zeit stehen bleiben. Von diesem Gefühl der vollkommenen Harmonie konnte sie einfach nicht genug bekommen. Innerlich fühlte sie Dankbarkeit, so etwas überhaupt erleben zu dürfen. Dass sie Max gefunden hatte, das war überhaupt das Größte. Dann kam ihr der Gedanke an ihren Meteoriten. Was wäre, wenn sie mit Max zusammen ‚beamen' könnten? So wären sie von einer Sekunde zur anderen im Ferienhaus und auch wieder zurück. Keiner würde es bemerken. Aber sie hatte keine Ahnung, ob das je funktionieren würde und wie sie ihn in ihr Geheimnis einweihen könnte. Sie könnte die Vögel als Aufhänger nehmen. Das war eine gute Idee. Und sie konnte nicht mehr lange damit warten, sonst würde er die Enthüllung ihres Geheimnisses als Vertrauensbruch werten, und das wollte sie auf keinen Fall. Sie kam wieder zurück in die Gegenwart. Die Sonne versank hinter den Bäumen und die Wärme machte einer kühlen Briese Platz. Beide zogen sich an und fanden, dass es an der Zeit war, ihr Picknick im Park zu beenden. Schwer kamen sie voneinander los, aber irgendwann hatten sie es geschafft und fuhren verschiedene Wege nach Hause mit einem Lächeln auf den Lippen.

Soji's Mom kam ihr sofort im Hausflur entgegen.

„Stell dir vor, ich habe wirklich einen Termin beim Kardiologen für deinen Max bekommen und das am Freitag, also übermorgen. Bin ich nicht gut?"

Soji umarmte sie und sagte: „Ja, du bist meine Beste. Wenn ich dich nicht hätte, wäre einiges schwieriger oder sogar unmöglich."

Sie gingen ins Wohnzimmer. Ihre Mom hatte zum Abendbrot belegte Schnittchen gemacht. Sie brauchte nur noch zulangen. Das war für Soji kein Problem, denn das Bad in der Sonne hatte sie richtig hungrig gemacht.

„Mom, ihr müsst für mich die Versetzung in die elfte Klasse beantragen. Das muss bald passieren, denn in zwei Wochen beginnen die Sommerferien."

„Du willst also wirklich die zehnte Klasse überspringen? Das traust du dir zu? Ich meine, du kannst dich damit auch mächtig blamieren, wenn es nicht so läuft, wie du denkst."

„Ich werde das schaffen. Ich konnte Max bei seiner Klausurvorbereitung helfen und hatte kein Problem mit dem Stoff, den ich zum ersten Mal gesehen hatte. Er war auch richtig erstaunt, dass ich so gut drauf bin. Und wie gesagt, ich lese die Problemstellung und habe sofort die Lösung im Kopf, die dann auch noch richtig ist."

Ihre Mom war stolz auf sie. Wer hat schon einen geistigen Überflieger in der Familie?

„Ich rufe morgen in deiner Schule an und mache einen Termin aus."

Soji wünschte ihr eine gute Nacht und ging hoch in ihr Zimmer. Sie legte sich aufs Bett, nahm den Meteoriten in die Hand und genoss sein Farbenspiel und seine Wärme. Ihr kam ein Gedanke und sie musste innerlich lachen. Wenn sie jetzt schon genau wüsste, wie es bei Max im Zimmer aussah, könnte sie sich hinbeamen und er würde sich nicht mehr einkriegen. Vielleicht macht sie das später einmal, wenn die Voraussetzungen stimmen.

Sie dachte an Claudia. Morgen wird sie mit ihr nach der Schule in der Eisdiele ein Eis essen gehen. Sie haben sonst immer zusammen ein Eis gegessen, und sie wollte sie nicht vernachlässigen. Wenn sie Max treffen sollte, kann er gerne mitkommen, aber Claudia ist morgen ihre Hauptperson.

Und sie darf nicht vergessen, ihrer Mom Bescheid zu geben, bei dem Therapeuten abzusagen. Sie braucht das nicht mehr, denn sie ist sich sicher, mit der neuen Situation klarzukommen.

Kapitel 9

Am Freitagnachmittag kam Soji's Dad von seiner Dienstreise wieder nach Hause. Er sah geschafft aus, aber auch glücklich. Scheinbar hatte er Erfolg in seiner Arbeit. Soji war auch schon zu Hause und konnte ihn begrüßen. Sie wartete auf einen Anruf von Max, der gerade beim Kardiologen war. Natürlich brannte sie darauf zu erfahren, ob sie mit ihrer Diagnose richtig lag. Das erzählte sie auch gleich ihrem Dad.

„Übrigens, wir sind jetzt zusammen. Morgen bin ich bei seiner Mutter eingeladen. Da lerne ich dann auch sein Zuhause kennen. Und wie war es in Toulouse? Gibt es da viele schöne Französinnen?"

Sie zwinkerte ihn an. Er musste schmunzeln. Woran diese Göre so dachte.

„Klar, ich hatte jeden Abend zehn Frauen im Bett. Nein, ich war jeden Tag erledigt, so intensiv haben wir gearbeitet. Und ich wollte doch zum Wochenende wieder zu Hause sein. Wo ist eigentlich deine Mutter?"

„Mom ist in der Schule und beantragt für mich die elfte als nächste Klasse. Das kann ich nämlich nicht selbst machen und es muss noch vor den Sommerferien passieren, damit es wirksam wird."

„Ich denke, du hast dir das reiflich überlegt. So alt, wie du schon bist."

Er gab ihr einen Klaps auf die Schulter. Er dachte für sich, dass er schon sehr stolz auf seine Tochter sein konnte.

„Machst du uns einen Kaffee? Ich suche mal nach einer Vase."

Er wurde fündig und stellte die mitgebrachten Rosen für seine Frau auf den Wohnzimmertisch.

„Dad, wir müssen reden, aber am besten in meinem Zimmer. Ich muss dir auch etwas zeigen."

Soji fand, einen besseren Zeitpunkt als diesen, wo sie mit ihrem Dad alleine war, konnte es nicht geben. Also packte sie den Stier bei den Hörnen, auch wenn ihr Blutdruck dabei in die Höhe schoss.

„Okay, gehen wir in dein Zimmer!"

Man sah ihm an, wie skeptisch er war. In dem Moment ging die Wohnungstür auf und ihre Mom kam strahlend herein.

„Hallo mein Liebster."

Ihre Eltern umarmten und küssten sich. Früher hätte sie sich angewidert abgewandt, jetzt empfand sie die Begrüßung als ganz normal. Immerhin war er einige Tage weg gewesen.

„Also, meine liebe Soji, du beginnst nach den Ferien die Schule in der Klasse 11b und meldest dich bei Herrn Reimann, deinem zukünftigen Klassenlehrer. Na, was sagst du?"

Sie umarmte ihre Mutter. „Mom, du bist die Beste!"

„Kommt, lasst uns zu Abend essen."

Es gab ihren berühmten Wirsingkohleintopf, bei dem sich alle die Finger ableckten - sinnbildlich gesprochen. Ihr Bruder Benjamin war mittlerweile auch eingetroffen und so ließ es sich die Familie schmecken. Soji schaute immer wieder zu ihrem Handy, ob sich Max schon gemeldet hatte. Sie wusste nicht, ob er schreibt oder anruft. Dann, als das Essen längst beendet war und sich alle verstreut hatten, klingelte ihr Handy. Wie erwartet war es Max.

„Also, du hattest Recht mit deiner Diagnose. Nur die Bestätigung beim Arzt war ein kleiner Krimi. Das EKG war unauffällig und er wollte mich schon nach Hause schicken, Dann hat er nochmals meinen Puls geprüft und eine Rhythmusstörung festgestellt, aber nicht so überzeugend, wie er sich das vorgestellt hatte. Deshalb wurde eine Echokardiografie durchgeführt und das hat auch noch einmal gedauert. Fakt ist, ich bin eigentlich gesund, nur selten tritt eine Herzrhythmusstörung auf. Um sicherzugehen, hat er auch noch ein Belastungs-EKG durchgeführt, welches seine Erkenntnisse untermauert hat. Ich bekomme jetzt Tabletten."

„Was für Zeug wurde dir denn verschrieben?"

„Die Tabletten heißen Flecainid, ich habe eine Probepackung mitbekommen. Jeden Tag muss ich eine nehmen und in drei Wochen darf ich wieder hingehen."

„Ich werde dich trösten, wenn wir uns wiedersehen. Die Einladung deiner Mutter morgen steht doch noch?"

„Unbedingt, wir sehen uns morgen Nachmittag zur Teezeit."

Sie konnte innerlich sehen, wie er grinste

Am späten Abend klopfte es an Soji's Zimmertür. Sie lag auf ihrem Bett und spielte mit ihrem Lieblingsspielzeug. Gerade übte sie das Fliegen der Kugelschreiber. Sie sprang auf und ließ ihren Dad herein. Hinter ihm machte sie die Tür wieder zu.

„Na was liegt dir auf dem Herzen?"

„Dad, ich habe lange überlegt, wen ich in mein Geheimnis einweihen kann und bin letztlich bei dir gelandet. Ich muss mich mit jemand austauschen, sonst werde ich noch verrückt. Die derzeitige Interaktion mit meiner Umwelt ist immer nur die halbe Wahrheit. Du kannst dich doch an den Meteoriten erinnern, den ich vor einiger Zeit im Wald gefunden hatte?"

Ihr Dad nickte und er war ganz aufmerksam. Sie gab ihm den Stein.

„An eurer Reaktion hatte ich sofort erkannt, dass ihr nicht dieselbe Beziehung zu diesem Stein aufbauen konntet, wie ich es kann. Bei mir strahlt er eine angenehme Wärme ab von ca. 37°C und erzeugt eine Farbaura in den Spektralfarben um sich herum."

Jetzt war ihr Dad hochinteressiert und nahm den Meteoriten in die Hand. „Tja tut mir leid, ich sehe und spüre nichts von dem, was du sagst."

„Es kommt ja noch besser. Ich muss den Stein nur bei mir tragen und alles Gelesene und Gehörte habe ich auf Dauer abrufbereit gespeichert. Deshalb bin ich so gut in der Schule. Wenn ich den Stein in der Faust fest umschließe, passieren magische Dinge."

Sie nahm den Stein an sich und befahl dem Kugelschreiber innerlich, auf ihren Dad zuzufliegen. Das machte er auch prompt. Ihr Vater bekam große Augen und war sprachlos. Er fing den Kugelschreiber in der Luft ab und beäugte in genau.

„Dad es geht noch besser." Sie nahm ihn an der Hand und führte ihn ins Bad neben ihrem Zimmer. Dort setzte sie ihn auf den geschlossenen Klodeckel und bat ihn, dort unbedingt sitzen zu bleiben. Er nickte. Sie ging zurück in ihr Zimmer und beamte sich ins Bad vor dem Klo. Er bekam einen mörderischen Schreck, als sie plötzlich wie aus dem Nichts vor ihm auftauchte. Wie gekalkt sah er aus und zitterte ein wenig. Es dauerte eine Weile, bis er sich wieder gefangen hatte.

„Und das passiert alles nur durch den Meteoriten? Das ist wirklich der Hammer. Soji hob den Finger und verschwand von einer Sekunde zur anderen. Dann kam sie zur Badtür wieder herein.

„Gehen wir wieder in mein Zimmer?"

Ihr Dad schüttelte den Kopf und kam wieder in ihr Zimmer. „Das war noch nicht alles. Ich habe mich in unser Haus am See gebeamt. Ich sage einfach mal ‚Beamen' dazu wie bei Star Treck. Es hat eine Sekunde gedauert und ich war dort. Genauso schnell war ich wieder zurück."

Er kam ins Grübeln. „Wenn ich das alles so höre, denke ich, du bewegst dich nur in Gedanken weg, dein Körper bleibt hier. Doch das können wir gleich einmal testen. Fliege noch einmal durch die Wand ins Bad, ich sehe, ob du in Gänze weg bist oder nicht."

Sie beamte sich wieder nach nebenan und auch wieder zurück. Dann sah sie ihn erwartungsvoll an.

„Ja du warst wirklich in Gänze weg, also geht dein ganzer Körper auf Reisen. Entgegen jedes physikalischen Gesetzes. Newton und Einstein würden sich im Grab umdrehen."

Es wurde still zwischen Vater und Tochter. Jeder grübelte und versuchte, das Erlebte zu verdauen. Nach einer Weile sagte ihr Dad:

„Ich gehe ins Bett, mal sehen, ob ich einschlafen kann. Also Gute Nacht und zu keinem ein Wort, auch nicht zu Max. Aber das muss ich dir ja nicht sagen." Als er aufstand und ging, schloss er leise die Tür hinter sich. Sie hatte das Empfinden, dass diese Bewegung die Bedeutung des Moments noch einmal unterstrich.

Markus, ihr Dad wälzte sich in seinem Bett von einer Seite zur anderen. Wie er schon gesagt hatte, war an Schlaf nicht zu denken. Seine Frau lag auf der Seite und schlief offensichtlich tief und fest. Immer wieder gingen ihm die Geschehnisse in Soji's Zimmer durch den Kopf. Eigentlich war es unfassbar. Wie geht man damit um, wenn man echter Magie begegnet? Wahrscheinlich ist das noch nicht einmal der zutreffende Begriff dafür, aber ihm fiel nichts Besseres ein.
Er wollte jetzt nicht anfangen, dass irgendwie wissenschaftlich zu durchleuchten, um vielleicht doch noch eine plausible Erklärung zu bekommen. Und garantiert hat es solche Meteoriten schon immer gegeben und Leute haben sie gefunden. Die es geschickt angingen, machten sich als Magier einen Namen, die weniger Geschickten endeten als Hexen auf dem Scheiterhaufen. Zum Glück waren diese Zeiten vorbei. Aber vorsichtig muss man trotzdem bleiben. Vielleicht gab es auf der Welt einige Leute, die so einen Meteoriten gefunden

und seine Kräfte erkannt haben. Vielleicht kommunizieren sie auch weltweit untereinander. So viele ‚Vielleicht' und da würden bestimmt noch einige dazu kommen. Es war ja auch nicht abzusehen, welche weiteren Möglichkeiten sich noch ergeben können. Wenn es seiner Tochter Recht ist, sie ist ja die eigentliche Akteurin, wird er eine Art Testprotokoll erstellen, wo sie festhalten, was geht und was nicht. Auf alle Fälle gibt es noch viel mehr, was man mit dieser Kraft bewirken kann. Obwohl - ihr Trip von A nach B in Sekundenschnelle war schon mehr als beeindruckend.

Und er hatte Angst vor der Macht, die man mit diesem Meteoriten bekam. Aber Soji mit ihren fast 17 Jahren wird das meistern, er glaubte fest an sie.

Wegen des fehlenden Schlafes ging Markus ins Wohnzimmer und holte eine Flasche Whisky aus dem Schrank. Er griff selten danach, aber momentan war ihm nach einem kräftigen Schluck.

Kapitel 10

Der Jüngste in der Familie hatte durchaus bemerkt, dass mit seiner Schwester etwas nicht stimmte. Und damit meinte er nicht ihren neuen Freund und dass sie sich wie Turteltauben verhielten. Es war etwas anderes. Er wusste genau, er brauchte Soji gar nicht fragen, sie würde sich noch mehr verschließen und er hätte keine Chance mehr, etwas herauszufinden. Also musste er sich genau anders herum verhalten, als würde er eben nichts bemerken.

Normalerweise spielte er nach der Schule Basketball, oder er traf sich bei seinen Freunden zu Ballerspielen oder auch mit Mario, seinem besten Freund, doch an diesem Tag, als Soji sich mit ihrem neuen Freund traf, war er gleich nach der Schule nach Hause gegangen. Seine Mom war auch unterwegs, und so hatte er für einen Moment sturmfreie Bude. Er ging in das Zimmer seiner Schwester, blieb mitten im Raum stehen und sah sich genau um. Nach was er suchen sollte, war ungewiss, ihren Meteoriten hatte sie immer bei sich, was schon merkwürdig war, Er stellte sich die Frage, warum hatte sie ihn immer bei sich?

Benjamin öffnete nach und nach alle Schubfächer, wobei er sehr vorsichtig war. Sein Herumschnüffeln sollte niemand bemerken. Aber nichts erregte seine Aufmerksamkeit, alles war nur Weiberkram. In den Unterlagen, die auf dem Schreibtisch lagen, fand er auch nichts Interessantes. Blieb nur noch ihr Notebook. Der Zugang war kein Problem, sie hatte ihm ihr Passwort mal gegeben, als der Rechner Probleme machte und er helfen musste. In IT-Dingen war er ganz gut und das wusste sie. Aber er fand nichts, sie hatte wohl gerade einen Cleaner laufen lassen.

Schade, er hätte zu gern gewusst, was Sache war. Also ging er wieder in sein Zimmer, legte sich auf sein Sofa und grübelte. Eigentlich war er erst durch das merkwürdige Verhalten der Vögel und den Ereignissen im Zoo stutzig geworden. Und als noch seine Mom lauthals verkündete, sie hat einen Termin für Soji beim Therapeuten bekommen, war für ihn klar, hier stimmt etwas nicht. Und da die ganzen Widersprüche erst aufkamen, als sie den Meteoriten gefunden hatte, dachte Benjamin, es muss mit dem Stein zusammenhängen. Da war er sich ziemlich sicher.

Innerlich war ihm bewusst, dass er über dieses Thema mit niemanden reden konnte, auch nicht mit seinen Spielfreunden. Er hatte keine hohe Meinung von ihnen, hingen sie doch fast jede nur mögliche Zeit vor der Playstation. Er merkte, dass es ihnen nicht gut tat, sie verschossen nicht nur die Munition in den Spielen, sondern auch Teile ihres Gehirns. Benjamin hatte das Gefühl, dass das Geheimnis seiner Schwester Größeres nach sich ziehen könnte, wenn es erst einmal publik werden würde. Bundespolizei und wer weiß noch sehen vielleicht die nationale Sicherheit gefährdet und stehen vor der Tür. Der Gedanke machte ihm etwas Angst. Vielleicht sollte er doch mal mit seiner Schwester reden. Anfangs dachte er ja daran, es eher nicht zu tun, aber diese Idee war doch nicht so gut. Also wird er einen Zeitpunkt finden müssen, wo er sie mal für sich hat und das ungestört.

Kapitel 11

Der ersehnte Samstagnachmittag war endlich gekommen. Beim googeln nach der berühmten Teatime war Soji aufgefallen, dass sie gar nicht wusste, wo Max eigentlich wohnte. Sie hatte keine Adresse, wo sollte sie also klingeln? Dann ging er auch nicht ans Telefon, nur der AB bot sich für eine Nachricht an. Das drückte schon etwas ihre Stimmung. Aber dann rief er an und entschuldigte sich für diesen Fehler. Sie bekam genau erklärt, wie sie zu ihm kommen konnte. Soji hatte lange überlegt, was sie anziehen sollte. Seiner Mutter zuliebe entschied sie sich für ein Sommerkleid. Doch, so fühlte sie sich wohl. Sie nahm einen kleinen Rucksack mit für die Blumen und etwas Unterwäsche. Irgendwie hatte sie die Ahnung, dass sie wohl dort übernachten würde. Sie verabschiedete sich von ihrer Mom.

„Ich denke mal, es wird sehr spät werden, oder auch erst morgen Vormittag." Ihre Mom grinste sie an.

„Soji, habe einfach ein paar schöne Stunden und mach dir keinen Kopf, es kommt sowieso anders, als man denkt."

Sie schnappte sich ihren Fahrradhelm und weg war sie.

Sie musste nicht lange radeln, dann war sie am Ziel. Die Uhr zeigte kurz vor 15:00 Uhr an, also goldrichtig zur ‚Teatime'. Sie hatte schon den Finger auf dem Klingelknopf, aber er war schneller und machte die Tür auf. Max hatte ein breites Lächeln auf den Lippen, er freute sich riesig, dass sie wirklich gekommen war. Er nahm ihr den Rucksack ab und holte die Blumen heraus.

„Die sind bestimmt für meine Mutter." Sie nickte nur und er gab sie ihr in die Hand. Sie zog die Schuhe aus und dann gingen sie ins Wohnzimmer.

„Da ist ja die Flamme meines Sohnes. Schön, dass du wirklich gekommen bist. Ich freue mich. Und danke für die Blumen."

Jetzt strahlte sie noch ein wenig mehr. „Ich habe schon den Tisch gedeckt. Ihr braucht euch nur zu setzen, während ich eine passende Vase suche."

Max rückte etwas näher an sie heran.

„Dass du hier bist, ist schon der Hammer." Er sah ihr in die Augen, natürlich die drei Sekunden länger als normal und strahlte sie an. Der Funke sprang sofort über und sie strahlte zurück.

„So Kinder, greift zu. Ich habe selbstgemachte Dresdner Eierschecke anzubieten, die hat bisher jedem geschmeckt. Eigentlich müsste auch gleich mein Mann kommen, der muss normalerweise nicht am Samstag arbeiten, aber sie haben volle Auftragsbücher."

Sie tranken Tee und schwätzten, was das Zeug hielt. Soji kam es so vor, als ob alle Nachholbedarf beim Reden hatten. Vielleicht sprachen sie sonst nicht so viel miteinander. Sein Vater war mittlerweile auch eingetroffen. Offensichtlich hatte er sich in der Werkstatt umgezogen, denn er setzte sich gleich zu Tisch.

„Du bist also die Kleine von meinem Jungen. Es wurde ja auch Zeit, dass er was Vernünftiges anschleppt."

Soji wurde rot, vielleicht auch wegen der tiefen, raumfüllenden Stimme, die zu ihrer Verlegenheit beitrug.

Er grinste und gab ihr die Hand, eine große, schwere, warme Hand, die fest zupacken konnte. Aber er bemühte sich, Soji's Hand nicht zu zerquetschen. Sie konnte das an seinem Mienenspiel erkennen.

Sie sprachen über alles Mögliche, auch über die Sommerferien und dass sie vorhaben, in den Urlaub zu fahren. Einmal im Jahr braucht man eine Auszeit. Sie staunten nicht schlecht, dass Soji eine Klasse übersprang, das war ja jetzt amtlich, und dass sie dann in die Parallelklasse von Max ging.

Sein Vater sprang darauf an und fragte sie. „Was hast du eigentlich im Schülerpraktikum gemacht?"

Soji musste lächeln. „Wir haben wirklich in einer Lehrtischlerei Holz kennen gelernt. Und was man damit alles machen kann. Aber in erster Linie habe ich die Werkstatt sauber gemacht."

Er konnte nur den Kopf schütteln. So wird das nie etwas mit den Nachwuchskräften. „Wenn du die Schule abgeschlossen hast, und ich denke mal mit sehr guten Noten, kannst du gerne bei mir eine verkürzte Lehre als Tischlerin anfangen. Du weißt, wir brauchen dringend Fachkräfte, ich und mein Betrieb auch. Und eine solide Ausbildung kann nicht schaden. Was du mal später machst, sei dahin gestellt."

„Ich habe mir noch gar keine Gedanken darüber gemacht, was ich mal beruflich machen werde. Das zu entscheiden, dafür sind ja auch noch fast zwei Jahre Zeit."

„Also, mein Angebot steht. Das gilt übrigens auch für dich, mein Junge."

Nun griff die Mutter ins Geschehen ein.

„Ich habe mir gedacht, wir machen ein wenig Hausmusik. Hast du einen besonderen Wunsch, Soji?"

„Also, wenn du so fragst, hätte ich einen Wunsch. Und zwar Mozarts ‚Piano Concerto Nummer 21 in C Major'. Ich habe mich extra schlau gemacht, wie das genau heißt."

Seine Mutter runzelte etwas die Stirn. Damit hatte sie offensichtlich nicht gerechnet. „Dann schauen wir doch mal, ob ich das gleich finde."

Sie holte ihr Tablet und bemühte die Suchfunktion. „Alles kein Problem. Hier sind die Noten. Max, machst du mit?" Er ließ auf dem Tablet die Hörprobe laufen und nickte dann. Also machten sie ihre Instrumente klar und legten los, anfangs etwas holprig, aber dann wunderschön. Soji war wieder begeistert, wie das Cello und der Flügel miteinander harmonierten. Sie sah zu seinem Vater hinüber. Der war vollkommen entspannt und sichtlich ergriffen. Als es zu Ende war, sagte er nur:

„Eine wunderschöne Melodie. Mozart hat es drauf gehabt."

Sie spielten noch andere schöne Stücke, auch Soundtracks aus bekannten Filmen. Das fand Soji besonders beeindruckend.

Es war Zeit für das Abendessen. Soji ließ sich in die Vorbereitung voll einspannen, ebenso Max. Sie schauten immer wieder aufeinander und fanden letztlich, dass sie ein eingespieltes Team waren. Es gab delikaten Brotbelag, Baguette und verschiedene Salate, jeder konnte sich seine Lieblingshappen selber zusammenstellen. Angesichts dieser Pracht und diesem Überfluss musste man einfach nur Hunger bekommen. Also langten alle ordentlich zu und seine Mutter war zufrieden. Sie hatte lange überlegt, was sie auf den Tisch bringen sollte, weil sie doch nicht wusste, was Soji gerne aß.

Zusammen sorgten sie nach dem Abendbrot für Ordnung und Max ging dann mit Soji auf sein Zimmer. Die Luft in dem Raum schwirrte vor Erwartungen. Sie konnten sich dem nicht entziehen und sahen sich an. Dabei gingen sie langsam aufeinander zu, um sich letztlich zu umarmen und zärtlich zu küssen. Soji sah sich in dem Zimmer um. Neben dem Kasten für das Cello standen eine Gitarre und eine E-Gitarre in ihren Ständern. Daneben war ein Keyboard aufgebaut. Und wiederum daneben stand der Schreibtisch mit einem PC mit großem Monitor. Dann gab es sein Bett und am Fußende stand ein Kleiderschrank. An den Wänden hingen viele Bilder und hinter dem Monitor waren auf einer Pinnwand viele Zettel, Notizen und Noten angebracht. Es war gemütlich bei ihm und es war ein typisches Jungenzimmer, eben Max sein Domizil. Sie setzten sich beide auf sein Bett.

„Kannst du mir etwas von deinen eigenen Liedern vorspielen?"

„Für dich immer", sagte er lächelnd, nahm die Gitarre und trällerte los. Es hörte sich gut an, vor allem hatte er eine schöne Stimme. Sie konnte nicht genug kriegen. Immer näher rückte sie an ihn heran, so dass er bald nicht mehr Gitarre spielen konnte und das Instrument neben sich legte.

Plötzlich gab es heftigen Gewitterdonner. Erschrocken sprangen sie auf und gingen zum offenen Fenster. Das Wetter war wirklich umgeschlagen und ein Gewitter begann. Dann ging es in Wetterleuchten über und es grummelte nur noch verhalten. Aber es regnete jetzt. Die beiden standen eng umschlungen vor dem Fenster.

„Lass uns raus gehen und den Regen genießen, Soji."

„Eine gute Idee, die hätte von mir sein können."

Sie rannten hinaus und amüsierten sich köstlich. Dazu kam, dass sie barfuß waren. Völlig durchnässt gingen sie wieder hinein.

„Wollen wir zusammen duschen?"

So wie er sie ansah, konnte sie nicht nein sagen. Da lag so viel Zuneigung in seinem Blick, aber auch pures Verlangen, das deckte sich mit ihren Wünschen. Also gingen sie ins Bad, zogen sich schnell die nassen Sachen von den Körpern und genossen eng beieinander stehend den warmen Wasserstrahl. Er hätte sie am liebsten gleich hier genommen. Aber seine Eltern könnten auf die Toilette wollen. Auch wenn abgeschlossen war, den Abbruch wollte er ihr ersparen. Sie löste sich etwas von ihm und schaute an ihm herunter. Seine Erregung war nicht zu übersehen. Sie drückte mit ihrem Oberschenkel dagegen, worauf er laut stöhnte. Sie hatte es wirklich drauf, ihn auf Einhundert zu bringen. Sie schnappten sich Badetücher und ihre Sachen und verschwanden in seinem Zimmer. Er schloss die Tür ab. Behutsam und ganz zärtlich fing er an, sie abzutrocknen. Er ließ keine erogene Zone aus. Das brachte ihr Herz mächtig zum Schlagen und steigerte ihr Verlangen, dass es fast schon wehtat. Sie trocknete ihn ebenfalls ab und bewunderte seinen ebenmäßigen, leicht durchtrainierten Körper. Erst wollte sie seinen besten Freund umgehen. Aber dann sagte sie sich, wieso eigentlich und trocknete seine Beine, speziell die Oberschenkel von unten nach oben ab und landete dann bei dem Objekt der Begierde. Er nahm sie am Arm und warf sie aufs Bett. Seine zärtlichen Küsse wurden immer stärker und fordernder und brachten sie in Wallung. Ihre Beine öffneten sich und er merkte, wie bereit sie war. Max war kein Mensch von Traurigkeit und ließ sie nicht länger warten. Die angestaute Energie entlud sich und verschaffte beiden eine tiefe Befriedigung.

Sein bester Freund wollte sich zurückziehen, aber sie hielt ihn in sich fest. Er schaute sie an und war überrascht, denn damit hatte er nicht gerechnet. Sie berührte ihn ganz zart und streichelte ihn an den unmöglichsten Stellen, da sie doch so eng aufeinander lagen. Deshalb brauchte es nicht lange und er war für die zweite Runde wieder einsatzbereit.

Die Zeit verging wie im Fluge. Sie erkundeten ihre Körper gegenseitig und hatten dabei viel Spaß. Doch irgendwann muss auch der gesündeste Mensch einmal schlafen. Sie zogen die Decke über sich und begaben sich eng aneinander geschmiegt ins Land der Träume.

Am nächsten Morgen, als sie noch gar nicht richtig wach war, bemerkte sie seine aufrechte Begierde und ließ sich nicht lange bitten. Ihre vom Schlafen noch warmen Körper und das kuschelige Bett taten ein Übriges, dass sie tief und inniglich zu einander fanden. So könnte jeder Morgen anfangen, dachte sie und schaute ihn ganz tiefgründig an.

Mein Gott, was ist das nur für eine Wahnsinnsbraut, perfekt gebaut, alles wohlgeformt, einfach zum Anhimmeln. Und der

Sex ist umwerfend schön. Er freute sich, dass er sie gefunden hatte und sie offenbar genauso in ihn verliebt war wie er in sie. Das war so ein übergreifendes Gefühl, das ihm die Tränen in die Augen schossen. Soji bemerkte das und war etwas erschrocken.

„Was ist mit dir? Tut dir etwas weh?"

Er schüttelte den Kopf und beugte sich vor. „Was zwischen uns läuft, haut mich gefühlsmäßig einfach um. Mehr ist es nicht." Er wischte sich die Tränen aus den Augen. Das rührte sie an und sie strich ihm eine wilde Locke aus dem Gesicht.

„Aber wir sollten zum Frühstück gehen. Meine Eltern legen sehr viel Wert auf diese Mahlzeit."

Sie zupfte an den über Nacht getrockneten Sachen herum und er musste ihr bestätigen, dass sie gut aussah. Soji sah zu ihm, ja, er machte auch eine passable Figur. Sie zeigte ihm den Daumen nach oben und los ging's. Seine Eltern warteten schon am gedeckten Tisch.

„Einen schönen Guten Morgen. Nehmt Platz. Soji, was trinkst du, Kaffee oder Milch, Tee oder Kakao?"

„Am liebsten Kaffee mit Milch."

Seine Mutter schenkte ihr aus der Kaffeekanne ein und reichte ihr das Kaffeesahnekännchen.

Ihr fiel auf, wie schön und edel das Frühstücksgeschirr war. Strukturiertes weißes Porzellan mit Blütenmotiven und die Ränder waren vergoldet. Lustig war der kleine Schwamm unter der Ausgusstülle der Kaffeekanne, der mit einem kleinen Kettchen festgehalten wurde, damit Tropfen vom Kaffee nicht auf die weiße Tischdecke fielen. Und was sie auch schon ewig nicht mehr gesehen hatte, waren die Eierbecher, in denen die noch warmen Eier mit einem gestrickten Wollhäubchen warm gehalten wurden. Ja, seine Mutter hatte sich mit dem Frühstück wirklich viel Mühe gegeben.

Sie fühlte sich gar nicht mehr fremd unter diesen Leuten, sondern sehr zu ihnen hingezogen. Es war schon eigenartig. Vor kurzem lernte sie Max kennen und jetzt seine Familie, die sie sich als zweites Zuhause sehr gut vorstellen konnte. Sie sagte sich, dass der Tag, an dem sich sowohl ihre als auch seine Eltern mal treffen würden, ein guter Tag werden würde.

Nach dem Frühstück wollte er Soji noch nach Hause begleiten und unterwegs eventuell noch einen Zwischenstopp einlegen, wenn es ein schönes Plätzchen gab. Denn das Wetter spielt auch mit.

Sie nickte nur und los ging's. Seiner Mutter wollte sie erst die Hand reichen, aber dann war doch eine Umarmung das Richtige. Und von seinem Vater bekam sie wieder diesen unvergesslichen Händedruck.

Sie hatten mit ihren Rädern einen kleinen Umweg gemacht. Oberhalb von Bielnau stand eine Bank am Wegrand und die nahmen sie in Beschlag. Soji fand, dass das der richtige Zeitpunkt war, um ihm etwas von ihrem Meteoriten zu erzählen. Noch nicht alles, was sie und ihr Dad schon wussten, aber eine gute Einleitung, damit er sich nicht später hintergangen fühlte.

„Max, ich habe da etwas, dass solltest du wissen."

Er sah sie erstaunt an, denn mit so einer Ansage hatte er jetzt nicht gerechnet.

„Es war vor vielen Wochen, der Sommer hatte gerade richtig losgelegt. Ich befand mich in unserem Haus am See, als ich Zeuge wurde, wie in der Nähe ein Meteorit abstürzte. Den habe ich geborgen und von Beginn an eine besondere Beziehung zu ihm aufgebaut. Er wärmt mich und strahlt für mich in allen Spektralfarben. Er fördert meine geistigen Fähigkeiten, weshalb ich auch so gut in der Schule bin. Ich muss ihn nur in meiner Nähe haben. Er verhilft mir in medizinischen Dingen zu erstaunlichen Ergebnissen, ich konnte Claudia zurück ins

Leben holen bei ihrem Unfall und den Heilungsprozess enorm beschleunigen, oder bei dir eine zutreffende Diagnose stellen. Und dass die Vögel alle so hinter mir her sind, liegt auch nur an diesem Stein. Und wer weiß, was er alles noch so kann."

Sie kramte in ihrem Rucksack und holte den Schwarzen Stein hervor. Er nahm ihn vorsichtig in die Hand und betrachtete in höchst interessiert. Aber er sah auch nur wie alle anderen einen mattschwarzen kugelrunden Stein, den er als Stein für zu leicht befand.

„Meinst du nicht auch, dass er zu leicht ist? Vielleicht ist er ein Hohlkörper? Ein CT würde Aufschluss bringen."

„Solange ich nicht genau weiß, über welche Fähigkeiten er insgesamt verfügt, solange bleibt er mein Geheimnis. Wenn ich ihn untersuchen lasse, wissen viele von ihm und er gehört mir nicht mehr, sondern der ,Wissenschaft', wie es so schön heißt. Deshalb behalte das alles für dich. Wenn wir jetzt nicht richtig zusammen wären, hätte ich dir nichts erzählt. Es wissen nur ganz wenige um seine Existenz, und noch weniger, über welche Fähigkeiten er verfügt."

„Das ist kein Thema." Max grinste sie an und machte die Bewegung, als würde er seinen Mund wie einen Reisverschluss zuziehen.

Sie kuschelten noch eine Weile, dann fuhren sie zu ihr nach Hause. Sie gab ihm einen Kuss, drehte sich und fuhr mit dem Fahrrad in die Hausdurchfahrt.

„Wir sehen uns morgen in der Schule?"

„Ja wir sehen uns morgen, Ich freue mich darauf."

Irgendwie war er ein wenig enttäuscht, hatte er doch gehofft, auch den Rest des Tages mit ihr zu verbringen. Ihr Zimmer konnte man bestimmt auch abschließen. Aber dieses Gefühl verflog schnell, denn wenn er nur an Soji dachte, hatte er wieder diese Schmetterlinge im Bauch. Und je länger er sie kannte, um so mächtiger wurden die Flügelschläge dieser imaginären Schmetterlinge. Es war manchmal nicht zum Aushalten.

Kapitel 12

Nachdem Soji ihre Familie begrüßt hatte, ging sie auf ihr Zimmer. Schon wie gewohnt legte sie sich auf ihr Bett und hatte ihren Meteoriten in der Hand. Sie genoss den Kontakt und war schnell in Gedanken versunken. Warum hatte sie eigentlich Max nicht mit auf ihr Zimmer genommen? Ihre Eltern hätten bestimmt nichts dagegen gehabt. Aber in dem Moment, wo sie zu Hause ankam, wollte sie nur allein sein. Nun hatte sich ihre Meinung geändert und sie war traurig, dass diese umwerfenden Stunden der letzten Tage keine direkte Fortsetzung fanden. Ihre Hand wanderte unter ihren Slip und sie musste an seine Männlichkeit denken. Langsam baute sich in ihr Begierde auf. Alles im Unterleib zog sich zusammen und verlangte nach einer Entspannung. Die konnte sie sich verschaffen, aber das war nicht ansatzweise mit dem zu vergleichen, was sie mit Max erlebt hatte. Zum Glück versprach ihre Liebe jede Menge an neuen gemeinsamen Erlebnissen. Dieser Gedanke beruhigte sie wieder.

Sie ließ so nach und nach alle ihre Kugelschreiber und Stifte schweben und erfreute sich an diesem unwirklichen Anblick. Dann schlief sie ein.

Ihre Mom rief zum Abendbrot. Soji entschuldigte ihren verschlafenen Eindruck, den sie bei allen hinterließ. Das war aber für keinen in ihrer Familie ein Problem. Die Gespräche plätscherten so vor sich hin, bis Benjamin fragte:

„Warum hast du eigentlich immer diesen Meteoriten bei dir? Ich denke, auch jetzt steckt er in deiner Hosentasche? Seit du diesen Meteoriten gefunden hast, trägst du nur weite Hosen, wo die Kugel in der Tasche nicht weiter auffällt. Und du hast dich grundlegend verändert. Ich denke nur daran, dass du mittlerweile eine der Besten in der Schule bist."

Ein bisschen ärgerte Soji der aggressive Unterton in Benjamins Frage, aber sie überwand sich, nicht in dieselbe Kerbe einzuschlagen und antwortete ganz normal: „Was soll ich sagen, er ist mein absoluter Glücksbringer. Ich hatte das Gefühl Claudia nach ihrem Unfall zu helfen und Max zu einem Arztbesuch raten zu können, der ihm letztendlich half. Deshalb habe ich ihn immer bei mir."

Soji sagte sich, nur nicht mehr als unbedingt nötig von ihrem Geheimnis preisgeben. Sie sah zu ihrem Dad und ihre Blicke trafen sich für einen Moment. Er signalisierte Zustimmung.

Ihre Mom tat so, als ob sie das alles nicht weiter interessierte. Aber so war es nicht. Die Veränderungen an ihrer Tochter sind ihr sehr wohl aufgefallen. Sie meinte nicht die Beziehung, die sie zu ihrem Freund Max aufgebaut hatte. Das war alles in Ordnung, schließlich waren sie junge Erwachsene mit entsprechenden Bedürfnissen, und sie war die Letzte, die sich dagegenstellen würde. Solange sie konsequent verhüteten, war alles okay, nur ungewollter Nachwuchs würde überhaupt nicht in ihre geplanten Lebensläufe passen und für alle nur Stress verursachen. Aber das wusste Soji.

Sie war in der Zeit vor dem Meteoriten ein junges Mädchen, wie man es sich in dem Alter vorstellte, jung, frech und alles besserwissend. Das wurde jetzt überlagert durch ihre Nachdenklichkeit, Verschlossenheit und ihr Bemühen, mit den neuen Fähigkeiten, die sie hatte, klar zu kommen. Ihre beste Freundin mit Handauflegen heilen zu können, das ist schon eine Hausnummer. Und wer weiß, was sie sonst noch alles kann, wovon sie ihr nicht erzählt. Ob das unbedingt ein Vertrauensbruch darstellt, dieser Meteorit ist schon verrückt genug, da sollte sie das nicht überbewerten. Soji's Mom ist natürlich neugierig und irgendwie wird sie herausbekommen, was hier im Einzelnen läuft. Am besten, sie spricht mal mit ihrem Mann. Ihm werden ja auch diese Veränderungen aufgefallen sein. Sie dachte nur an den verkorksten Zoobesuch.

Abends im Bett drehte sie sich zu ihrem Mann und fragte ihn direkt:

„Dir ist doch auch aufgefallen, dass Soji sich verändert hat? Weißt du mehr als ich? Ich bemühe mich ja, ihr zu helfen, wo ich nur kann, ob das Terminabsprachen sind oder die Höherstufung in der Schule. Aber ich fühle mich ein bisschen hintergangen, was den Wissensstand angeht."

Markus schaute seine Frau einen Moment lang an und überlegte. Einerseits hatte er seiner Tochter absolutes Stillschweigen zugesichert, andererseits hatte er seiner Frau vor langer Zeit geschworen, mit ihr gemeinsam durch dick und dünn zu gehen. Und das galt heute wie am ersten Tag ihrer Ehe. Die Familie war ihm viel wert, sehr viel wert. Also erzählte er ihr in einer Kurzfassung, was er wusste und erlebt hatte. Sie bekam große Augen und wollte es erst nicht glauben. Richtig fassungslos war sie. Aber die Ernsthaftigkeit, die in seiner Stimme lag, ließ keine Zweifel aufkommen. Er sah in ihre Augen, in denen sich das warme Licht der Nachttischlampen widerspiegelte. Doch, es war richtig, dass er ihr das erzählt hatte. Sie kuschelte sich an ihn.

„Meine Liebe, eins musst du mir aber wirklich versprechen! Zu keinem ein Wort. Das muss in der Familie bleiben. Benjamin wird sich auch so seine Gedanken machen, aber der Zeitpunkt ist noch nicht gekommen, um ihm reinen Wein einzuschenken."

„Du hast Recht. Aber lass uns jetzt schlafen, ich muss das erst einmal verarbeiten."

Sie drehte sich auf die andere Seite und machte ihre Lampe aus. Sie konnte natürlich nicht schlafen, zu eigenartig und sonderbar war das, was ihr Mann berichtet hatte. Da ist man nun schon so alt geworden, na ja, so alt war sie auch wieder nicht, und dann wird man mit magischen Vorkommnissen konfrontiert. Was kann sie nur machen, dass ihre Tochter das nicht alleine stemmen muss. Sie ist sich sicher, dass Soji auch mächtig daran zu kauen hat. Auf der einen Seite die Neugierde, was kann ich noch alles bewirken, auf der anderen Seite die Macht dahinter und wie man richtig damit umgeht. Das ist ein schwieriges Problem. Aber sie wird warten müssen, bis sich Soji ihr anvertraut. Sie wollte ihrem Mann nicht in den Rücken fallen.

~PM~

Kapitel 13

Der Abend war schon etwas fortgeschritten, die Sonne war untergangen und nun wurde es langsam dunkel. Soji stand eine Weile am Fenster und beobachtete das aufziehende Abendrot. Morgen wird also wieder ein schöner Tag. Sie dachte an ihren kleinen Liebling in der Hand mit seiner wohligen Wärme und an seine Kräfte. Vor kurzem hatten sie sich im Unterricht mit den Zeitzonen der Erde beschäftigt, hängen geblieben war bei ihr, dass es jetzt in Kairo eine Stunde später als hier in Bielnau war. Eigentlich spricht nichts dagegen, sich mal auf die Spitze der Cheopspyramide zu beamen, das würde garantiert dort Niemandem auffallen. Sie fand den Gedanken so verrückt, dass sie nichts mehr davon abhielt ihn umzusetzen.

Soji schaute, was ihre Familie tat und hielt das Ohr an die Türen. Ihre Mom und Dad schliefen offensichtlich schon und Benjamin hatte sich unter seinen Kopfhörern vor dem PC vergraben. Sie ging zurück in ihr Zimmer und schloss leise die Tür. Mitten im Zimmer stehend, überlegte sie, wie sie es am besten anstellt, wenn sie jetzt auf eine Reise geht, wo das Ziel zwar bekannt war aber nicht in den Details. Eigentlich wird ihr Trip nicht lange dauern, was sollte sie da an Vorbereitungen treffen? Sie wird es einfach initiieren und lässt das Ergebnis auf sich zukommen. Zur Not könnte sie sich auch sofort zurückbeamen.

Also umschloss sie den Meteoriten ganz fest und dachte intensiv daran, auf die Pyramidenspitze gebeamt zu werden. Die Zuverlässigkeit in der Umsetzung des Gedankens war wirklich beeindruckend. Es vergingen zwei Sekunden in absoluter Dunkelheit, und dann merkte sie schon an der trockenen Hitze, die sie plötzlich umgab, dass sie wirklich auf der Cheopspyramide angekommen war. Langsam gewöhnten sich ihre Augen an die   Dunkelheit. Etwas Restlicht war vorhanden, schon durch das Lichtermeer der nahen Stadt Kairo. Sie schaute nach oben, es war fast Vollmond, aber durch die Lichtglocke der Stadt waren kaum Sterne zu sehen. Schade eigentlich. Von hier oben konnte sie weit ins Land sehen. Beeindruckend war die Größe der erleuchteten Stadt, die bis an den Horizont heranreichte. So groß hatte sie sich Ägyptens Hauptstadt nicht vorgestellt.

Richtig spitz war die Pyramide nicht, es gab ein kleines Plateau. Ein riesengroßer Blitzableiter mit entsprechenden Abstützungen stand darauf. Sie setzte sich im Schneidersitz auf einen der Steine, holte tief Luft und musste erst einmal zu sich kommen. Das war so etwas von verrückt, im Grunde unfassbar. Aber sie war hier und atmete eine staubige Luft, die den Gedanken an Gräber und Sarkophage aufkommen ließ. Zu der Hitze gesellte sich eine leichte, etwas kühlere Abendbriese. So konnte sie es aushalten. Sie schaute eine Weile hinunter in die Tiefe und ins Umland. Am Fuße der Pyramide war die Straße durch Straßenlaternen beleuchtet. So konnte sie die Größe dieses Bauwerkes etwas einschätzen und war schwer beeindruckt. Wie konnte man so etwas Gewaltiges bauen? Und zu welcher Zeit das passierte. Es war der absolute Wahnsinn, vor allem, wenn man sich so direkt damit konfrontiert sah.

Die beleuchtete Stadt zwang sie immer wieder hinzusehen. Dann ging ihr der Gedanke durch den Kopf, dass ihr Zuhause mehrere Tausend Kilometer weit entfernt und wie unwirklich ihr Hiersein war. Aber so richtig genießen konnte sie das Ganze nicht. Soji hatte das ungute Gefühl, dass es nicht richtig war, was sie hier tat. Vielleicht beobachtete jemand die Pyramide und hatte sie gesehen. Oder jemand aus ihrer Familie kommt in ihr leeres Zimmer und fragte sich, wo sie wohl hingegangen ist.

Ach, was soll's. Ich war in Ägypten und reise jetzt wieder nach Hause. In ihrem Zimmer angekommen, sah sie zur Uhr und war doch etwas überrascht. Sie war gerade einmal zehn Minuten unterwegs gewesen, doch die Zeit kam ihr wie eine kleine Ewigkeit vor.

Ihr Meteorit hatte sich nicht verändert, also konnte sie diese Reise noch oft wiederholen. Sie dachte daran, was wäre, wenn die Energiequelle dieses Steins versiegt? Und das gerade dann, wenn sie wie jetzt auf so einem Trip war. Das war eine gruselige Vorstellung, also wollte sie daran nicht mehr denken. Sie legte sich auf ihr Bett und spielte mit der schwarzen Kugel. Ich kann mich also zu jeden Ort auf der Erde in wenigen Sekunden bewegen. Aber wie kann ich sicherstellen, dass ich nicht in einer Betonwand oder in einem anderen Menschen lande? Bei dem überbevölkerten Planeten ist die Wahrscheinlichkeit ziemlich hoch.

Das musste sie testen, ehe sie auf weitere Reisen geht. Am besten wäre es, sie redet darüber mit ihrem Dad. Vielleicht hat er eine brauchbare Idee. Der Gedanke beruhigte sie ein wenig.

Sie musste an ihren Liebsten denken. Ihre Gefühle für Max überwältigten sie. Wie schön wäre es, wenn er jetzt hier wäre. Das muss ihr nächstes Ziel sein, ihn über alles aufzuklären. Sie konnte nicht sagen warum, aber sie war sich sicher, dass es möglich wäre, ihn mitzunehmen. Und dann würde es richtig Spaß machen. Mit dem Gedanken schlief sie ein. Ihr Trip zur Cheopspyramide hatte sie doch ganz schön mitgenommen.

Am nächsten Morgen traf sie sich wie immer mit der neugierigen Claudia. Sie hatte einiges zu erzählen, aber letztlich war das alles ein 'um den heißen Brei herum Gerede'. Mit ihren echten Problemen konnte sie ihr nicht kommen, das würde sonst die Runde machen. Nun war Claudia dran zu erzählen, was ihr das Wochenende gebracht hatte. Soji hatte ihren Daumen in eine offene Wunde gelegt. Claudia druckste erst ein wenig herum, dann kam sie ganz stolz mit ihrer Neuigkeit, sie hatte einen neuen Freund. Offensichtlich bereitete es ihr große Zufriedenheit, nun mit Soji und ihrem Max gleichziehen zu können. Sie war Samstag auf einer Disko gewesen und hatte dort Ralf kennen gelernt. Soji gratulierte und freute sich ehrlichen Herzens für ihre Freundin. Das machte es ihr auch leichter, mit Max losziehen zu können ohne überlegen zu müssen, inwieweit sie Claudia vernachlässigte.

Max begrüßte die beiden jungen Frauen und gab Soji einen zarten Kuss. Claudia musste grinsen und ließ die beiden allein. Sie hatten ihre Fahrräder am Ständer angeschlossen, nahmen die Helme ab und gingen Hand in Hand auf das Schulgebäude zu.

Wieder fiel ihr auf, wie viele Vögel sich um sie herum aufhielten und einfach nicht wegfliegen wollten. Aber sie hatte sich mittlerweile daran gewöhnt und sah sie normalerweise schon gar nicht mehr.

„Hast du für heute Nachmittag schon etwas geplant?", fragte er sie. Sie strahlte in an.

„Wollen wir uns bei mir oder bei dir treffen? Mir wäre beides recht."

Sie dachte daran, dass sie ihr Bett zusammen einweihen müssen, was ja bei ihm schon geschehen war.

„Gut, dann sehen wir uns bei dir Soji. Ich will vorher noch schnell etwas erledigen, doch danach bin ich sofort bei dir."

Sie schaute ihn an, sah in seine wunderschönen Augen und nickte. Sie bekam das Gefühl, dass es mit ihr zusammenhängen könnte, was er zu erledigen hat. Max zog sie an sich und verharrte für einen Moment. Sie stöhnte leise. Das war auch zu betörend, ihn in Gänze zu spüren. Ebenso machte es ihn an, ihren wohlgeformten Körper so spüren zu können. Die Schulklingel schrillte und mahnte den Unterrichtsbeginn an. Schweren Herzens trennten sie sich. Er flüsterte ihr ins Ohr:

„Ich freue mich auf nachher."

Sein Blick dazu sprach Bände. Sie erwiderte diesen Blick und nickte nur. Ehe sie ins Klassenzimmer ging, musste sie zur Toilette. Sie schloss sich ein und atmete tief durch. Meine Güte, was hat er nur an sich, dass er sie in kürzester Zeit so in Fahrt bringen konnte. Das musste echte Liebe sein. Sie ging ins Klassenzimmer und setzte sich neben Claudia. Langsam kam sie wieder runter von ihrem Gefühlsausbruch. Und das passierte noch rechtzeitig, denn der Lehrer trat ein und begann mit dem Unterricht.

Der Schultag verging wie im Fluge. Soji hatte ihrer Mom geschrieben, dass sie heute Besuch bekommen, der auch zum Abendessen eingeladen ist. Ihre Mom schrieb zurück, dass sie sich bemühen wird, den Wirsingeintopf auf die Reihe zu bekommen, sie wusste nicht, ob sie alle Zutaten bekommen wird. Und natürlich freut sie sich auf Max.

Gut gelaunt fuhr Soji nach Hause. Ihre Mom war in der Küche mit dem Wirsing beschäftigt. Weiter war niemand da. Sie begrüßte ihre Mom kurz und verzog sich dann auf ihr Zimmer. Sie machte noch etwas Ordnung und dann beschäftigte sie sich mit ihrem Lieblingsspielzeug. Sie schwebte unter der Zimmerdecke und fand die neue Perspektive auf ihr Zimmer beeindruckend. Dann aktivierte sie die Videofunktion ihres Handys, brachte es zum Schweben und schickte es nach nebenan ins Badezimmer. Zurück in ihrer Hand schaute sie sich die Aufnahme genau an. Erst war noch ihr Zimmer zu sehen, dann wurde es für eine Sekunde schwarz und danach war deutlich und klar die Badeinrichtung vor der Kamera des Handys. Der Weg zurück lief genauso ab. Sie war letztlich unzufrieden, denn dieses Experiment brachte keine neuen Erkenntnisse.

Es klingelte, Max war gekommen. Ihre Mom begrüßte ihn herzlich und schickte ihn nach oben in Soji's Zimmer.

„Ich rufe euch dann, wenn das Abendbrot fertig ist. Ich denke, dass die anderen dann auch eingetrudelt sind."

Soji schob die Tür zu und verschloss sie. Beide fielen sich in die Arme und küssten sich wild und hemmungslos. Wie im Film zerrten sie sich ihre Sachen vom Leib und stürmten dann das Bett. Es war wieder berauschend und schön. Tief atmend fielen sie zurück in die Kissen. Es war ja noch hell am Tag und so erkundeten sie gegenseitig ihre Körper. Er war zwischen den Schulterblättern schweißgebadet und sie genoss das in vollen Zügen. Er merkte, dass sie immer noch Lust verspürte und so hatte sein kleiner Freund leichtes Spiel. Doch dann wurde durch den Ruf ihrer Mom, zu Tisch zukommen, alles abrupt beendet.

Max und Soji mussten lachen:

„So ist das halt im Leben, die guten Dinge haben nie genügend Zeit. Aber die Fortsetzung sollte nicht lange auf sich warten."

Nach dem Essen und viel Smalltalk verschwanden sie wieder auf ihrem Zimmer. Max kramte in seinem Rucksack, kam dann zu ihr und machte einen Kniefall. Er hatte ein kleines Kästchen in der Hand und reichte es ihr. Soji wurde es flau im Magen. Sollte es das sein, was sie annahm?

„Wollen wir uns verloben?"

Sie öffnete es und ein wunderschöner zarter Verlobungsring mit einem kleinen hellen Stein wurde sichtbar. Soji wurde rot im Gesicht. Mit allem hatte sie gerechnet, nur nicht damit. Umso größer war die Überraschung. Sie zog ihn über, er passte genau. Sie stand vom Bett auf und gab ihm einen zarten Kuss.

„Natürlich will ich. Aber das hätte auch noch Zeit gehabt. Ich renne dir doch nicht weg.

Doch ich will etwas ausprobieren und du darfst dich nicht erschrecken, okay?"

Er nickte und schaute interessiert. Sie umfasste mit einer Hand ihren Meteoriten in der Hosentasche und mit der anderen griff sie nach seiner Hand. Intensiv dachte sie daran, dass sie beide jetzt schweben mögen. Und es dauerte nur wenige Sekunden und beide hoben vom Boden ab. Sie blickte zu ihm auf und sah ein vollkommen verdutztes Gesicht.

„Schweben wir jetzt wirklich über dem Boden?"

Es war schwer zu begreifen und ihm wurde etwas flau in der Magengegend. Nicht dass er sich jetzt übergeben musste.

„Und das machst du nur durch die Kraft deines Meteoriten? Wenn man es nur so erzählt bekommt, ist es doch noch etwas anderes, als wenn man es am eigenen Leib erfährt."

Sie ließ sich und ihn wieder zu Boden und schmiegte sich an ihn.

„Atme mal tief durch und lass die Magie einfach wirken. Das ist ja erst der Anfang. Es gibt noch viel mehr zu erleben." Sie hatte Lust, noch einen drauf zu legen.

„Hast du noch Lust auf mehr?"

Er nickte, denn ein wenig hatte er sich von dem Schock erholt. Sie umfasste wieder ihren Meteoriten und seine Hand und schon waren sie im Haus am See angekommen. Es klappt also ohne Probleme, so auch zu zweit zu reisen – einfach fantastisch. Wieder sah sie ihn tief durchatmen, das war schon harter Tobak für ihn. Aber er hielt sich tapfer. Wenn sie an ihren Kurztrip auf diese Weise dachte, war sie nicht weniger erschrocken gewesen. Sie nahmen auf den zwei Schaukelstühlen auf der Veranda Platz.

„Na, was sagst du? Ist das nicht komfortables Reisen? Das Reisen selbst bekommt man ja gar nicht mit, so schnell, wie das geht."

„Was soll ich sagen, ich bin sprachlos. Wenn ich mit allem gerechnet hätte, aber nicht mit dem hier."

Er holte wieder tief Luft und sinnierte mit gesenktem Blick.

„Erklären kann man das nicht, oder?"

„Es kommt aus dem Weltraum, wer weiß, was es da noch so alles gibt, wo wir sagen, das ist Magie."

Soji war nun auch am Grübeln. Es war einfach nur verrückt.

„Hast du Appetit auf einen Tee? Ich habe hier einen Gaskocher, der Tee ist schnell zubereitet"

Er nickte nur. Während sie im Haus verschwand, erkundete er die nähere Umgebung. Es war ja schon später Nachmittag und so strahlte der See eine Ruhe aus, die er so noch nicht erlebt hatte. Nichts regte sich, kein Tier war zu hören, kein Fisch plätscherte im Wasser. Es kam ihm vor, als wäre alles wie ausgestorben. Aber er wusste, das war die Ruhe vor dem Sturm. Es wird nicht lange dauern und das abendliche Froschkonzert beginnt. Er ging zurück zum Haus und setzte seine Erkundung drinnen fort.

„Richtig gemütlich habt ihr es hier. Und so viele ausgestopfte Tiere, wirklich bemerkenswert."

„Das ist alles das Werk meines Opas. Leider ist er schon gestorben. Komm wir gehen nach draußen und genießen die Abendstimmung."

Sie hielt die zwei Tassen in den Händen und ging vor. Nachdem sie Platz genommen hatten, prosteten sie sich zu.

„Auf unsere Liebe!" Sie hob die Hand mit dem Verlobungsring. Er stimmt mit ein, war aber weiterhin am Grübeln.

„Woran denkst du?" fragte sie ihn:

„So zu reisen ist doch richtig gefährlich. Solange wir hierherkommen, wo niemand wohnt, geht alles klar. Aber erklär mal den Leuten, wie es sich verhält, wenn du wie aus dem Nichts zwischen ihnen auftauchst. Viele reagieren nicht nur verstört, sondern auch aggressiv. Und deshalb eine auf die Nase zu bekommen, ich weiß nicht."

Max grinste sie an:

„Dann fahre ich doch lieber mit der Bahn."

„Ich habe mir auch schon dazu Gedanken gemacht. Stell dir mal vor, du bleibst in einer Betonmauer stecken oder landest direkt in einem anderen Menschen. Meinem Dad habe ich so einiges schon erzählt, ich werde das hier mit dem Reisen mit ihm besprechen."

Max schaute sie direkt an, so dass sie das Gefühl hatte, sich entschuldigen zu müssen.

„Na ja, ich brauchte unbedingt jemanden, mit dem ich reden, den ich einweihen konnte. Und da fand ich meinen Dad passend. Ich wäre sonst noch durchgedreht. Wir haben uns ja erst ein paar Tage gekannt, und da wusste ich nicht, ob ich dich schon einweihen kann."

„Du musst dich nicht entschuldigen. So sind wir zu dritt, um mit dieser Magie klar zu kommen. Das Ganze ist dermaßen verrückt, dass ich bestimmt ein paar Tage brauchen werde, um alles zu verdauen. Vielleicht kommt mir dann auch eine gute Idee, wie wir in Zukunft immer sicher landen können."

Soji säuberte die Tassen und räumte sie weg. Nichts sollte auf ihren Besuch aufmerksam machen. Es war so schön hier, also beschlossen sie, das nächste Wochenende hier zu verbringen. Doch nun mussten sie zurück, damit ihre Abwesenheit niemanden auffiel.

Keiner wollte die beiden Turteltauben stören, also kamen sie vollkommen unbehelligt in Soji's Zimmer an. Sie ging hinunter in die Küche und holte für sich und Max etwas zu trinken, einfach um zu zeigen, sie sind noch da. Als sie zurückkam, hatte er sich ihre Gitarre genommen, um sie zu stimmen. Dann sang er ihr einige Lieder und sie stimmte immer wieder mit ein. So verbrachten sie noch ein paar schöne Stunden, ohne an ihren Meteoriten zu denken, bis er dann nach Hause fuhr. Sie schaute ihm nach, wie er voller Glückseligkeit mit dem Fahrrad fuhr, die Arme weit ausgetreckt ohne zu lenken. Und schon kam in ihr das Gefühl hoch, dass er ihr fehlen würde. Sehnsucht machte sich breit und drückte ein wenig ihre Stimmung. Soji war doch ganz schön geschafft, so dass sie gleich ins Bett ging und schnell Schlaf fand.

Am nächsten Morgen kam sie gutgelaunt zum Frühstückstisch und zeigte ganz stolz ihrer Mom den Verlobungsring.

„Ihr lasst ja nichts anbrennen. Habt ihr euch wirklich jetzt schon verlobt? Du bist noch nicht einmal 17 Jahre alt." Sie zwinkerte ihrer Tochter zu. Dann stand sie auf und nahm Soji in den Arm. Ihr Dad sagte nichts weiter. Als er dann aufstand, meinte er nur:

„Ihr werdet schon wissen, was das Richtige für euch beide ist."

Benjamin grinste.

„Wann wird geheiratet?"

Soji schüttelte den Kopf. „So eilig haben wir es nun auch wieder nicht. Wir werden erst einmal die Schule beenden und dann schauen wir weiter."

Jeder machte sich auf den Weg zur Arbeit beziehungsweise zur Schule und dachte an die Verlobung von Soji und Max.

Auf dem Schulhof stolperte sie fast über die vielen Vögel, die sie umgaben und sie immer wieder wie fragend ansahen. Heute waren sie ihr besonders lästig. Soji ging in die Hocke und streckte einen Zeigefinger aus. Es dauerte nicht lange und eine Amsel nahm darauf Platz. Sie umfasste wieder den Meteoriten mit der anderen Hand in ihrer Tasche und dachte ganz intensiv daran, die Vögel mögen sie doch in Zukunft in Ruhe lassen. Sie weiß nicht, welche Frage sie haben und schon gar nicht eine Antwort. Also verzieht euch und fliegt woanders hin. Das war für die anderen Schüler natürlich wieder die Show als solches, die Vogelmama spricht mit ihren Schützlingen.

Es dauerte nicht lange und die Amsel flog davon. Ihr schlossen sich immer mehr Vögel an und so lichtete sich die Vogelschar. Einige blieben, aber das war normal, damit konnte Soji leben. Sie brauchte noch eine Weile, bis sie verdaut hatte, dass die Vögel sie verstanden hatten. Was für eine verrückte Welt. Die Pausenklingel mahnte das Ende der Pause an und alle gingen hinein.

Kapitel 14

Endlich ergab sich die Gelegenheit, ihren Dad allein zu sprechen. Sie gingen in ihr Zimmer und sie schloss hinter ihm die Tür. Soji erzählte ihm, dass sie Max inzwischen auch eingeweiht und mit ihm einiges ausprobiert hatte.

„Was meinst du mit ‚ausprobiert'?"

Ihr Dad sah sie erwartungsvoll an.

„Nun, dass hier zum Beispiel." Sie griff nach seiner Hand, umklammerte den Meteoriten und schon waren sie im Haus am See auf der Veranda gelandet. Ihr Dad war regelrecht erschüttert und wollte es nicht glauben. Er holte tief Luft und setzte sich erst einmal in den Schaukelstuhl. Nach ein paar Minuten war er wieder zu sich gekommen.

„Das ist schon verrückt."

Er stand auf und betastete die Stützpfeiler und die Wände des Hauses, als ob er nicht glauben konnte, was er sah. Doch dann beruhigte er sich etwas und setzte sich wieder.

„Soll ich uns einen Tee machen?"

Soji wartete die Antwort nicht ab und verschwand im Haus. Für sie war diese Art zu Reisen nach dem vierten Trip schon fast normal geworden. Jedenfalls erschütterte sie das Ganze nicht mehr so sehr, dass sie mit sich um Fassung ringen musste. Sie brachte die Tassen auf die Veranda und setzte sich in den zweiten Schaukelstuhl. Genüsslich schlürfte sie den heißen Tee.

„Du hast es nun selbst erlebt, was alles möglich ist, wobei ich davon ausgehe, dass das erst der Anfang ist. Vielleicht werden wir noch einige Überraschungen erleben. Aber worüber ich mir ernsthaft Gedanken mache, sind die Gefahren, die diese Art von Reisen mit sich bringt."

Ihr Dad blickte von seiner Tasse hoch und sah sie interessiert an.

„Was meinst du mit Gefahren? Wir reisen so schnell, dass da eigentlich keiner dazwischenfunken könnte."

„Da hast du wohl Recht, denn das habe ich auch schon Max gesagt. Die Schwierigkeit ist das Ziel der Reise. Solange wir hierherkommen, wo sich niemand aufhält, geht alles klar. Aber stell dir mal vor, du bleibst in einer Betonmauer stecken oder landest direkt in einem anderen Lebewesen. Das wäre doch furchtbar. Und das ist mein Problem: Wie kann man sicherstellen, dass der Ankunftsort ungefährlich ist? Ich war vor einigen Tagen spät abends auf der Spitze der Cheopspyramide. Da konnte ich davon ausgehen, dass mich niemand sieht und ich auch keinen antreffe, denn auf die Spitze darf ja niemand hinauf. Aber dieses Ziel ist die Ausnahme. Also was meinst du?"

Ihr Dad machte große Augen, als er hörte, dass sie in Ägypten bei den Pyramiden war. Dann dachte er über das Problem nach. Es dauerte eine Weile, dann räusperte er sich.

„Ich überlege, warum dieses Beamen, wie du es nennst, hierher ohne Probleme klappt und für uns keine Gefahr darstellt. Kann es sein, dass es damit zusammenhängt, dass wir den Zielort, eben diese Veranda, ganz genau kennen? Wenn wir genau wüssten, wo der Platz zwischen Tresortür und gestapelten Goldbarren in Fort Knox ist, könnten wir dort eindringen, ein paar Barren einstecken und uns wieder wegbeamen. Das würde so schnell gehen, dass die auf ihren Überwachungskameras nichts merken würden Es wäre das perfekte Verbrechen. Das nur mal als Beispiel.

Aber ich denke, da gibt es bestimmt noch andere Möglichkeiten. Wenn man eine Art Vorkonditionierung durchführen könnte, dass der Stein jedes Mal den Platz schafft, den es zum Beamen braucht, dann gäbe es die Gefahr nicht, von der du sprichst."

Soji hatte ihren Dad genau beobachtet und wusste, da ihm der Schalk im Nacken saß, dass er das mit Fort Knox nicht ernst gemeint hatte. Aber die Idee mit dem Vorkonditionieren hatte etwas an sich, um sich damit genauer zu beschäftigen. Das Problem, dass sie sah, war die Testumgebung zu schaffen, um so etwas auszuprobieren. Vielleicht war das Haus hier der geeignete Ort dafür.

„Dad, wie gehen wir es an? Hast du eine Idee?"

Sie sah ihn erwartungsvoll an. Er ging ins Haus und machte den Kamin an. Nachdem das Feuer ordentlich brannte, legte er los:

„Okay, diesen Kugelschreiber schickst du durch das Feuer und wieder zurück. Vorher kühlst du ihn herunter, damit er nicht verbrennt." Soji nahm den Kugelschreiber und in der anderen Hand umklammerte sie den Meteoriten. Sie dachte an die Kühlung und merkte, wie der Kugelschreiber heftig abkühlte. Dann schickte sie ihn durch das Feuer und lenkte ihn nach ein paar Sekunden wieder zu sich zurück. Vorsichtig griff sie nach dem schwebenden Stift. Er war etwas wärmer als sonst, aber nicht beschädigt. Das hatte also geklappt.

Sie hatte die Idee und schickte den Kugelschreiber durch den nächst befindlichen Hauspfosten. Er rutschte durch ihn hindurch wie durch Butter. Daraufhin sagte sie zu sich, beame mich auf die andere Seite hinter diesen Pfosten. Es kam die schwarze Sekunde und sie stand dahinter. Ihr Dad staunte über die schnelle Abfolge ihrer Ideen.

„Und, konntest du sehen, ob ich durch den Pfosten hindurch oder drum herum gebeamt wurde?"

„Mädel, das ging so schnell, das konnte ich nicht sehen. Du standest einfach von einer Sekunde zur anderen hinter dem Pfosten. Aber so kommen wir nicht weiter. Die Frage ist noch nicht beantwortet. Im Moment weiß ich auch nicht weiter. Lass uns nach Hause gehen."

In Soji's Zimmer angekommen, staunten sie nicht schlecht. Ihre Mom saß im Schaukelstuhl mit einem Buch in der Hand und wartete offensichtlich auf sie. Sie machte große Augen und zitterte am ganzen Körper. Der Schreck war ihr in die Glieder gefahren, wie die Beiden so urplötzlich von einer Sekunde zur anderen vor ihr standen. Wenn sie mit allem gerechnet hatte, aber nicht mit diesem Eintreffen. Da kann man ja einen Herzinfarkt bekommen. Für solche Überraschungen bin ich mittlerweile zu alt. Und Soji und ihr Dad waren ebenfalls erschrocken, denn ihre Mom hier vorzufinden, stand nicht auf dem Plan. Nachdem sich alle etwas beruhigt hatten, holte ihre Mom aus:

„Meint ihr nicht, dass ihr mir eine Erklärung schuldig seid? Ein bisschen habe ich ja schon geahnt, dass nicht alles rund läuft, seitdem dieser Meteorit im Hause ist, aber das hier eben ist schon heftig. Ich verstehe nicht, dass ihr mich nicht eingeweiht habt. Habt ihr so wenig Vertrauen zu mir."

„Nun bist du also auch in dem Kreis der Wissenden aufgenommen. Das hier passiert alles so schnell, dass noch keine Zeit war mit dir zu sprechen."

Ihr Mann sah sie eindringlich an und erklärte ihr die Magie des Steins mit allen Auswirkungen, soweit sie sie kannten. Und er klärte sie auch über die Folgen auf, wenn das Wissen weitergegeben wird. Sie nickte nur. Er zog sie aus dem Stuhl hoch und umarmte sie. Soji sah deutlich, wie die Spannung von beiden etwas abfiel. Sie war froh, dass sich diese missliche Stimmung aufgelöst hatte.

Am nächsten Tag traf sie sich wieder vor der Schule mit Max und sie verabredeten sich nach der Schule bei ihr zu Hause. Wie auf Absprache kam dann Claudia zu ihr. Sie hatten sich ein Wochenende lang nicht gesehen, es gab also viel zu erzählen.

Trotzdem musste Soji aufpassen, was war unverfänglich und berichtenswert und was hätte nur neue Fragen provoziert. Claudia war ganz aus dem Häuschen, als sie von der Verlobung erfuhr und den Ring sah. Sie schaute etwas schräg.

„Ihr meint es wirklich ernst? Denkst du nicht, dass das noch sehr früh ist?"

Soji wehrte ab.

„Wenn das nicht die Liebe ist, auf die man ein Leben lang wartet, dann weiß ich auch nicht. Was macht eigentlich dein neuer Freund? Wie hieß er noch gleich?"

Claudia winkte ab.

„Der wollte mir nur an die Wäsche, so testosterongesteuert, wie der war. Auf so etwas kann ich verzichten. Er konnte auch kein vernünftiges Gespräch führen, nur Fußball im Kopf. Und dafür habe ich gar kein Interesse."

Sie schaute etwas deprimiert. Das war wieder eine schlechte Erfahrung. Soji versuchte, sie wieder aufzubauen.

„Mach dir keine Sorgen, dir wird auch noch der Richtige begegnen, du weißt doch, auf jeden Topf passt auch ein Deckel."

Claudia nickte nur, auf solche Sprüche konnte sie derzeit verzichten. Sie gingen ins Schulhaus, die Schulglocke hatte geläutet.

Abends traf sie sich mit Max und es wurden wieder wundervolle Stunden. Ihre Liebe war betörend, sie konnten gar nicht genug voneinander bekommen. Er verführte sie wie beim ersten Mal, ganz zärtlich ging er die Sache an und sie ging in kürzester Zeit darauf ab, da sie ja wusste, was dann als Nächstes kam. Entkräftet fielen sie in die Kissen und wurden von einem leichten Schlaf übermannt. Der Ruf ihrer Mom zum Abendbrot beendete diese Momente der Glückseligkeit auf abrupte Art. Aber das kannten sie bereits. Durch solche

Momente fühlten sie sich nur noch mehr zueinander hingezogen.

Am Wochenende stand das Haus am See auf dem Plan. Der Wetterbericht hatte schönes Wetter vorhergesagt und das traf auch ein. Ihre Mom hatte ihnen Lebensmittel eingepackt, als wollten sie einen Monat lang dort verbringen. Sie nahmen sich ihre Fahrräder und fuhren ganz konventionell die Strecke bis zum Haus. Natürlich juckte es Soji in den Fingern, die neue Transportmethode zu benutzen. Aber sie wussten nicht, wer ihren Aufbruch beobachtete und sie wollte auch Benjamin kein neues Rätsel aufgeben. Auch mit dem E-Bike brauchte es seine Zeit, bis sie ankamen, aber es war entspannend und nett. Nach ein paar Kilometern durch den dichten Mischwald fragte Max doch etwas besorgt:

„Du bist dir sicher, dass du den Weg kennst? Ich würde mich hier total verfahren."

Sie grinste ihn an und sagte mit verstellter Stimme:

„Der Kutscher kennt den Weg! Nein im Ernst. Früher hatte ich immer eine Karte dabei und einen Kompass. Aber mittlerweile kenne ich mich aus."

Er beruhigte sich etwas und so radelten sie den Rest des Weges ohne Zwischenfälle. Im Haus angekommen, machte Soji erst einmal einen Tee für sie beide. Sie setzten sich ganz entspannt auf die Terrasse und genossen die Zweisamkeit mitten in der Natur.

„Was machen wir mit den Lebensmitteln? Die werden bei der Wärme doch schnell schlecht?"

Max sah sie fragend an. „Ich könnte eine Grube ausheben, da halten sich das Fleisch und die Würstchen solange, bis wir wieder aufbrechen. Aber ich bräuchte etwas Holz, um sie gut abzudecken."

Soji winkte ab. Sie rief ihre Mom an und fragte, ob sie alleine ist. Benjamin war bei seinen Freunden und ihr Dad schwang die Angelrute.

„Okay, dann komme ich kurz vorbei und hole die Kühltruhe. Sei so nett, und packe ein paar Kühlakkus hinein."

Ihre Mom wollte weiter fragen, aber Soji legte auf und sagte nur zu Max:

„Ich bin gleich wieder da."

Sie umklammerte ihren Meteoriten und beamte sich nach Hause. Für ihre Mom stand sie ganz plötzlich mitten in der Küche und sie bekam wieder einen Riesenschreck.

„Mädel, so was kannst du doch nicht mit einer älteren Frau machen."

Sie betonte das ‚ältere' so komisch, dass sie beide lachen mussten. Soji gab ihr einen Kuss auf die Wange, griff nach der Kühlbox und weg war sie. Im Haus am See landete sie auf der Veranda. Max schaute ebenfalls irritiert, an dieses Beamen musste er sich noch gewöhnen.

Sie packten die verderblichen Lebensmittel in die Kühlbox und beschlossen dann, baden zu gehen. Sie gingen hinunter zum See, wo sich ein kleiner Badesteg befand. Dort zogen sie sich aus und verharrten in ihrer Nacktheit einen Moment. Er sah sein perfekt gebautes Mädel an und sein Blut geriet in Wallung, was auch deutlich zu sehen war. Sie hatte ein Lächeln auf den Lippen, und um es nicht peinlich werden zu lassen, sprang er ins Wasser und schwamm ein Stück zur Seemitte. Sie dachte, eigentlich bräuchte sie nicht das Bad, sondern würde sich gleich ihrer Lust nach diesem wohlgebauten jungen Mann hingeben. Aber da er nun schon im Wasser war, sprang sie hinterher und schwamm zu ihm hin. Das Wasser hatte eine angenehme Temperatur um abzukühlen, aber nicht zu frieren. Sie spaßten miteinander, bespritzten sich und schwammen um die Wette. Sie schlängelte wie eine Meerjungfrau um ihn herum und berührte ihn ganz zufällig an den verschiedensten Stellen. Max stöhnte ob dieser Aufmerksamkeit und zog sie an sich. Er hatte so etwas noch nie gemacht, aber sie fanden auch im Wasser wie selbstverständlich zu- und ineinander. Ihre Bewegungen waren langsam, wie mit Bedacht gewählt, aber das war dem Wasser geschuldet. Unter diesen Bedingungen war es ein Leichtes, zum Höhepunkt zu kommen. Sie schwammen langsam zurück, gingen an Land und banden sich nur die Handtücher um den Körper. Dann setzten sie sich auf die Veranda und Soji kredenzte den Tee aus der Kanne, die ihn warm gehalten hatte.

Mit Smalltalk verbrachten sie die Zeit. Es war einfach schön, sich zu haben in dieser Umgebung, die so romantisch war. Beide wechselten auf die naturbelassene Wiese hinter dem Haus auf eine Decke und beobachteten die Tierwelt um sie herum, wie es kreuchte und fleuchte zwischen den Grashalmen. Sie waren jung, nackt und lagen dicht beieinander. So blieb es nicht aus, dass sie wieder zu einander fanden und die Wonnen der Liebe auskosteten.

Doch dann meldete sich der Hunger. Sie holten ihre Sachen vom Badesteg und gingen ins Haus. Soji machte ein kräftiges Essen mit Eiern und Bacon. Dazu gab es den Gurkensalat ihrer Mom, der beiden richtig gut schmeckte. Alles schmeckte gut nach diesem wundervollen Nachmittag. Auch wenn es nicht nötig war, machte Max im Kamin Feuer. Es war noch warm, aber die abendliche Kühle nahte. Als das Holz im Kamin prasselte, wurde es richtig gemütlich. Beide setzten sich in die Sessel und schlürften ihren Tee. Soji stand auf und hantierte im Regal an einer unscheinbaren Kiste. Max wurde zunehmend neugieriger.

„Was machst du? Kramst du in alten Erinnerungen?"

„So könnte man es auch sagen. Nein, das ist ein relativ modernes Grammophon mit Federantrieb, was ohne Strom läuft."

Sie hatte die Kurbel gefunden und zog es auf. Er war ebenfalls aufgestanden und sah sich den Stapel alter Schallplatten an. Dann legte sie eine Scheibe auf und zu hören war Zara Leander.

„Die Schallplatten sind alle noch von meinem Großvater. Hast du Lust, diese alten Songs zu hören?"

Er nickte und sie setzten sich wieder in die Sessel. Nach einer Weile schaltete sich das Gerät ab. Sie hätten ihn wieder aufziehen müssen. Aber letztlich war es doch nicht ihre Musik und so beließen sie es dabei.

„Weißt du Max, ich mache mir ständig Gedanken um den Meteoriten und wie das alles mit dem Beamen funktionieren soll, ohne dass man dabei draufgeht. Ich habe die Idee, wenn man ein Kraftfeld um sich herum aufbauen könnte, dann dürften Unfälle, an die ich so gedacht habe, nicht passieren. Was meinst du dazu?"

„Deine Idee hört sich gut an. Nur wie willst du das anstellen? Hast du so einen Zugang zu dem Meteoriten, dass er das macht, was du denkst?"

Soji nickte. So wie er die anderen Bitten und Wünsche realisierte wie das Schweben zum Beispiel, müsste das hier auch klappen. Denn die Idee kam ja nicht von sonst woher, sondern wurde in ihr durch den Stein initiiert. Sie wollte aber Max von Anfang an dabei haben. Also nahm sie ihren für diese Experimente schon berühmten Kugelschreiber in die Hand und dachte an ein Kraftfeld. Sie wusste nicht, wie sie das genau definieren sollte, also dachte sie an die Luft um den Kugelschreiber, die durch eine Art Magnetismus angereichert wurde, der alles andere, was sich dem Kugelschreiber näherte, abstoßen sollte.

Und siehe da, es funktionierte. Der Kugelschreiber lag immer noch in ihrer Hand, aber mit etwas Abstand durch eine Art Luftkissen. Eigentlich sah es so aus, als ob er schweben würde. Max umfasste ihre Hand und drückte zu. Sie verzog vor Schmerz ihr Gesicht, aber es änderte sich nichts. Dieses Kraftfeld blieb bestehen. In Gedanken stoppte sie das Experiment und der Kugelschreiber fiel zu Boden. Er hob ihn wieder auf und gab ihn ihr.

„So wie ich das sehe, hat es funktioniert. Jetzt bist du direkt gefordert. Mach dasselbe mit dir selbst und werfe dich gegen den Pfosten."

Als er das sagte, musste er innerlich grinsen. Wie sich das anhörte. Sie tat wie geheißen, baute um sich ein Kraftfeld auf und lief gegen den Pfosten, der im Zimmer die Decke abstützte. Nichts passierte ihr, denn wenige Zentimeter vor dem Holz war ihre Bewegung zu Ende. Sie konnte es nicht berühren.

„Max, ich will jetzt durch den Pfosten hindurchgehen und hoffe, er geht dabei nicht kaputt. Schau bitte genau hin."

Sie umklammerte wieder mit der Hand den Meteoriten und dachte daran, was sie vorhatte. Es kam die schwarze Sekunde und dann stand sie hinter dem Pfosten. Für sie war es im Grunde wie das Beamen. Er schaute etwas entgeistert.

„Es ist schon verrückt. Ich sehe dich, den Pfosten und den Bruchteil einer Sekunde später ist alles genau umgekehrt, dann stehst du hinter dem Pfosten, ohne ihn irgendwie berührt zu haben. Die Magie des Meteoriten ist wirklich bemerkenswert, vor allem weil wir hier Dinge erleben, an die wir vor kurzem noch nicht zu denken gewagt hatten."

Sie ging die wenigen Schritte auf ihn zu.

„Komm, wir machen dasselbe nochmal zu zweit."

Sie nahm ihn an die Hand und dann stand er mit ihr nicht vor, sondern hinter dem Pfosten. Bis auf die schwarze Sekunde hatte er nichts gemerkt, kein Lufthauch, nichts. Zu verstehen war das nicht, was hier passierte. Aber das war sein Mädchen. Mit diesen Fähigkeiten, die sie zeigte, musste er sich arrangieren. Es blieb spannend.

Ganz früh am nächsten Morgen trieb es Soji aus dem Bett. Sie war es noch nicht gewöhnt, mit Max zusammen in einem Bett zu schlafen. Öfters war sie wach und hatte Mühe, wieder Schlaf zu finden. Das war kein Vergleich zu den Nächten, wo sie hier alleine geschlafen hatte. Bei der absoluten Stille, nur selten war ein Vogel zu hören, konnte sie durchschlafen wie ein Kleinkind. Sie ging auf die Terrasse und blickte auf den See. Die Sonne war gerade aufgegangen und hatte den Himmel rosa gefärbt. Sie schien ihr genau ins Gesicht und kitzelte sie mit ihrer Wärme. Das Licht brach sich in den kleinen Wellen des Sees und erzeugte tausende kleiner Glitzersterne. Das war ein atemberaubender Anblick, für den sich das frühe Aufstehen gelohnt hatte.

Die knarrenden Dielen verrieten es. Max war ebenfalls aufgestanden, trat hinter sie und gab ihr einen zarten Kuss in den Nacken.

„Na meine Liebe, so früh schon wach?"

„Schau dir nur den See an. Ist das nicht wundervoll? So etwas bekommst du nur um diese Zeit geboten."

Sie ließ sich nach hinten fallen und er fing sie auf. So standen sie eine Weile dicht aneinander gelehnt und beobachteten den See. Am gegenüberliegenden Ufer erschienen zwei Rehe und tranken. Immer wieder hoben sie den Kopf und vergewisserten sich, dass ihnen keine Gefahr drohte. Das war das Highlight des Morgens. Wann bekommt man so etwas schon mal life zu sehen.

Sie gingen hinein und bereiteten sich ein Frühstück.

„Komm, wir essen auf der Veranda, das Wetter ist einfach zu schön. Ich liebe die morgendliche Kühle."

Max sah sie an und fragte: „Was wollen wir heute unternehmen?"

„Ich hätte Lust, mir den Einschlagskrater des Meteoriten anzusehen, so wie er heute aussieht. Wahrscheinlich ist er schon weitgehend zugewachsen."

Max nickte.

„Aber du weißt, dass es heute wieder warm wird. Und unter den Bedingungen einen längeren Marsch durch den dichten Wald machen, na ich weiß nicht. Da hätte ich lieber Lust zu baden und abzuhängen."

Soji lächelte ihn an. „Wir können doch beides machen. Zum Krater beamen wir uns hin."

Das fand seine Zustimmung. Also schauten sie sich nach dem Essen den Krater an. Sie hatte ihn gar nicht so groß in Erinnerung. Über die Ränder war wirklich schon Gras gewachsen, aber ansonsten sah alles noch so aus, wie am Einschlagstag. Sie seilten sich ab und schauten sich die Einschlagsstelle genauer an. Das Zentrum war wirklich noch etwas wärmer als der Rest des Kraters. Und das nach dieser langen Zeit. Wieviel Energie hier drin steckte. Sie machte Max darauf aufmerksam und er staunte nicht schlecht. Sie beamten sich zurück und der Rest des Tages verlief so, wie sie es geplant hatten.

Soji ging durch den Kopf, wie schön sie es doch hatten. Sie waren beide gesund und sie liebten sich inniglich, Mutter Erde zeigte sich mit dem Wetter von der besten Seite und sie hatten nichts auszustehen. Wenn sie von dem Elend anderer hörte, und sei es nur eine unheilbare Krankheit, dachte sie immer daran, dass es ihnen an nichts fehlte. Und nun hatte sie auch noch die Magie dieses Meteoriten, der ihnen so nach und nach ungeahnte Möglichkeiten aufzeigte. Sie war gespannt, was da noch alles kommen wird.

Kapitel 15

Der letzte Schultag war gekommen und es gab wie üblich an diesem Tag Zeugnisse. Claudia war etwas nervös, sie ahnte, dass ihre Noten nicht ihren Erwartungen entsprechen würden, was dann auch der Fall war. Gemessen an ihrem Zeitaufwand, den sie in Schulisches investierte, musste sie mit ihren Durchschnittsnoten zufrieden sein. Sie bekam große Augen und musste schlucken, als sie dann Soji's Noten sah. Alles Einsen bis auf eine Zwei in Sport.

„Wie machst du das nur? Wir waren doch früher auf dem gleichen Level? Ich verstehe das nicht."

Claudia war geknickt und auch etwas neidisch und konnte die Tatsachen nicht akzeptieren. Soji fühlte sich etwas schlecht. Denn diese Leistungen waren ja nicht ganz die ihren, der Meteorit hatte da ordentlich mitgeholfen. Aber das konnte sie Claudia nicht sagen. Sie konnte sie nur trösten und versprechen, ihr im neuen Schuljahr mehr zu helfen, jetzt wo sie schon eine Klasse weiter ist.

In der letzten Zeit hatte sie gemerkt, dass sie eigentlich gar nicht mehr richtig lernen musste. Sie schaute sich den Stoff und die Aufgaben an und schon hatte sie alles verinnerlicht und gelöst. Und sie merkte bei den im Lehrbuch angegebenen Lösungsvorschlägen, dass diese oftmals umständlich und langwierig waren. Sie konnte es einfach besser. Insofern hatte sie überhaupt keine Bedenken, in der 11. Klasse weiter zu machen. Claudia schaute sie eindringlich an. „Werden wir uns in den Ferien sehen und etwas unternehmen, oder bist du nur mit Max zusammen?"

Soji fühlte sich unangenehm berührt. Sie wusste innerlich, dass sie ihre Freundin sträflich vernachlässigt hatte, um die Zeit mit Max zu verbringen. Sie waren mittlerweile ein Herz und eine Seele, wie man so schön sagte, und unzertrennlich. Ihre Freundin wollte sie aber nicht verlieren.

„Wir machen was zusammen in den Ferien, versprochen. Ich fahre mit meinen Eltern zuerst in den Urlaub und danach werde ich Zeit für dich haben. Wäre das okay?" Claudia nickte und freute sich so sehr, dass sie Soji umarmen musste.

An diesem Tag war die Schule früher zu Ende, gelehrt wurde sowieso nichts mehr. Sie trennten sich und Soji wartete auf Max. Der kam dann auch kurz danach freudestrahlend auf sie zu. Er streichelte und küsste sie ganz zärtlich und sie erwiderte seine Liebkosungen. Das war mittlerweile ihre obligatorische Begrüßung.

„Schau dir mein Zeugnis an. Bin ich nicht gut, sag, dass ich gut bin!"

Sie sah sich seine Noten an und war überrascht. Viele Einsen und Zweien und nur eine Drei in Geografie. Sie gab ihm einen Extrakuss.

„Und wie sieht es bei dir aus? Ich denke mal, du bist noch besser als ich."

Sie zeigte ihr Zeugnis und er war ehrlich überrascht. Das mochte sie so an ihm. Da war nur ehrliche Freude, kein Neid oder Missgunst.

„Ich wusste ja, dass du gut bist, aber dass du wirklich zu den Besten der Schule gehörst – Hut ab. Hast du Lust auf die Eisdiele? Wir müssen das doch etwas feiern. Und dann habe ich noch etwas mit dir zu besprechen."

Sie nickte und sofort machten sie sich auf den Weg. Dann waren es zwei große Eisbecher mit Früchten, die sie in Angriff nahmen.

„Was wolltest du mit mir besprechen? Du hast mich neugierig gemacht," fragte sie.

Max sagte: „Ich dachte mir, wir könnten doch den Urlaub mit unseren Eltern gemeinsam verbringen. Du sagtest doch einmal, ihr macht mit einem Wohnmobil Urlaub? Mein Onkel, der Bruder von meinem Vater, hat einen Wohnwagen, den er nicht mehr benutzt. Und wir haben ein starkes Auto mit Anhängerkupplung, was ihn auch ziehen kann. Wir müssen jetzt nur noch unsere Eltern von dieser Idee überzeugen, wenn du sie auch gut findest.“

Sie strahlte ihn an. Sie hatte schon öfter daran gedacht, dass sich die Eltern mal gegenseitig einladen. Nur hat das bisher nicht geklappt. Vielleicht war auch die Zeit noch nicht reif dafür gewesen. Aber sie hatten ja mittlerweile bewiesen, dass es was Ernstes zwischen ihnen beiden ist, da wäre doch ein gemeinsamer Urlaub genau das Richtige.

„Ich finde die Idee toll. Du kommst heute zu mir und wir reden mit den Beiden. Und morgen wiederholen wir das bei deinen Eltern.“

Max nickte. Soji rief ihre Mom an und fragte, ob sie gerne einen Gast zum Abendessen haben möchte? Und ob ihr Dad auch da sei, sie haben etwas Wichtiges zu besprechen. Natürlich wollte ihre Mom sofort wissen, worum es geht, aber das wurde noch nicht verraten. Sie war natürlich mit dem Besuch von Max einverstanden. Sie mochte den Jungen aufrichtig und freute sich immer wieder, dass die beiden sich gefunden hatten.

Max rief seine Mutter an und fragte, ob sie morgen Soji als Gast zum Abendessen begrüßen können. Sie war sofort einverstanden und wollte wissen, ob es dafür einen besonderen Grund gibt.

„Ja den gibt es, aber das wird noch nicht verraten. Da musst du dich leider noch etwas gedulden.“

Man konnte förmlich durchs Handy hören, wie sie mit einem lachenden und einem weinenden Auge schmollte. Max sagte zu Soji, da müsse sie durch, ein bisschen Erwartungsspannung muss sein. So hält er seine Leute bei der Stange. Wie er das sagte, musste er grinsen. Ganz so ernst war es dann doch nicht gemeint.

„Wir sehen uns also morgen, ich bleibe heute bei Soji. Zum Abendessen wünsche ich mir Raclette, wenn es geht."

„Für dich, mein Sohn, mache ich doch alles möglich. Bis morgen dann."

Er legte auf und sah seiner Liebsten tiefgründig in die Augen. Wie sie diesen Blick liebte. Ihr wurde gleich wieder ganz warm. Sie erwiderte seinen Augenkontakt und den unausgesprochenen Wunsch nach begehrlicher Zweisamkeit. Max war bereit und so brachen sie auf, nachdem sie bezahlt hatten.

Zum Abendessen waren dann alle beisammen, Soji's Familie und Max. Ihre Mom hatte Pichelsteiner Eintopf im Römertopf gemacht, der allen hervorragend mundete. Erstes Thema waren natürlich die Zeugnisse. Benjamins Zeugnis war auch guter Durchschnitt und so waren alle zufrieden. Dann kamen sie zum Thema Urlaub. Soji fragte:

„Hättet ihr etwas dagegen, wenn wir mit Max und seinen Eltern zusammen Camping machen. Sie haben einen Wohnwagen, wir müssen sie natürlich auch fragen, ob sie das wollen. Nur bei euch fangen wir an."

Sie schaute erwartungsvoll in die Runde. Ihr Dad sagte:

„Ich würde mich freuen. So lernen wir deine Eltern auch einmal kennen. Ich müsste nur gleich auf dem Campingplatz anrufen, ob neben uns oder in der Nähe noch ein Stellplatz frei ist. Der Platz ist nämlich sehr gut besucht. Für dich zur Information: Das ist ein Campingplatz in der Nähe von Waren am Müritzsee in Mecklenburg-Vorpommern. In einer Woche haben wir Urlaub und wollten da 10 Tage bleiben. Wenn deine

Eltern da mitmachen, wir würden uns freuen. Ich merke schon, ich wiederhole mich."

Ihr Dad lächelte. Er nahm sein Handy und rief den Campingplatz an. Sie hatten Glück, ein anderer Camper hatte abgesagt und so konnte er einen Platz ganz in der Nähe buchen. Er war sich sicher, dass Max seine Eltern mitmachen.

Und so passierte es dann auch am nächsten Tag. Der Vater von Max rief sofort seinen Bruder an, ob er sich den Wohnwagen für eine gute Woche ausleihen könnte. Der hatte nichts dagegen, denn sie flogen wieder nach Thailand.

Die Woche bis zum Urlaubsstart verging wie im Fluge. Soji half ihrer Mom bei der Reinigung des Wohnmobils. Immerhin wurde es schon mehrere Jahre nicht mehr benutzt.

Dann rief Max an: „Soji, wollen wir ein Zelt samt Ausrüstung mitnehmen? Ich halte das nämlich für eine gute Idee. Oder willst du bei deinen Eltern ganz keusch im Alkoven schlafen? Ich würde das Zelt vorziehen, mir haben unsere gemeinsamen Nächte bisher gefallen, sehr gefallen, so dass ich schon süchtig danach bin."

Sie dachte an seine Augen und er an ihre. Sofort waren sie wieder innerlich verbunden.

„Daran habe ich noch gar nicht gedacht. Deine Idee finde ich super. Hast du denn ein Zelt? Wir haben nur ein kleines Indianerzelt aus meiner Kindheit."

Er musste lachen bei der Vorstellung, in so einem kleinen Zelt schlafen zu wollen.

„Gut, dann haben wir das auch geklärt. Wir brauchen nur noch einen Schlafsack und eine Isomatte für dich. Wollen wir die zusammen einkaufen?"

Sie besprach das mit ihrer Mom und die war einverstanden. Sie zückte die EC-Karte und so konnten sie am nächsten Tag losziehen. Zum Glück hatten sie ein Sportgeschäft in der Stadt.

Sie hätten sonst online kaufen müssen und da hätte die Zeit nicht mehr bis zu ihrem Urlaubsstart gereicht.

Abends verbrachte Soji die Zeit in ihrem Zimmer, es war der Tag vor ihrem Urlaubsbeginn. Max wollte seine Sachen packen und später zu ihr kommen. So lag sie auf ihrem Bett und hatte ihr Lieblingsspielzeug in der Hand. Sie hatte eine Idee und die musste sie sofort prüfen. Funktioniert das Beamen auch, wenn der Meteorit nur in ihrer Nähe ist, oder muss sie ihn in der Hand halten. Sie legte die Kugel zur Seite und nahm einen Stift, den sie ins Badezimmer beamte. Dann ging sie hinüber und schaute nach, ob der Stift dort gelandet war. Er lag auf dem Waschbecken neben dem Seifenspender, also genau dort, wo sie ihn hinhaben wollte.

Sie freute sich, dass ihr Experiment geklappt hatte. Die Frage, was im Kleinen klappt, funktioniert das auch bei den Menschen, war damit aber noch nicht beantwortet. Sie schaute nach, ob sie immer noch allein war. Dann packte sie den Stein in einen Beutel und hängte ihn sich um. Ohne Probleme konnte sie sich ins Bad beamen und wieder zurück. Jetzt blieb nur noch zu klären, wie viele Personen sie auf einmal transportieren könnte, wie weit reicht die Kraft dieses magischen Steins. Mangels Personals musste das Experiment verschoben werden. Aber sie war glücklich, dass sie ihre Gedanken soweit umsetzen konnte.

Wie versprochen, kam Max mit einer Reisetasche zu ihr. Er wurde herzlich von ihrer Mom und auch von Benjamin begrüßt, ehe er zu ihr ins Zimmer kam. Die Tür fiel hinter ihm ins Schloss und sie begrüßten sich ganz zärtlich in ihrem gewohnten Ritual, ohne gleich im Bett zu landen. Soji erzählte ihm von ihrem Experiment.

„Weißt du, ich finde es ganz wichtig, wenn ich beide Hände frei hätte, um wenigstens zwei Leute mitnehmen zu können. Wenn wir das Experiment starten wollen, bräuchten wir wenigstens meinen Dad dabei. Der ist aber noch nicht da. Was sagst du dazu?"

„Meinst du wirklich, dass das jetzt wichtig ist? Es reicht doch, wenn wir zwei verreisen. Was soll da dein Dad dabei? Oder brauchst du einen Aufpasser?"

Sein Grinsen relativierte seine Aussage etwas, aber mit der Reaktion hatte sie nicht gerechnet.

„Mir geht es doch nur um ein Experiment. Wenn sich irgendwann die Notwenigkeit ergeben sollte, mit mehreren zu beamen, dann wissen wir wenigstens, ob es funktioniert oder auch nicht. Ansonsten beame ich mich nur mit dir in der Gegend herum, versprochen."

Sie grinste auch. Ein Kuss besiegelte ihre Zweisamkeit und schon waren sie wieder dicht beieinander.

Am späten Nachmittag des nächsten Tages kamen sie auf dem Campingplatz an. Die Reise hatte etwas länger gedauert, da der Wohnwagen nicht schneller als 100 km/h fahren durfte. Aber durch die Erwartungshaltung an die kommenden Tage hatten alle gute Laune und die lange Fahrzeit war schnell vergessen. Der Campingplatzbesitzer wies ihnen ihre Stellplätze zu und hatte auch nichts dagegen, dass sie für die jungen Leute ein Zelt extra aufschlugen. Er schaute sich die zwei einen Moment lang an und sagte zu ihnen:

„Ich bitte euch nur um eins, seid leise in der Nacht bei euren Aktivitäten, wir haben Nachtruhe und die Leute sollen sich nicht beschweren kommen. Ich will auch meine Ruhe haben."

Er zwinkerte mit einem Auge und damit war dieses Thema für ihn abgehakt.

Das Zelt stand, ebenso waren das Wohnmobil und der Wohnwagen für den Aufenthalt im Freien eingerichtet. Sie hatten die Markisen ausgerollt und Tisch und Stühle hingestellt. So konnte man sich bei schönem Wetter draußen aufhalten. Die Eltern von Max waren zum Abendessen eingeladen. Sie brachten ihre Klappstühle und den Tisch mit. So konnten sie alle in großer Runde zusammensitzen. Soji's Mom hatte auf die Schnelle Spaghetti Bolognese und ihren berühmten Gurkensalat gemacht. Wie schnell die große Menge vertilgt war, zeigte, dass alle hatten einen guten Appetit hatten und es ihnen schmeckte. Nach dem Essen einigten sie sich aufs Kartenspiel. Viel Smalltalk war dabei und so verging die Zeit wie im Fluge. Die hereinbrechende Dunkelheit beendete die Runde.

Max und Soji machten noch einen Spaziergang zum See und hatten eine Decke dabei. Ihre Mom sah das und lächelte nur. Die beiden beamten sich ein Stück weiter weg am Seeufer, wo kein Mensch zu sehen war. Dann genossen sie ihre Zweisamkeit in vollen Zügen. Den ganzen Tag hatten sie darauf gewartet. Sie saßen die Fahrt über gemeinsam auf der Rückbank, aber mehr als der Austausch kleiner Zärtlichkeiten war nicht drin. Dafür saßen die Eltern von Max zu nahe dran. Das heizte natürlich ihr gegenseitiges Verlangen mächtig auf, so sehr, dass es kaum noch auszuhalten war. So fand der Tag hier und jetzt einen gelungenen Ausklang.

Am nächsten Tag wurde beim Frühstück beschlossen, dass sie gemeinsam die Stadt Waren erkunden. So fuhren sie im Wohnmobil die paar Kilometer und machten dann die Stadt unsicher. Hier war alles voll auf den Tourismus eingestellt und da machte das Shoppen so richtig Spaß. In einem Café am Hafen legten sie dann eine wohlverdiente Pause ein. Da das Wetter schön war, machte es so richtig gute Laune, den Leuten auf der Straße und an ihren Booten zuzusehen. Jeder hatte einen kleinen Snack vertilgt und war jetzt am Kämpfen mit einem großen Früchteeisbecher. Soji war über ihren Dad erstaunt, der einen Witz nach dem anderen riss, so kannte sie ihn gar nicht. Und ihre Mom war dabei regelrecht aufgeblüht. Witzig war auch das dröhnende Lachen von Max seinem Vater, bei dem alle in der Nähe Sitzenden die Köpfe hoben. Sie hätten gerne mitgelacht, aber sie konnten die Witze nicht hören. So ein Pech aber auch, dachte Soji nicht ohne eine gewisse Schadenfreude. Für den Abend einigten sich alle, das Restaurant des Campingplatzes zu erkunden. Max und Soji verabschiedeten sich nach dem Abendessen, sie wollten noch einen Spaziergang durch den Wald zum See machen. Als sie allein waren, fragte sie ihn:

„Hast du Lust, mal eine andere Stadt zu besuchen?"

„An was hast du denn gedacht?" Sie dachte an die Zeitverschiebung. „Alles, was Richtung Osten geht, da wird es zunehmend dunkler, alles in der entgegengesetzten Richtung, da beginnt der Tag. Ich schlage Paris vor, da ist es genauso spät wie hier." Er nickte nur. Sie fasste in an der Hand und schon standen sie in der Nähe des Eifelturms. Er war wieder im höchsten Maße erstaunt, wie schnell und einfach das geht.

Es war ja noch richtig was los hier am Eifelturm, aber niemand hat ihr Auftauchen aus dem Nichts bemerkt, obwohl sie einigen Leuten ziemlich nahe gekommen waren.

Max sagte: "Komm, lass uns hochfahren, ich habe Geld dabei."

Sie zahlten und fuhren hoch. Oben angekommen, staunten sie über das Lichtermeer Paris. Es war wirklich beeindruckend. Sie machte von sich beiden Fotos, war aber nicht zufrieden damit. So fragte sie einen Touristen aus Japan, er war zu erkennen an seinem weißen Basecap mit der roten Sonne, ob er sie zusammen fotografieren könnte. Das war überhaupt kein Problem für ihn und so bedankten sie sich mit der typischen Verbeugung.

„Komm, lass uns noch über die Champs-Elysees laufen, wenn wir einmal hier sind." Sie kuschelte sich an ihn und schaute kurz hinter sich. Und schon hatte sie sich und ihren Max auf die Prachtstraße gebeamt. Langsam machte es richtig

Spaß, sich so fortzubewegen. Nach einer Weile hatten sie genug, kaufen konnten sie sowieso nichts, es war alles exorbitant teuer hier. Sie wollten sich noch in einem Café eine Verschnaufpause gönnen, aber beim Studium der Preise verging ihnen die Lust. So beamten sie sich wieder nach Hause an den See und liefen zu ihrem Platz. Es war schon spät geworden. Alle hatten sich zu ihren Schlafplätzen zurückgezogen und so kuschelten sie sich in ihrem Zelt in die Nacht.

Nach diesem Schema verliefen die nächsten Tage. Die Väter waren mehrfach zusammen auf dem See angeln. Zum Glück hatte der Campingplatzbesitzer ihnen geraten, einen Angelschein zu kaufen, denn sie wurden wirklich einmal von der Wasserschutzpolizei kontrolliert. Die Mütter saßen bei einem Gläschen gemütlich beisammen und hatten sich viel zu erzählen. Und Benjamin hatte sein Leben an eine Spielekonsole verkauft und war in der Zeit nicht ansprechbar. Soji und Max gingen viel schwimmen und lagen die übrige Zeit auf einer Decke und schmökerten in ihren Büchern. Abends saßen sie dann alle zusammen, entweder vor dem Wohnmobil oder dem Wohnwagen.

Die beiden Turteltauben verabschiedeten sich danach zu ihren nächtlichen Waldspaziergängen und erkundeten von dort aus die Welt.

Sie hatten sich die berühmtesten Wasserfälle, die Niagara- und die Viktoriafälle angesehen und waren tief beeindruckt. Soji wollte schon so lange einmal nach Japan reisen. Wegen der Zeitverschiebung standen sie dafür extra früh um drei Uhr auf, um dort zur besten Zeit um zehn Uhr einzutreffen. Hier staunten sie über den Shinkansen, mit dem sie rasend schnell von Tokio nach Kyoto fuhren. Sie hatten anfangs Bedenken, ob die Bezahlung mit der Visa-Karte von Max klappen würde, aber das war überhaupt kein Problem. Aber noch mehr staunten sie über die ehemalige Kaiserstadt Kyoto mit ihren vielen Palästen, Tempeln und Gärten. Das war die richtige Entscheidung, hierher zu kommen, denn so viel Japan auf einmal ist wohl nur hier zu entdecken.

Sie erschraken, als sie wieder einmal auf die Uhr sahen, die Familien saßen bestimmt schon am Frühstückstisch. Also beamten sie sich schnellsten wieder nach Hause und kamen gerade noch rechtzeitig an. Sie wollten so gerne von ihren Ausflügen erzählen, es juckte regelrecht unter der Zunge. Aber die Zeit war noch nicht reif für diese Überraschung.

Einen anderen Tag waren sie in Indien gewesen, um das Taj Mahal zu bewundern und waren gerührt von der Liebesgeschichte, die sich hinter diesem Mausoleum verbirgt. Aber dieses Grabmal der Superlative war schon deshalb sehenswert, weil die Inder es pflegten und hegten und es dadurch wie gerade eben fertig gestellt aussah.

Sie haben Barcelona unsicher gemacht, sahen sich die La Sagrada Familia an, die skurrilste aller außergewöhnlichen Kirchen mit ihrer beeindruckenden Baugeschichte. Und der Ciutadella Park stand auch auf dem Programm. Das Besondere an diesem Park sind die vielen im katalanischen Jugendstil erbauten Gebäude anlässlich der Weltausstellung, die noch heute zu bewundern sind. Sie beschlossen, hier noch einmal herzukommen, denn es gab einfach viel zu viel zu sehen.

An einem Abend buchten die Familien sich den Lagerfeuerplatz und kauften genügend Brennholz, um einen schönen Abend bei flackerndem Feuerschein zu verbringen. Die Mutter von Max hatte ihr Akkordeon mitgebracht und Max seine Gitarre. Sie spielten bekannte Lieder und alle sangen sie. Es dauerte nicht lange und andere Camper gesellten sich dazu und sangen mit. So wurde das ein besonders schöner Abend.

Soji sagte zu Max:

„Kennst du den Spruch ‚Wo man singt, da lass dich nieder, böse Menschen haben keine Lieder'? Daran muss ich denken, wenn ich so in die Runde schaue. Es ist einfach herrlich, das erleben zu können."

Max lächelte sie an, wie recht sie doch hatte.

Getränke und Knabberzeug wurden mitgebracht und alle hatten viel zu erzählen. Die Zeit verging wie im Fluge. Gegen Mitternacht kam der Campingplatzbesitzer dazu und erinnerte an die Nachtruhe, deren Beginn sie eigentlich schon längst überschritten hatten. Alle gingen mit guter Laune zu ihren Schlafplätzen, nachdem das Lagerfeuer ordnungsgemäß gelöscht wurde. Man war ja schließlich in Deutschland, und da musste auch das seine Ordnung haben. Für Max und Soji war es nun auch zu spät für eine Erkundungstour. Sie machten es sich in ihrem Zelt gemütlich und genossen die Zweisamkeit mit dem Bemühen, möglichst leise zu sein.

Der nächste Morgen zeigte sich von der verregneten Seite. Anfangs hatte das Trommeln auf dem Zeltdach etwas unheimlich Romantisches an sich. Aber nach einer Weile wurde es feucht und kalt und die Romantik verflog. Sie waren es gar nicht mehr gewöhnt, sich warme Sachen anzuziehen. Im Wohnmobil war noch ein Plätzchen für Max und mit der zunehmenden Wärme in dem kleinen Raum wurde es auch hier richtig gemütlich. Ihre Mom hatte ‚Armer Ritter' in der Pfanne gemacht. Da sie das schon lange nicht mehr gegessen hatten, mundete es allen. Dazu der Top heißen Kaffee, es war einfach herrlich. Sie überlegten, was sie an einem solchen verregneten Tag machen konnten. Sie entschieden sich für das Müritzeum, ein Naturkundemuseum mit Deutschlands größten Aquarium für Süßwasserfische. Die Eltern von Max kamen natürlich mit und so wurde auch dieser Tag etwas Besonderes.

Die 10 Tage Urlaub waren unglaublich schnell vergangen. Und für Soji und Max waren es die verrücktesten Tage, die sie sich nicht hätten vorstellen können. So viele Eindrücke und Erlebnisse, die mussten erst einmal verarbeitet werden. Nach der Rückreise wollte dann auch jeder erst einmal für sich sein. Max hatte durch diesen Urlaub eine Menge Ideen im Kopf für eine neue Komposition. Und Soji wollte einfach nur durchatmen und die Erlebnisse der vergangenen Tage Revue passieren lassen. Es hatte keiner der beiden das Gefühl, dem anderen etwas schuldig zu sein. Vielmehr freuten sie sich über die kleine Auszeit. Ihre Mom verstand das Ganze nicht.

„Komm, lass uns einen Tee trinken."

Sie bereitete den Tee zu und sie setzten sich ganz gemütlich ins Wohnzimmer. „Ist etwas zwischen euch beiden vorgefallen? Ihr habt doch die ganze Zeit zusammengeklebt. Und jetzt geht jeder seiner Wege?"

„Nein, so ist das gar nicht. Wir brauchen einfach mal einen Abend, wo jeder für sich sein kann. Man muss doch nicht permanent zusammen sein. Das stumpft auch ab, oder?"

Ihre Mom wurde nachdenklich. „Du hast schon Recht. Wenn dein Dad nicht immer mal für ein paar Tage dienstlich verreisen müsste, wüsste ich nicht, ob wir noch verheiratet wären. Wenn man sich nichts mehr zu sagen hat, weil man immer und zu jeder Zeit zusammenklebt, da stirbt jede Liebe. Ihr macht das schon richtig."

Soji ging in ihr Zimmer und legte sich aufs Bett. Sie nahm den Meteoriten in die Hand und es war wie am ersten Tag. Er strahlte in allen Farben und gab eine wohlige Wärme ab. Wie sie es genoss, so zu liegen und dann zu schweben. Immer noch dachte sie daran, wie verrückt diese Magie in ihren Händen war. Was sie wunderte und was ihr immer wieder durch den Kopf ging: Sie hatten nun schon so viel mit der Kraft dieser Magie erlebt. Die Energie dafür schien unbegrenzt zu sein.

Denn es gab keine Zeitverzögerung zu den Geschehnissen der ersten Tage. Alles lief noch genauso schnell ab.

Mit diesen Gedanken schlief sie ein, nachdem sie sanft auf ihr Bett zurück geschwebt war.

Teil 2

„Du siehst die Welt nicht so, wie sie ist.
Du siehst die Welt so, wie du bist."

Mooji

Kapitel 16

Nach den zuletzt beschriebenen Ereignissen sind zwei Jahre vergangen. Soji und Max haben die Schule mit sehr guten Noten abgeschlossen, Soji war sogar die Beste in ihrem Jahrgang. Nun stand die Frage im Raum, was sie jetzt machen wollen. Sie hatte sich schon seit längerem neben der Schule im Selbststudium mit Quantenphysik beschäftigt und richtig Lust darauf, in diese Richtung ein Studium zu beginnen. Dazu müsste sie aber nach Würzburg an die Uni ziehen und das ließ ihren ganzen Plan etwas stocken. Sie wollte natürlich weiterhin mit Max zusammen sein und keine Fernbeziehung aufbauen. Er wusste nicht so recht, was er studieren sollte und tendierte immer mehr dazu, erst einmal bei seinem Vater den Facharbeiter als Tischler zu machen. Studieren könne er danach immer noch, aber er hätte schon mal einen Berufsabschluss.

Soji besprach das Problem mit ihren Eltern. Sie wusste wirklich nicht, was sie machen sollte, zu mächtig war ihr Wunsch, mit ihrem Liebsten zusammen bleiben zu können.

Ihre Mom hatte dann die Idee: „Warum machst du nicht ein freiwilliges soziales Jahr, zum Beispiel hier im Altenheim? Wie sie weiß, können die dringend Leute gebrauchen."

Nach anfänglichem Zögern fand Soji die Idee gar nicht schlecht.

„Ich werde mich morgen gleich darum kümmern. Mal sehen, was ich erreichen kann."

So wäre das Problem zwar nicht vom Tisch, aber es wäre auf alle Fälle eine vorrübergehende Lösung.

„Ich hoffe, du hast nichts dagegen, wenn Max nachher noch vorbeikommt. Mal sehen, was er dazu sagt. Aber er wird es bestimmt gut finden, denn Würzburg hängt ja wie ein

Damoklesschwert über unserer Beziehung. Ich gehe erst einmal auf mein Zimmer."

Sie verschwand in ihren vier Wänden und warf sich auf ihr Bett. Sie hatte wieder ihren liebsten Freund in der Hand und hörte in sich hinein, ob er ihr etwas zuflüsterte. Aber da war im Moment absolute Funkstille. Das war etwas frustrierend. So ging sie wieder hinunter in die Küche zu ihrer Mom.

„Kann ich dir etwas helfen? Ich habe nichts weiter zu tun und warte auf meinen Schatz."

„Nein lass mal. Aber wir können einen schönen Tee trinken und zusammen auf Max warten."

So machten sie es. Da das Wetter mitspielte, setzten sie sich auf die Terrasse.

„Sag mal, was versteht man unter ‚Quantenphysik'? Das ist so ein Begriff. Keiner weiß was damit anzufangen und jeder zeigt deshalb eine gewisse Ehrfurcht."

Ihre Mom schaute sie interessiert an, wartete und schlürfte von ihrem Tee, der immer noch heiß war.

„Also so einfach zu erklären ist das nicht. Die Quantenphysik beinhaltet die theoretische Grundlage der modernen Physik. Mit ihr wird das natürliche Verhalten von Materie und Energie auf atomarer Ebene erklärt. An diesem Verhalten von Materie und Energie auf der untersten Ebene beißen sich viele Forscher die Zähne aus. Ich habe mich schon etwas mit der Theorie auseinandergesetzt. Es ist wirklich ein schwieriges Feld. Du hast doch bestimmt schon mal von CERN gehört, diesem Ringbeschleuniger in der Schweiz. Dort will ich mal hinkommen, wenn ich das Studium beendet habe. Aber das ist noch ein langer Weg, auf dem ich viel Hirnschmalz investieren muss."

Ihre Mom schaute sie etwas besorgt an. „Aber du bist dir sicher, dass du das schaffen wirst?"

Nach einer Pause meinte sie dann: „Aber wer, wenn nicht du könnte das, bist du doch die Beste an der Schule gewesen."

Soji schaute sich ihre Mom interessiert an und dachte bei sich, worüber sich Mütter so ihre Gedanken machen.

In diesem Moment kam Max. Obwohl er mittlerweile einen Schlüssel für die Wohnung hatte, klingelte er immer noch aus reiner Höflichkeit. Er wollte eben niemanden überraschen. Soji sprang auf und ging ihm entgegen. Wie immer umarmten sie sich ganz zärtlich und gaben sich einen langen Kuss. Er nahm sich eine Tasse und setzte sich zu ihnen auf die Terrasse. Den Tee genoss er, da er nicht mehr so heiß war und ebenso die friedfertige Stimmung hier, denn die Sonne blinzelte durch die Blätter der umstehenden Bäume und kündigte das Ende des Tages an. Aber noch war es warm und angenehm.

„Max, was sagst du dazu? Meine Mom hat vorgeschlagen, ich könnte ein freiwilliges soziales Jahr absolvieren, ehe ich mit dem Studium beginne."

Ihre Mom hakte sich ein: „Na ja, das müssen wir erst einmal klären, ob es denn möglich ist. Noch ist es nur eine Idee."

Er freute sich. „Ich finde die Idee sehr gut. So können wir das Jahr noch zusammen verbringen. Ich habe heute bei meinem Vater den Lehrvertrag unterschrieben und fange morgen an."

Er strahlte ein wenig beim Verkünden dieser Nachricht. Soji wurde wieder warm ums Herz, sie fand ihn immer noch umwerfend, wenn er sich so gab. Da war er einfach zum knuddeln.

„Mom, hast du was dagegen, wenn wir uns zurückziehen. Ich möchte noch ein bisschen mit ihm allein sein."

Sie schüttelte nur den Kopf und die beiden verschwanden in ihrem Zimmer. Sie schloss die Tür ab und damit war alles klar. Schnell fanden sie zueinander und amüsierten sich im Bett. Sie lagen dann eng beieinander und verschnauften erst einmal. In dieser Sekunde hatte sie eine Eingebung.

Was wäre, wenn sie nicht nur die Sehenswürdigkeiten dieser Welt erkundeten, sondern auch einmal in den Weltraum fliegen würden. Den blauen Planeten in all seiner Pracht von oben sehen, das wäre doch ein absolutes Highlight. Aber gleich meldeten sich ihre Bedenken. So viele Möglichkeiten gab es ja nicht. Entweder die ISS oder die chinesische Raumstation Tiangong. Doch wenn sie das machen würden, wäre ihr Geheimnis um den Meteoriten in Gefahr.

„Was würden die Astronauten für große Augen bekommen, wenn wir dort auftauchen würden," sagte sie leise vor sich hin.

Er dachte, habe ich das jetzt richtig gehört? Oder wird meine Liebste jetzt übermütig und überschätzt diese Möglichkeiten, die sie erhalten hat?

„Was willst du damit sagen? Willst du in den Weltraum fliegen?"

Er sah sie intensiv an und dachte, jetzt ist sie wohl übergeschnappt. Sie kicherte.

„Ich weiß, was du denkst. Stell dir das mal vor, wir tauchen dort als Zivilisten ohne Raumanzug wie aus dem Nichts auf. Die dort an Bord sind, kriegen sich nicht mehr ein. Und Houston auch nicht, da wird ja jede Sekunde live übertragen."

„Ja, und wenn sie sich dann gefangen haben und wieder klar denken können, kommt doch sofort die Frage, wie wir das gemacht haben. Und die in Houston wollen Aufklärung, was ist los bei euch, wer sind diese Leute?"

„Tja mein Lieber, wenn ich dich so reden höre, umso mehr Lust bekomme ich, diesen Trip durchzuziehen. Wir können auch gleich starten, bis zum Abendbrot sind wir wieder zurück."

Sie knuffte ihn in die Seite.

Max ließ sich diese Gedanken durch den Kopf gehen.

„Hast du gar keine Angst, dich im All ohne Raumanzug zu bewegen? Außerdem ist es da richtig kalt, ich glaube so um die Minus 270 °C."

„Weißt du, ich habe mir schon mehrfach die Frage gestellt, wie wir von jetzt auf gleich woanders sein können. Und obwohl das alles noch graue Theorie ist, denke ich, durch ein Falten des Raum-Zeit-Gefüges funktioniert das. Wenn wir uns in die ISS beamen, würden wir von der Kälte und dem Vakuum des Alls überhaupt nichts mitbekommen. Vielleicht aktiviert sich zusätzlich das Kraftfeld um uns herum zum besseren Schutz. Aber das ist wahrscheinlich nicht notwendig. Wir müssten uns nur eine vernünftige Erklärung einfallen lassen, wie wir das anstellen, ohne den Meteoriten zu erwähnen. Hast du eine Idee?"

Max schaute sie lange an.

„Du willst das wirklich durchziehen?"

Sie nickte mit Bestimmtheit. Je länger sie darüber nachdachte, umso mehr wollte sie diesen Trip machen.

„Wenn wir sagen, dass wir einfach die Kraft in uns haben, um solche Reisen zu machen, das müsste doch reichen, die Vorstellung, die wir liefern, ist ja überzeugend genug. Wir dürfen nur nicht sagen, wer wir sind und woher wir kommen. Sonst haben wir umgehend Besuch, den wir nicht haben wollen."

Jetzt nickte er auch. Sie zog sich lange Jeans an und einen leichten langärmeligen Pullover. Er hatte lange Hosen und einen Hoodie an. Sie nahm den Stein in die eine Hand und seine Hand in die andere und dachte intensiv an das Innere der ISS, so wie sie es in Dokus schon gesehen hatte. Es kam die schwarze Sekunde und sie konnten es schon an der künstlichen, gefilterten Luft riechen, sie waren angekommen. Sie schauten sich um. Am anderen Ende des mit Geräten und Laptops und vielen Kabeln ausgefüllten Raumes befanden sich zwei Astronauten. Soji und Max hielten sich weiter an den Händen und versuchten, mit der Schwerelosigkeit klar zu kommen. Versehentlich stieß er ein Laptop aus der Halterung. Durch das Geräusch wurden die Astronauten aufmerksam und drehten sich um. Man sah ihnen an, wie sie mit Schnappatmung zu kämpfen hatten, zu unwahrscheinlich war der Anblick der beiden Jugendlichen. Aus den Aufnähern am Ärmel ging hervor, sie hatten es mit einem Russen und einem Franzosen zu tun. Soji sprach beide Sprachen und begrüßte sie:

„Guten Abend. Nicht wundern, wir wollten nur einmal die Erde aus dem All sehen, dann sind wir auch schon wieder weg. Wir wollen sie nicht weiter stören."

Nacheinander kamen die beiden Astronauten wieder zu sich und konnten klare Gedanken fassen. Sie riefen über Bordfunk die anderen vier Astronauten zu sich.

„Leute, ihr werdet es nicht glauben, aber wir haben hier Besuch bekommen. Zwei Zivilisten sind hier eingedrungen. Nein, wie das geht, wissen wir nicht."

Es dauerte nicht lange und die anderen vier kamen herangeschwebt. Unter ihnen war auch ein deutscher Astronaut. Das konnten sie am Namensschild und dem Ärmelaufnäher erkennen. Sie hatten erst einmal wie die anderen mächtig mit dem Erfassen dessen, was sie sahen, zu tun. Zu unwahrscheinlich war auch ihr Auftauchen auf der ISS.

Max konnte sich vorstellen, dass die Situation für die Eingeborenen beim Anlanden der Männer von Kolumbus ähnlich gewesen sein musste.

Immer wieder kam die Frage von Houston durch den Bordfunk: „Was ist los bei euch, wir bitten um Aufklärung."

Einer der Besatzungsmitglieder unterbrach einfach die Verbindung. Es dauerte immer noch an, bis sich alle einigermaßen beruhigt hatten. Soji fragte im perfekten Englisch: „Können wir uns nicht zusammensetzen und wir berichten über uns. Im Gegenzug dürfen wir dann durch die Glaskuppel die Erde bestaunen?"

Das fand allgemeine Zustimmung. Sie ‚gingen' zusammen zu einem etwas größeren Tisch, wo alle in ihrer schwebenden Position Platz fanden. Der deutsche Astronaut sagte:

„Wir können euch außer Wasser nichts weiter anbieten und ich sage nicht, wo wir das Wasser herhaben. Aber nun legt los. Wie kommt ihr hierher, vor allem ohne jegliche Ausrüstung."

Er schaltete Houston wieder zu, so dass sie dort auch alles hören konnten.

Soji erklärte: „Ich spüre seit einigen Jahren eine Kraft in mir, die mir das hier ermöglicht. Erklären kann ich es nicht. Ich kann mich auf der Erde zu jedem Ort beamen. Ich sage Beamen dazu, weil es das am ehesten trifft. Und meinen Freund kann ich mitnehmen, wenn ich seine Hand fest umklammere. Wir haben schon einiges an Sehenswürdigkeiten gesehen und sind jetzt auf die Idee gekommen, euch zu besuchen, um einen Blick auf den blauen Planeten zu werfen. Mehr wollen wir nicht und sind dann auch schnell wieder weg. Wir sind keine Terroristen und wollen nichts zerstören. Wir nutzen einfach die Möglichkeit, die mir gegeben ist, um tolle Sachen zu erleben. Mehr nicht. Wir sagen aber auch nicht, wer wir sind und woher wir kommen, denn sonst hätten wir ja gleich Besuch, den wir definitiv nicht wollen. Und wir hoffen, dieses Erlebnis bleibt unter uns, nicht wahr Houston?"

Sie schaute nach oben in die Kamera, die sie genau filmte.

„Ach so, die Reise selbst dauert nur eine Sekunde, dann sind wir am Zielort. Ich vermute mal, dass das Raum-Zeit-Gefüge verändert wird. So können wir in kürzester Zeit diese großen Entfernungen bewältigen."

Alle schauten vor sich hin und mussten das Gehörte erst einmal verdauen. Dann kam doch noch eine Frage:

„Aber aus der Zukunft kommt ihr nicht? Dann könnte ich mir euren Auftritt noch irgendwie erklären."

Max musste grinsen. Die Idee fand er gar nicht so schlecht, sie als Zeitreisende zu sehen. Sie verneinten das natürlich. Der deutsche Astronaut begleitete sie zum Modul Cupola – der Sichtkuppel, alle Klappen, mit denen die Fenster sonst von außen verschlossen waren, wurden für sie extra geöffnet. Sie befanden sich auch gerade auf der Tagseite der Erde, so war die beste Sicht garantiert. Der Ausblick war grandios.

Max verstand jetzt, dass manche Superreiche ein Vermögen ausgegeben haben, um das hier genießen zu können. Es war einfach fantastisch. Und der Blick auf die Erde in ihrem strahlenden Blau, verziert von weißen Wolkenbänken hatte schon etwas süchtig Machendes an sich. Am liebsten wollte er hier nicht mehr weg, aber Soji zupfte ihn am Ärmel und flüsterte zu ihm:

„Komm, lass uns verschwinden. Nicht, dass wir noch richtigen Ärger bekommen."

Sie wandte sich mit einem Lächeln an die Astronauten. „Wir gehen dann mal wieder. Tschüss und weiterarbeiten."

Ehe diese reagieren konnten, waren sie wieder weg und zu Hause in Soji's Zimmer gelandet. Die beiden standen da und mussten auch erst einmal zu sich kommen. Zu krass war das eben gewesen. Tief Luft holen war angesagt.

Max fragte: „Wie meinst du das mit dem ‚richtig Ärger' bekommen?"

„Stell dir mal vor, die hätten uns festgehalten und mir den Meteoriten weggenommen. Wir wären da nicht mehr weggekommen. Und dann die blöden Fragen, nein so war es schon besser."

Dann kam auch schon der Ruf ihrer Mom, zum Abendessen zu Tisch zu kommen. Max schaute auf seine Uhr, sie waren gerade einmal eine halbe Stunde weg gewesen. Wahnsinn, ihm kam alles viel länger vor.

Sie gingen hinunter in den Essbereich und genossen das Abendessen. Es gab gebratene Forelle Müllerin Art mit Petersilienkartoffeln. Die Fische hatte ihr Vater am Vortag erst geangelt. Das Essen war wieder ein Hochgenuss. Soji musste daran denken, wie sehr sie die Kochkünste ihrer Mom vermissen würde, wenn sie erst einmal in Würzburg Fuß gefasst hatte. Das hatte schon etwas Melancholisches an sich. An Max durfte sie gar nicht in diesem Zusammenhang denken. Da musste sie noch eine dauerhafte Lösung finden. Und wenn sie in Halle oder Leipzig etwas anderes studieren würde, Hauptsache, sie war in seiner Nähe.

Aber vielleicht kommt auch alles anders, als man denkt. An diesen Spruch musste sie denken, als sie eine Eingebung hatte, die so ungeheuerlich war, dass sie jeden weiteren Gedanken daran erst einmal wieder verdrängte. Aber er kam immer wieder und war präsenter denn je.

Kapitel 17

Tags darauf dachte sie an ihren Bruder. Benjamin war jetzt in dem Alter wie sie, als sie damals den Meteoriten gefunden hatte. Bis jetzt hatte ihn niemand darüber aufgeklärt, alle hatten sich zurückgehalten, was die Freigabe an Informationen anging. Sie sah, dass er mit seinen Erkenntnissen, die er sich zusammenreimte, der Wahrheit ziemlich nahekam. Aber es trübte ihr beiderseitiges Verhältnis, dass sie ihm bisher keinen reinen Wein eingeschenkt hatte. Sie beschloss, dass sofort zu ändern, auch unter dem Aspekt, an was sie gestern hatte denken müssen.

„Benjamin, hast du mal einen Moment Zeit für mich?" Er war mittlerweile zu einem stattlichen jungen Mann herangewachsen und überragte sie um Kopfeslänge. Man sah ihm an, dass er regelmäßig zum Sport ging. Er legte sein Handy zur Seite und schaute sie interessiert an.

„Was hast du denn?"

Sie erzählte ihm alles über ihren Meteoriten und vor allem, welche Möglichkeiten zu Reisen er ermöglichte. Wie gesagt, Einiges hatte er sich schon zusammengereimt, nun war er aber doch erstaunt.

„Und ich soll dir das alles glauben?"

Soji machte kurzen Prozess, nahm in bei der Hand und beamte sie beide in ihr Haus am See. Es war immer wieder schön, jemand total überrascht zu erleben. Nachdem er sich etwas erholt hatte, setzte er sich auf den Schaukelstuhl auf der Veranda.

Es war schon fast wie in einem Ritual für sie.

„Ich werde uns erst einmal eine Tasse Tee kochen."

Es dauerte nicht lange und sie kam mit zwei dampfenden Tassen zurück.

„Ich hätte eine Bitte: Kannst du dann die Gasflasche wechseln? Die jetzt angeschlossene ist fast leer."

Benjamin nickte und nahm vorsichtig einen Schluck. Soji schaukelte leicht in ihrem Stuhl und genoss die herrliche Stimmung, die hier am See herrschte. Laut war der Ruf eines Kranichs zu hören, dann war wieder wohltuende Ruhe um sie herum. Das Seeufer war zu weit weg, um das Plätschern des Wassers zu hören, aber die kleinen Wellen waren deutlich zu sehen, wie sie an Land aufliefen. Der aufkommende Wind brachte nun auch die Baumwipfel über ihnen in Bewegung.

Benjamin war immer noch dabei, das Ganze zu verarbeiten.

„Wie bist du denn auf die Idee gekommen, so zu reisen wie wir gerade?"

„Ich kann irgendwie mit dem Meteoriten kommunizieren. Ich höre innerlich eine leise Stimme, die mir manchmal sagt, was ich machen soll. Und so ist das alles entstanden. Erst habe ich unseren Dad informiert, weil ich jemanden zum Reden brauchte. Ich wäre sonst verrückt geworden. Und unsere Mom hat uns bei der Rückkehr von einem solchen Ausflug überrascht und so mussten wir sie auch einweihen. Wichtig war mir immer, dass so wenig Leute wie möglich von den Fähigkeiten mit diesem Meteoriten wussten. Deshalb habe ich bei dir noch gewartet, bis du etwas älter und verständiger geworden bist."

Benjamin wiegte den Kopf.

„Okay, belassen wir es dabei. Ich wechsle jetzt die Gasflasche aus."

Sie nahm das Geschirr und wusch es ab. Dann beamten sie sich wieder zurück. Zuhause angekommen sagte er nur:

„Ich brauche jetzt meine Ruhe. Ich muss das alles erst einmal sortieren und zu mir kommen."

Soji ging nach unten und sah ihre Mom auf der Terrasse sitzen. Sie setzte sich zu ihr. Es gab noch Tee und Gebäck und so holte sie sich auch eine Tasse. Es war wieder diese absolut entspannende Stimmung, die hier herrschte, ähnlich der wie im Haus am See. Die Sonne blinzelte durch das Blätterdach der Bäume und der leichte Wind tat sein Übriges.

Ihr brannte es auf der Zunge, sie musste ihrer Mom von ihrem Ausflug auf die Raumstation erzählen. Diese Reiseberichte waren eigentlich nichts Neues für ihre Mom, aber das hier war dann doch der Hammer, Thors Hammer, wie sie immer so schön sagte. Erst druckste sie etwas herum, aber dann sprudelte es aus ihr heraus.

Nach einer kurzen Pause sagte ihre Mom:

„Wie bist du denn auf die Idee gekommen? Hattest du keine Angst, durchs Weltall zu fliegen? Und da soll es doch so richtig kalt sein, habe ich mal gehört. Ich hätte mich das nicht getraut. Aber nun bist du ja wieder hier und es hat dir, hat euch offensichtlich nicht geschadet."

„Mom, allein die Aussicht auf die Erde, unserem blauen Planeten, schon deshalb hat sich das gelohnt. Wenn du da so schaust in dieser Glaskuppel, das kann richtig süchtig machen. Sich da wieder loszureißen fällt unheimlich schwer. Ich hätte schon Lust, den Trip mit dir zu wiederholen, aber zum Schluss hatte ich das Gefühl, wenn wir nicht bald verschwinden, bekommen wir richtig Ärger. Die Astronauten hatten schon daran gedacht, dass wir auch Terroristen sein könnten. Und ehe sie uns festnehmen und ausquetschen wie eine Zitrone, sind wir schnell zurück nach Hause gebeamt. Aber letztlich bin ich auch froh, dass das alles so geklappt hat, wie ich mir das vorgestellt hatte."

Soji ging in sich und sagte dann:

"Ich denke, wenn bei uns einmal wirklich Aliens auftauchen würden, die hätten keine Chance, nett und freundlich wie wir jetzt bei einer Tasse Tee empfangen zu werden."

„Und du meinst, jetzt im Nachhinein können wir nicht noch Ärger bekommen? Du weißt doch, die Herren in den schwarzen Anzügen und Limousinen. Ob sie hier bei uns in Deutschland auch so auftreten oder ganz normal Alltagsklamotten tragen, weiß ich nicht und will es auch nicht wissen."

Soji winkte ab.

„Wir haben uns nicht zu erkennen gegeben, sie wissen nicht, aus welchem Land wir sind, wir haben nur Englisch gesprochen und so weiter."

Ihre Mom beruhigte sich etwas. Dann hing sie ihren Gedanken nach. Sie würde schon gerne einmal Weltraumtourist sein in ihrem Leben. Insofern beneidete sie ihre Tochter und Max.

„Ich bin heute bei Max eingeladen und mache mich jetzt auf den Weg."

Ihre Mom erwiderte:

„Denke daran, morgen soll es regnen, nimm dir eine entsprechende Jacke mit."

Sie umarmten sich und dann war sie mit ihrem Fahrrad auch schon weg. Bei Max angekommen, wurde sie ganz herzlich von seiner Mutter begrüßt. Die beiden Männer waren noch in der Tischlerei und müssten aber jeden Moment kommen, denn es war Kaffeezeit. Die Mutter hatte wie immer mit ihrer besonderen Sorgfalt den Tisch gedeckt, so dass schon der Anblick ein wahrer Augenschmaus war. Pünktlichkeit wurde in diesem Haus großgeschrieben und so kamen kurz nach dem Eintreffen von Soji auch Max und sein Vater an. Max begrüßte sie wie immer ganz zärtlich mit einem Kuss und vom Vater bekam sie die große warme Hand gereicht, immer mit der

Option, nur nicht zu fest zudrücken zu wollen. Sie setzten sich, der Kaffee wurde gereicht und es gab die köstliche Eierschecke. Alles war wieder einmal perfekt.

Soji berichtete von ihrem freiwilligen sozialen Jahr, wo sie sofort die Zusage bei ihrem Anruf bekommen hatte. Sie brauchen anscheinend wirklich dringend Personal im Altenheim, auch wenn es nur Hilfskräfte sind.

Aber so kann sie ein weiteres Jahr hier in Bielnau verbringen, und danach mit dem Studium beginnen. Alle waren von dieser Entscheidung angenehm überrascht, denn jeder wusste, wie zerbrechlich eine Fernbeziehung war. Nach dem Kaffee verzogen sich die beiden jungen Leute auf sein Zimmer und waren wieder, wie so oft, ein Herz und eine Seele, wie seine Mutter einmal sagte.

Kapitel 18

Soji grübelte über ihre Eingebung, die sie tags zuvor hatte. Diese Idee war so ungeheuerlich, dass sie im ersten Moment zurückschreckte und sich zwang, nicht mehr daran zu denken. Aber sie hatte so viel Magisches an sich, dass sie nicht anders konnte, als sich damit intensiv zu beschäftigen. Dann kam gleich die Frage dazu: Sollte sie Max einweihen oder erst einmal allein auf Erkundungstour gehen? Immerhin war vollkommen unklar, wie gefährlich diese Tour sein könnte. Und ihn einer Gefahr auszusetzen, war ein furchtbarer Gedanke.

Sie dachte daran, zu einem anderen Planeten zu reisen, der das Leben wie auf der Erde ermöglichte, also gleiche Luft, Temperatur, Schwerkraft, Wasser zum trinken, keine Tiere, die einen gleich auffressen wollen und einen ausgeglichenen Tag- und Nachtrhythmus. Und andere intelligente Wesen, Eingeborene wollte sie auch nicht gleich treffen. Sie überlegte, ob es so etwas überhaupt geben könnte. Um das herauszufinden, müsste sie der inneren Stimme folgen. Aber die Frage blieb unbeantwortet: Wie entsteht überhaupt diese Idee in ihr? Was steckt dahinter? Welche Kraft steuert diese Eingebungen?

Sie erzählte nun doch Max von ihrem Vorhaben und er machte ganz unverhohlen große Augen. Das Gehörte musste er erst einmal verdauen. Dann sagte er:

„Wenn wir das machen würden, müssen wir schon etwas Ausrüstung mitnehmen. Eine Waffe wäre unter Umständen ganz hilfreich. Wie lange wird die Reise dauern? Müssen wir die Campingausrüstung mitnehmen? Auch etwas zu essen wäre nicht schlecht."

„Ich vermute mal, die Reise selbst wird wie bisher nur wenige Sekunden dauern. Wir sollten vielleicht ein Messer, etwas zu Trinken und Licht mitnehmen, aber mehr nicht. Wir können uns ja jederzeit wieder zurückbeamen und uns dann überlegen, wenn wir da länger bleiben wollen, was wir alles dafür benötigen."

Max schaute seiner Geliebten tief in die Augen, so dass ihr gleich wieder anders wurde und Begehrlichkeiten aufflammten. Sie hatte wie so oft wieder einmal Recht. Aber er hatte immer noch Zweifel.

„Und was ist, wenn sich die Kraft des Meteoriten bei dieser langen Reise aufbraucht? Wir wissen beide, dass ein erdähnlicher Planet sehr, sehr weit weg ist. Was ich so gehört habe, sind es Millionen von Lichtjahren." Soji hatte auch schon diesen Gedanken gehabt und lange überlegt, was man in dem Fall, wenn es wirklich nicht zurückgehen sollte, machen könnte.

„Deswegen sollten wir scharfe Messer mitnehmen. Die wären die absolute Minimalausstattung zum Überleben. Und wir sollten unseren Eltern einen Brief mit entsprechender Erklärung hinterlassen. Ich würde ihn im Schreibtisch deponieren, denn wenn man uns sucht, wird man auch unsere Zimmer nach Hinweisen durchsuchen."

Sie grübelten beide. Das war schon etwas anderes als sich nach Japan zu beamen. Da hatte man immer die Möglichkeit, auf normalen Wegen wieder zurück zu kommen. Aber hier war das Risiko, was sie bisher vollkommen außer Acht gelassen hatten, doch sehr präsent.

„Max, was hast du eigentlich deinen Eltern bisher von unseren Trips erzählt?" Diese Frage irritierte ihn ein wenig.

„Eigentlich nichts. Das war bisher überhaupt kein Thema gewesen, ob und wo wir hinreisen. Und ich muss dir ehrlich sagen, wenn man dieses Beamen nicht selbst erlebt hat, kann man das nicht glauben, auch wenn es noch so gut erzählt wird. Das ist einfach nur Science Fiktion. Aber klar, wenn ich ihnen einen Abschiedsbrief für den Fall der Fälle schreiben soll, müssten sie schon vorher eingeweiht sein."

Er streckte sich.

„Aber eine Frage habe ich noch: Bisher mussten die Möglichkeiten des Meteoriten geheim bleiben. Du hast immer gesagt, je Weniger davon wissen, umso weniger laufen wir Gefahr, Ziel der wissenschaftlichen Forschung zu werden. Was hat sich geändert?"

Sie dachte über die Frage nach und schaute ihn lange an.

„Eigentlich ist es das außergewöhnliche Ziel, was wir vor Augen haben. Vielleicht gibt es da nicht nur für uns eine Chance auf ein außergewöhnliches Leben, frei von Sorgen um die Erde, so dass wir dortbleiben wollen. Denk nur mal daran, wie das Wetter immer verrückter spielt. Vor Jahren hat noch keiner über Stürme mit über 320 km/h gesprochen, jetzt ist es immer häufiger Realität, von dem anderen Mist wie Dürre, Überschwemmungen und Feuer gar nicht zu reden."

Sie machte eine Pause.

„Und dann würde es keine Rolle mehr spielen, wer von unseren Reisen erfährt."

„Also machst du mit meinen Eltern einen Ausflug in das Haus am See und erzählst ihnen, was wir in unserer Freizeit so treiben?"

„Kein Problem, gehen wir es an."

Sie fand die Idee super und war bereit, sie sofort umzusetzen, Also gingen beide hinunter ins Wohnzimmer, wo seine Eltern die Nachrichten im Fernsehen verfolgten. Er saß gemütlich in dem großen Sessel mit hochgeklappter Beinunterstützung und sie hatte es sich auf der Couch eingerichtet.

„Darf ich euch einmal stören? Wir wollten euch fragen, ob ihr Lust auf einen kleinen Ausflug an den See habt? Es dauert auch nicht lange, zum Abendessen sind wir wieder zurück."

Soji sah die erstaunten Gesichter der Eltern von Max. Sein Vater wendete ein:

„Mädel, das klappt doch nicht, wir haben keinen See in der Nähe, also kann dein Timing nicht stimmen."

„Also, am besten steht ihr beide mal auf und ich zeige euch etwas. Aber keinen Schreck bekommen oder gar einen Herzinfarkt. Das wäre es nicht wert."

Max musste innerlich über die Gesichter seiner Eltern lächeln. Sie waren etwas brüskiert, aber auch neugierig auf das, was jetzt kommen mag.

Soji hatte ihren Stein in der Hosentasche deponiert, fasste die Beiden an den Händen, wobei sie mit den großen Händen seines Vaters etwas Probleme hatte, und schon beamte sie sich mit seinen Eltern im Schlepptau in das Haus am See auf die Veranda. Wie zu erwarten, waren sie äußerst überrascht und bemühten sich, von dem Adrenalienstoß wieder runterzukommen. Nach einer Weile hatten sie sich soweit beruhigt, dass sie wieder reden konnten.

„Darf ich euch einen Tee machen? Ich erzähle euch gleich, was ihr gerade erlebt habt."

Sie nickten und Soji verschwand im Haus. Der Vater stand auf und sah sich ein wenig um. Sie blieb sitzen, sie war immer noch dabei, dass eben Erlebte zu verkraften. Soji kam zurück und gab jedem einen Pott Tee in die Hand. Dann erzählte sie ihre Geschichte und von ihren Reisen, die sie mit Max schon erlebt hatte. Die Augen seiner Eltern wurden immer größer, als sie von ihrem Ausflug zur Raumstation ISS berichtete. Von ihrem neuen Vorhaben, was Max und sie jetzt planten, erzählte sie natürlich nicht. Soji war sich sicher, dass diese Reise auf größte Ablehnung stoßen würde, schon wegen der Risiken, die nicht zu übersehen waren.

Die Mutter meinte: „Also, wenn ich es jetzt nicht am eigenen Leib erlebt hätte, könnte ich das Ganze nicht glauben."

Sie schüttelte den Kopf und hatte immer noch so ihre Zweifel. Sein Vater sagte nichts weiter, er ließ sich auch nichts anmerken, was in seinem Kopf vorging.

„Kommt, wir gehen noch an den See, es ist einfach wunderschön hier."

Langsam waren sie empfänglich für die Umgebung, die den Sinnen schmeichelte und konnten durchatmen. Dann ging es zurück nach Hause, nachdem sie noch etwas Ordnung gemacht hatten. Soji wollte keine eingetrockneten Tassen beim nächsten Besuch vorfinden.

Max war wieder in seinem Zimmer und versuchte, mit seiner Eigenkomposition voranzukommen.

„Na, wie haben meine Eltern reagiert? Haben sie den Schock verkraftet?"

Sie erzählte bis ins Detail vom Ausflug und er war zufrieden.

„Schau, ich habe mich schon mal an diesem Brief probiert, wie findest du es?" Sie las ihn und fand es gut. Er hatte sowieso eine Art zu schreiben, die gefällig war. Er stand vom Schreibtisch auf und trat zu ihr. Ganz zärtlich streichelte er sie, zog sie an sich und flüsterte ihr ins Ohr:

„Es gibt bestimmt gleich Abendessen."
Sie drückte ihn von sich und machte ein brüskiertes Gesicht.
Da mussten beide herzlich lachen. Aber er hatte Recht, der Ruf zu Tisch ließ nicht lange auf sich warten.

Es gab einen super Gemüseauflauf. Es schmeckte allen wieder köstlich. Natürlich war das Hauptthema am Tisch ihr Kurztrip zum Haus am See. Vor allem wollte die Mutter wissen, wie Soji dahintergekommen war, dass sie diese Reisen machen konnte.

„Das habe ich durch Ausprobieren herausgefunden. Angefangen hat es mit schwebenden Kugelschreibern."

Soji musste innerlich grinsen, wenn sie an ihre anfänglichen Probleme dachte, die sich dann doch in Luft aufgelöst hatten. Sie sprachen noch über ihre Reisen und was sie so alles erlebt hatten. Dann machte sich aber allgemeine Müdigkeit breit, der Tag war doch sehr aufregend gewesen. Alle gingen zu Bett und Soji blieb wie so oft die Nacht bei Max.

„Wollen wir am Wochenende loslegen?"

Er nickte und dann schliefen beide eng umschlungen ein. Ganz früh fuhr sie wieder nach Hause mit der Verabredung, dass er zu ihr kam, um das große Abenteuer zu starten.

Das Wochenende kam und Soji konnte ihre innere Unruhe schwer in den Griff bekommen. Dieser Trip war doch eine andere Nummer, das wurde ihr immer deutlicher, wenn sie nur daran dachte. Max wollte zu ihr zum Frühstück kommen, wie immer war er sehr pünktlich. Das fand ihre Mom so toll an ihm, sie liebte Menschen, auf die sie sich verlassen konnte. Er stellte seinen Rucksack im Eingangsbereich ab und ein deutliches Klappern war zu hören. Max nickte nur zu Soji und da wusste sie, er hatte alles bekommen, was sie für die Reise mitnehmen wollten. Ihre Mom war in der Küche und bekam von allem nichts mit. Nach dem Frühstück verabschiedeten sie sich von ihren Eltern, packten ihre Rucksäcke und zogen los. Das Wetter zeigte sich von seiner besten Seite, strahlender Sonnenschein am wolkenlosen Himmel begleitete sie. Sie hatten deshalb auch nur leichte sommerliche Kleidung an. Soji war sich irgendwie sicher, dass sie bestimmt zurückkehren würden, der Meteorit hatte sie bisher noch nie im Stich gelassen. Trotzdem hatte sie für sich und Max Jacken und lange Hosen im Rucksack.

Wer sie beobachtete, war bestimmt sehr erstaunt, denn ein Stück außerhalb des Ortes waren sie auf einmal verschwunden. Soji dachte an ihren Wunschplaneten und diesmal dauerte es einige Sekunden länger, in denen sie in völlige Dunkelheit gehüllt waren. Als sie die Augen öffneten, verschlug es ihnen die Sprache. Es war sofort klar, dass sie sich nicht mehr auf der Erde befanden. Dieser Planet, er hatte bestimmt die ungefähre Größe der Erde, war der Trabant eines riesigen Gasplaneten, der den halben Himmel einnahm. Daneben schien eine grellweiße Sonne und erzeugte wohlige Wärme. Die der Sonne zugewandte Seite des Gasriesen war wunderschön bunt und strukturiert anzusehen wie eine Sichel, der Rest verlor sich zunehmend in der Himmelsfarbe. Aber an der Krümmung der Sichel konnte man erahnen, wie groß dieser Gasplanet sein musste. Der Himmel war zartblau und erzeugte Euphorie in Soji. Ein Blick zu Max zeigte ihr, dass es ihm genauso erging. Sie befanden sich in einem Grasland, dass sich bis zum Horizont erstreckte. Es wurde durch nichts unterbrochen, von den kleinen Erdhäufchen abgesehen, als wenn es hier Maulwürfe geben würde. Die Farbe des Grases war zartgrün. Es war einfach nur bezaubernd. Ein leichter Wind wehte und erzeugte Wellenbewegungen in dem Gras.

Max hatte einen Kloß im Hals und musste sich räuspern, ehe er etwas sagen konnte.

„Meine Güte, so schön, so perfekt hatte ich es mir nicht vorgestellt. Atme mal tief diese Luft ein. Beim Atmen habe ich auch sofort gemerkt, wir sind nicht mehr auf der Erde. Im Vergleich zu hier kommt mir dort die Luft wie vielmals gefiltert vor, hier dagegen ist alles rein, voller unbekannter Gerüche. Alle unsere Sinne werden angesprochen, wir hören den Wind säuseln, das Auge bekommt richtig was geboten, wir riechen und schmecken die Luft und streicheln das Gras. Das ist wirklich bemerkenswert."

„Ich bin auch schwer beeindruckt."

Sie schaute ganz verliebt zu ihm auf und drückte sich an ihn.

„Und worüber ich mich am meisten wundere, ich habe nicht das Gefühl, hier könnte etwas giftig sein und uns schaden."

Sie hatte ihr Handy eingeschaltet und fotografierte alles. Sollten sie jemanden von diesem Ausflug berichten, müssen sie das auch belegen können. Er nickte und machte mit seinem Handy ebenfalls Fotos und Videos. Dann holte er ihre Jacken aus dem Rucksack und breitete sie im Gras aus. Mit einer galanten Handbewegung lud er sie ein, sich ins Gras zu setzen. Sie legten sich auf den Rücken, Schulter an Schulter und genossen den Anblick des Himmels. War das beeindruckend. Irgendwie war alles in Bewegung, denn die Sonne ging langsam unter und war fast gänzlich hinter dem Riesenplaneten verschwunden. Das war ein Zeichen dafür, dass sich dieser Planet drehte wie die Erde und es einen Tag- und Nachtzyklus gab. Trotzdem war es noch genauso hell wie bei ihrem Eintreffen. Offensichtlich reflektierte der Gasplanet viel Licht von der Sonne, so dass es wahrscheinlich gar nicht richtig dunkel werden konnte. Ob es sich um einen Gasplaneten handelt, wussten sie nicht, er hatte nur eine gewisse Ähnlichkeit mit dem Jupiter, auch was seine Oberflächenstruktur betraf.

Nach einer Weile drehten sie sich auf den Bauch, um sich das Gras genauer anzusehen. Natürlich waren sie immer am Vergleichen mit der irdischen Flora und so waren die Unterschiede bei genauer Betrachtung nicht zu übersehen. Es gab nur eine Art Grashalm, diesen aber reichlich. Die Halme standen recht dicht beieinander und hatten an den Stielen feine nach unten gerichteten Stacheln. Man sollte also lieber keinen Halm ausreißen. Die auf dem Boden laufenden Insekten nahmen die Stacheln ernst, kein Insekt versuchte hochzuklettern. Sie sahen schon anders aus, aber doch auch vertraut. Alle hatten sechs Gliedmaßen. Interessant waren die schwarzen Kugeln, die sich entspannten, wenn sie sich unbeobachtet fühlten und dabei einen Satz zur Fortbewegung machten. So etwas hatten Soji und Max noch nicht gesehen. Was auffiel, es gab kein Insekt, was fliegen konnte. Jedenfalls nicht an dieser Stelle. Das war schon merkwürdig.

Max nahm sein Messer und schnitt vorsichtig ein Stück von einem Grashalm ab. An der Schnittstelle trat sofort grüne dickflüssige Substanz aus, ein Zeichen dafür, dass diese Pflanzen lange ohne Regen auskommen müssen. Er steckte das Teil in eine Plastiktüte und verschloss sie.

„Wir werden das zu Hause untersuchen lassen. Das wird bestimmt spannend."

Soji nickte. Warum war sie nicht auf diese Idee gekommen. Ihre beste Freundin Claudia war in einer Chemiebude als Laborantin beschäftigt. Da kann sie ihr einen Gefallen tun.

Nach einer Weile fragte Soji: „Was machen wir jetzt? Oder willst du die ganze Zeit hierbleiben? Ich schlage vor, wir erkunden noch ein wenig die Gegend."

„Und wie willst du das machen? Willst du etwa bis zum Horizont laufen?"

Max sah sie interessiert an, er hatte offensichtlich vergessen, welche Möglichkeiten sie hatten. Sie mussten ja nicht laufen, sondern sie konnten auch schweben, was sie dann auch taten. Vorher jedoch sah sich Soji ihren Meteoriten genau an. Sie hatte Angst, dass seine Kräfte nach der langen Tour nachgelassen hatten. Aber er strahlte wie gewohnt in allen Farben und erzeugte die wohlige Wärme, an die sie sich gewöhnt hatte. Es gab offensichtlich keinen Grund zur Beunruhigung. Sie nickte Max zu und er gab ihr einen zarten Kuss, den sie ebenso zart erwiderte.

Wie im Tiefflug bewegten sie sich mit hoher Geschwindigkeit über die riesige Grasfläche. Lange Zeit änderte sich nichts an der wohltuenden Aussicht auf die Wellenbewegungen im Gras. Sie hatte das unbändige Gefühl grenzenloser Freiheit, wenn sie so dahinschwebten und in diese Weite eintauchten. Schon wegen dieses Gefühls hatte sich der Ausflug gelohnt. Es war einfach herrlich. Und um dem Ganzen noch eins draufzusetzen, gab es ein besonderes Spektakel, als sie zurückblickten. Sie hatten die Sonne im Gegenlicht. Sie war am Untergehen und ihr warmes gelbes Licht ließ die Grasspitzen gelb erstrahlen – ein umwerfender Anblick bei der Weite und Größe dieses Schauspiels.

Dann sahen sie weit weg vor sich eine Herde gewaltiger schwarzer Tiere, die eine gewisse Ähnlichkeit mit Yaks hatten. Doch der entscheidende Unterschied war, sie hatten sechs Beine. Sie bewegten sich nur langsam, offensichtlich fraßen sie das Gras. Das Gelände stieg an und andere Pflanzen kamen in ihr Blickfeld. Farne, die ein wenig so aussahen wie auf der Erde, aber vollkommen anders strukturiert waren. Kleine knorrige Bäume, die sich wie vom Sturm gepeitscht bückten, aber jeder in eine anderen Richtung. Als wenn sich der Wind nicht entscheiden konnte, in welche Richtung er wehen soll. Wenn sie denn vom Wind so gebildet wurden. Sie erweckten den Eindruck, als hätte eine riesengroße Hand sie einfach gestaucht. Immer wieder wurde ihnen die Fremdartigkeit dieser Welt vor Augen geführt, aber auf eine sanfte und angenehme Art, so dass ihnen das immer erst nach einer Weile auffiel. Am Himmel tauchten plötzlich große Dreiecke auf, die schnell auf sie zuflogen. Je näher sie kamen, umso besser konnten die Beiden erkennen, dass es sich um fliegende Tiere handelte. Sie hatten sich irgendwie aneinander gekoppelt und bildeten so eine große Formation. Ihre Bewegungen waren so schnell, es sah aus, als würden sie vibrieren. Und schon waren sie über sie hinweggeflogen.

Soji und Max stoppten hier und sahen sich ihr Umfeld genauer an. Es hatte etwas Magisches an sich, wie hier alles zusammenspielte. Plötzlich huschte ihnen ein etwas größeres

Tier zwischen den Beinen hindurch. Sie erschraken und mussten Luft holen. Es sah aus wie eine Ratte, nur hatte sie keinen Schwanz, dafür aber sechs Gliedmaße. Das war wieder ein Hinweis darauf, dass sie sich nicht auf der Erde befanden. Nachdem sie sich von dieser Begegnung etwas erholt hatten, hoben sie vom Boden ab und flogen weiter.

Am Horizont war ein dunkler Streifen zu sehen, auf den sie zuflogen. Nahe genug erkannten sie einen dichten Wald, wild und unberührt in einer steinigen Gegend. Zwischen den bemoosten Felsen lagen ebenfalls bemooste umgestürzte Baumstämme, Unterholz und starke Äste. Es sah jedenfalls auf den ersten Blick wie Moos aus. So war ein Betreten des Waldes unmöglich, wollte man nicht mit schwerem Gerät eine Schneise schlagen. Aber dieser Gedanke verwehte sofort, wenn man die Fremdartigkeit dieses Waldes, der aber auch so viel Ähnlichkeit mit irdischen Urwäldern hatte, auf sich wirken ließ.

Die beiden standen davor und genossen das Ganze mit tiefen Zügen. Ihnen lief ein Schauer über den Rücken, denn ihnen wurde bewusst, dass sie die einzigen Menschen auf diesem Planeten waren, wahrscheinlich wie Adam und Eva damals auf der Erde, wollte man der biblischen Darstellung folgen.

Es war doch etwas dunkler geworden, sie hatten schon die hiesige Nachtphase erreicht.

Max sagte: „Komm, lass uns nach Hause fliegen. Nicht dass sich unsere Eltern Gedanken machen, wo wir abbleiben. Wir haben genügend Fotos und Videos gemacht und haben viel zu erzählen. Oder was meinst du?"

„Wir kommen ja bestimmt wieder, und dann können wir unsere Erkundungen fortsetzen. Es gibt hier noch so vieles zu entdecken."

Sie starteten und waren wie gewohnt in wenigen Sekunden bei ihr im Zimmer angekommen. Sie setzten sich auf ihr Bett und mussten erst einmal Luftholen. Das war der bisher verrückteste Trip von allen, die sie bisher unternommen hatten. Dadurch, dass sie im Grunde aber keine Reisezeit hatten, relativierte sich der Planet, den sie besucht hatten, sehr schnell. Er schrumpfte auf das Level der anderen Ausflüge. Soji gefiel das nicht und sie wehrte sich gegen dieses Gefühl. Sie musste wissen, wie Max darüber denkt.

„Wie geht es dir nach diesem Ausflug? Versucht sich bei dir auch sofort wieder Normalität einzustellen?"

„Ja, das ist schon merkwürdig. Eigentlich müssten wir wie gelähmt herumlaufen, erschlagen von den grandiosen Eindrücken. Aber das tut es nicht. Ich fühle mich etwas mitgenommen, aber das war es dann auch schon."

Soji sah ihn nachdenklich an, rückte ganz dicht an ihn heran und küsste ihn. Er erwiderte sofort ihren Kuss. Aber nach mehr war ihm nicht zumute. Max nahm Ihre Handys und setzte sich an den PC.

„Ich werde die Bilder auf einen Stick kopieren, dann können wir uns das Erlebte am Fernseher ansehen. Ich bin gespannt, was deine Eltern dazu sagen."

Sie legte sich auf ihr Bett und sah zur Decke. Ihr ging so Vieles durch den Kopf. Sie sah den Sinn Ihres Besuches auf diesem Planeten noch nicht. Natürlich war es irre, so etwas erleben zu können. Aber was wird es ihnen bringen? Welchen Nutzen sollen sie daraus ziehen? Soll hier die Antwort auf die Überbevölkerung und der bevorstehende Kollaps der Erde aufgezeigt werden? Nur wie soll das funktionieren? Gibt es noch viele andere Menschen, die so einen besonderen Meteoriten haben und wie wir reisen können? Dann könnten einige wenige umsiedeln, vorausgesetzt, der Planet ist soweit erforscht und lässt eine Besiedelung zu. Max und sie haben ja gerade mal eine Strecke wie von Bielnau bis zum Harz zurückgelegt, gemessen an der Größe der Erde war das ein Fliegenschiss. Auch schweiften ihre Gedanken immer wieder ab zu der Energie, die in dem Stein steckt und ob sie für weitere Reisen reichen wird. Das ist eine Frage, die wohl keiner beantworten kann. Sie wandte sich wieder Max zu.

„Na wie schaut es aus mit unserem ‚Kinoabend'?"

Max blickte zu ihr.

„Sim Sala Bim. Ich bin gleich fertig."

In dem Moment kam der Ruf ihrer Mom zum Abendbrot. Er zog den Stick ab und gemeinsam gingen sie zu Tisch. Es gab Forelle in Folie gebacken, wieder ein köstliches Essen. Nach dem Essen sagte Soji:

„Wir haben eine Überraschung für euch und würden euch bitten, alle vor dem TV-Gerät Platz zu nehmen."

Soji musste innerlich grinsen, wie sie ihr alle im Gänsemarsch folgten. Immerhin war die Familie vollzählig. Max hatte das Gerät eingerichtet und die ersten Fotos erschienen. Soji bekam Gänsehaut, wie sie den Planeten mit der weiten Graslandschaft und im Hintergrund den Riesenplaneten am Himmel wiedersah. Die anderen schauten interessiert, aber nicht unbedingt überwältigt. Ihr Dad meinte:

„Das sind schön gemachte Fotos. Von welchem Plakat habt ihr sie abfotografiert?"

Max antwortete:

„Einen kleinen Moment noch, bis ihr das hier gesehen habt."

Jetzt lief ein Video und man konnte Soji vor dieser Kulisse sehen, wie sie vorsichtig durch das Gras lief und mit den Fingerspitzen das Gras streichelte. Jetzt fiel ihrem Dad doch der Unterkiefer herunter und auch ihre Mom und Benjamin schauten im hohen Maße irritiert. Denn es wurde allen klar, die beiden waren auf einem fremden Planeten gewesen, der wahrscheinlich unendlich weit weg von der Erde war. Nach dem Ende der Vorstellung fingen alle an durcheinander zu reden und zu fragen. Max und Soji hatten Mühe, die entsprechenden Antworten zu geben. Nach einer Weile kehrte wieder etwas Ruhe ein und alle starrten auf das Standbild von diesem fremdartigen Urwald.

Ihre Mom fragte:

„Und was wollt ihr als Nächstes tun? Das war doch nicht der letzte Besuch dort?"

Soji antwortete:

„Als Erstes sollten wir diesem Planeten einen Namen geben. Earth 2 oder Terra Nova gibt es schon. In grauer Vorzeit soll ja ein anderer Planet die Erde gerammt haben, woraus der Mond resultiert. Dieser Planet wurde Phaeton genannt. Was haltet ihr von diesem Namen?"

Ihr Dad sagte:

„Das geht nicht. Den Namen hatte sich schon VW für seinen Oberklassewagen reserviert gehabt. Aber viele Entdeckungen werden nach seinem Entdecker benannt. Also wäre eigentlich dein Name anzuwenden, aber als Planetennamen halte ich ihn für ungeeignet. Welcher Planet heißt schon Soji Hagemann?"

Max räusperte sich:

„Ich war dabei und ich halte meinen Namen für geeignet. Was haltet ihr davon, wenn wir ihn ‚Rieger' nennen? Wir waren auf Rieger gewesen."

Man sah ihm an, wie stolz er auf seine Idee war. Nach kurzem Überlegen fanden alle die Idee gut. Und so war das beschlossene Sache.

Ihre Mom fragte:

„Muss man so etwas wie die Namensgebung für einen neu entdeckten Planeten nicht irgendwo registrieren lassen?"

Ihr Dad antwortete:

„Da wir nicht wissen, wo sich Rieger befindet und wie man dahin kommt, geht das wohl nicht. Oder wir geben das Geheimnis des Meteoriten preis und wenn genügend hoch bezahlte Leute da gewesen sind, dann könnte es klappen. Wir sollten erst einmal Rieger genauer untersuchen und dann weitersehen. Wenn ihr nichts dagegen habt, würde ich auch mal mitfliegen."

Er freute sich, als er sah, dass seine Tochter zustimmte.

Benjamin, der bis jetzt nur gestaunt hatte, meldete sich:

„Darf ich auch mal mitkommen? Außer bis zum Haus am See habt ihr mich ja noch nicht an euren Reisen teilhaben lassen."

Soji sah ihn an:

„Du hast noch nie etwas gesagt. Aber natürlich kannst du gerne einmal mitkommen. Das betrifft auch dich Mom. Aber nur, wenn du willst. Es ist schon etwas anderes, das alles live zu erleben, als auf diesem Bildschirm präsentiert zu bekommen. Ich jedenfalls würde mich freuen."

Alle wurden still, denn jeder musste das eben Erlebte erst einmal verdauen. Soji und Max verabschiedeten sich aus der Runde und gingen wieder in ihr Zimmer. Sie schob ihn vor sich her und er verstand die Aufforderung. Wie immer hatten sie viel Spaß im Bett und waren dann doch ziemlich erschöpft. Und so schliefen sie schnell ein.

Mitten in der Nacht wachte Soji auf, und sie konnte nicht wieder einschlafen. Sie stand auf, ging ans Fenster und schaute hinauf zu den wenigen Sternen, die man hier in Bielnau sehen konnte. Ihre Gedanken drehten sich nur um die Frage: Was an der Geschichte ist gewollt, wer steckt dahinter? Sollte es doch so etwas wie eine göttliche Macht geben, die ihre Geschicke leitet und ihr diesen auf sie geprägten Meteoriten zugespielt haben? Sie fand keine Antworten. Irgendwann forderte die Natur ihr Recht, sie schlüpfte zurück ins Bett und schlief vor Erschöpfung wieder ein.

Kapitel 19

Ein paar Tage später hatte sich Soji bei ihrer Freundin in ihrem Laber angemeldet und brachte ihr die Proben der Grashalmspitzen. Claudia nahm sich der Proben sofort an, denn es klang sehr geheimnisvoll, wie Soji mit ihr darüber sprach. Sie hatte zuerst die heimische Probe unterm Mikroskop. Was sie sah, war ganz normales Süßgras. Sie hatte das Gras aufgeschnitten, so dass sie den Querschnitt sahen. Claudia erklärte ihr, was sie genau sahen:

„Die äußere Schicht wird von hartem, hölzernen Gewebe gebildet und wird durch den Innendruck durch das Gefäßgewebe gestärkt. In den Hohlkörpern befindet sich das Chlorophyll, was das CO_2 aufnimmt und Sauerstoff abgibt. Nur so mal ganz grob erklärt."

Dann nahm sie die andere Probe in die Hand. Sie spürte sofort, dass es mit dieser Probe etwas Besonderes auf sich hatte. Richtig fremdartig kam ihr das Ganze vor. Vorsichtig schnitt sie das Teil an und legte es auf den Objektträger des Mikroskops. Was sie sah, verwirrte sie doch etwas. Ganz zartes Material umschloss den Inhalt des Blattes diagonal und das in mehreren gegenläufigen Schichten, ehe die Hohlkörper mit dem Chlorophyll ihren Platz einnahmen.

Claudia sah Soji an und erklärte ihr:

„Ich hatte mich schon einmal vor längerer Zeit mit Gras beschäftigt und trinke auch gerne mal einen frisch gepressten Saft aus jungem frischem Gras, das noch keinen Hund und keine Kuh gesehen hat. Das soll sehr gesund sein, wurde mir versichert. Aber so etwas habe ich noch nicht gesehen, auch nicht bei den Salzgräsern. Also wo hast du das her?"

Soji sah ihre Freundin lange an, ehe sie antwortete. Sie hatte innerlich beschlossen, sie in ihr Geheimnis einzuweihen. Immerhin war sie ihre beste Freundin.

„Was ich dir jetzt zeige und erkläre, wird dich vom Hocker hauen. Da bin ich mir sicher. Aber du musst mir wirklich versichern und das mit ganzem Ernst, du behältst das für dich. Dein Blutdruck ist normal und du fühlst dich auch sonst ganz gesund?"

Claudia nickte. Was soll denn jetzt kommen, wenn Soji so ein Drama daraus macht, was immer ihre Erklärung für diese Grasart sein soll?

Sie waren allein im Raum und so nahm Soji Claudias Hand, hielt in der anderen den Stein fest umklammert und dachte intensiv an das weite Grasland auf Rieger. Es wurde schwarz und dauerte nur wenige Sekunden und sie waren dort angekommen. Das Wetter zeigte sich von der sonnigen Seite, den zartblauen Himmel zierten weiße Wolken, die wie große schwere Lastkähne dahinzogen. Sofort stellte sich bei ihr wieder ein beglückendes Gefühl ein. Sie sah zu Claudia, die wirkte wie versteinert.

„Wo sind wir? Wir sind doch nicht auf der Erde? Ist das da der Jupiter?"

Die Ärmste wirkte völlig desorientiert. Nach einer Weile fing sie wieder an, normal zu atmen. Soji ließ ihr Zeit, die Eindrücke zu verarbeiten. Dann setzten sie sich ins Gras und staunten über den Gasplaneten. Auch wenn Soji das alles schon einmal gesehen hatte, war die Wirkung wieder ergreifend. Claudia kam langsam zu sich und sah ihre Freundin fragend an. Die erzählte ihr die Geschichte vom Meteoriten und wie sie seine magischen Kräfte herausgefunden hatte. Von dem langen Vortrag war sie ein wenig erschöpft. Sie hatte ihre Umhängetasche mit und nahm einen gehörigen Schluck Kaffee aus der Thermoskanne. Sie bot ihn auch ihrer Freundin an, aber die lehnte ab.

„Außer meiner Familie und Max weiß keiner von dem Stein und seinen Möglichkeiten. Meine Eltern haben ein Video von hier gesehen, ebenso mein Bruder und alle wollen hierherkommen. Dabei kann ich immer nur einen mitnehmen. Und so bist du der dritte Mensch auf diesen Planeten, den wir übrigens auf den Namen ‚Rieger‘ getauft haben.“

„Und hier gibt es niemanden, der uns eventuell sehr unfreundlich empfangen würde?“

„Das kann ich dir nicht sagen. Wir, Max und ich haben ja bisher nur einen kleinen Ausflug machen können und haben außer Tieren niemanden weiter gesehen. Aber wir können auch die Gegend ein wenig erkunden, was meinst du?“

Claudia zog die Augenbrauen hoch. „Wie weit willst du hier kommen? Hier ist doch nur Gras zu sehen.“

Soji musste schmunzeln wegen der Duplizität des Geschehens. Sie nahm Claudias Hand und schon flogen sie los. Sie wurden schneller und flogen auch etwas höher der besseren Übersicht wegen. Dann waren sie so schnell, dass das Gras zu einer grünen Fläche zusammenschmolz. Nach einer Weile veränderte sich die Luft. Sie wurde feuchter. In der Grasfläche zeigten sich jetzt öfter unbewachsene Stellen. Dann waren die ersten Bäume zu sehen. Sie waren klein und krüppelig wie stark vom Wind zerzaust. Und wieder bemerkte Soji, dass die einzelnen Bäume in verschiedene Richtungen gebeutelt wurden, was man eigentlich nicht erklären konnte. Wehte der Wind hier nur in Kreisen?

Dann kam das Meer. An einem breiten Strand verliefen sich kleine Wellen. Nach links und nach rechts gab es nur Strand bis zum Horizont. Das Wasser leuchtete in einem wunderschönen türkis. Alles kam ihr vor wie auf der Erde und doch blieb das Gefühl der Fremdartigkeit. Was war hier anders?

Als erstes fiel auf, das es keinerlei Verschmutzungen des Strandes gab wie Algen oder angeschwemmtes Holz. Es gab keine Seevögel, es waren auch sonst keinerlei Tiere zu sehen. Das war schon sehr merkwürdig, denn es hatte etwas Steriles an sich. Erst liefen sie ein Stück den Strand entlang, aber das wurde schnell langweilig. Also erhoben sie sich wieder in die Luft und flogen immer am Wasser entlang.

Plötzlich zupfte Claudia ihre Freundin mit der freien Hand am Ärmel.

„Schau doch mal, was ist das?"

Sofort landeten sie und sahen sich um. Jetzt sah es Soji auch. In einiger Entfernung rechts von ihnen zeigte sich ein Hologramm. Es erschien wie aus den Anfängen der Holografie, grobkörnig verpixelt, sehr durchsichtig, so dass sie kaum etwas erkennen konnten. Sie sahen eine viereckige Pyramide, die einmal gespiegelt aneinanderklebte und langsam um die Längsachse rotierte. Sie gingen langsam und vorsichtig darauf zu, aber je näher sie kamen, umso weniger war etwas von dieser Erscheinung zu erkennen. Nur ab und zu blitzte das Hologramm auf und so konnten die beiden Frauen erkennen, dass sie in unmittelbarer Nähe waren.

Soji sagte:

„Komm, lass uns hier etwas ausruhen und beobachten, was weiter passiert. Ob überhaupt noch etwas passiert."

Sie setzten sich auf die Grasfläche, die den Strand zum Landesinnern ablöste und genossen den Augenblick. Wie die Wellen anlandeten, hatte schon etwas Beruhigendes an sich. Soji hatte die Augen geschlossen und musste, so unpassend es auch war, an den Ostseestrand denken. Eine gewisse Ähnlichkeit war zu erkennen, aber das Geschrei der Möwen fehlte.

Dann gab sie sich einen Ruck und sah sich wieder um. Sie bekam einen Riesenschreck, Claudia war nicht zu sehen. Sie stand auf und sah sich um. Soji stieg auf in die Höhe und hatte so die totale Übersicht. Aber von ihrer Freundin war weit und breit nichts zu sehen. Sie landete wieder und wurde jetzt richtig nervös. Wo könnte sie sein? Hier einfach so zu verschwinden, wäre nur mit ihr zusammen möglich. Und das hätte sie bemerkt. Soji war den Tränen nahe. Was sollte sie nur tun? Ohne Claudia konnte sie unmöglich alleine nach Hause zurückfliegen. Das war nicht erklärbar.

Soji flog noch einmal in die Höhe, aber diese Aktion brachte auch kein Ergebnis. Dann kam ihr eine Idee. Sie flog direkt von oben in dieses Hologramm hinein. So einfach, wie es auf den ersten Blick aussah, war es dann doch nicht. Die Schwerkraft zerrte an ihr. Sie hatte das Gefühl, als würde sie auseinandergerissen. Sie schaute nach unten. Alles war in Spektralfarben getaucht und je näher sie dem Boden kam, umso kräftiger waren sie anzusehen. Das war wie bei ihrem Meteoriten. Sollte es hier einen Zusammenhang geben? Merkwürdig war es schon. Sie war gelandet und sah sich wieder um. Da war sie, ihre Claudia. Eingetaucht in einem Kokon aus diesen Farben, hockte sie auf der Erde. Und obwohl das Ganze ein toller Anblick war, sah sie überhaupt nicht glücklich aus. Soji nahm ihre Hand und zog sie heraus. Dann standen beide wieder neben dem Hologramm.

„Los, lass uns verschwinden, ehe hier noch andere Sachen passieren."

Sie fassten sich an der Hand und innerhalb weniger Sekunden waren sie wieder zu Hause. Im Labor hatte sich nichts verändert. Claudia sah auf die Uhr über der Tür und staunte.

„Waren wir nur eine knappe Stunde weg gewesen? Mir kam es wie Stunden vor, die wir dort waren."

Soji nickte. Sie hatten es sich auf den Bürostühlen bequem gemacht. Sie bestaunte die Laborausrüstung. Sie sah wieder zu

Claudia hinüber, doch die war weg. Hatte sie sich in dem Moment, wo sie nicht zu ihr hinsah, zur Toilette aufgemacht? Sie verspürte jetzt auch dieses Bedürfnis und folgte ihr. Zum Glück waren die Toiletten gut ausgeschildert und so fand sie sich sofort zurecht. Doch Claudia war nicht hier.

Soji rief nach ihr, bekam aber keine Antwort. Langsam kroch die Angst in ihr hoch, vor allem dachte sie sofort an das eben Erlebte auf Rieger. Sie sah auch auf der Männertoilette nach und in allen Räumen, die nicht verschlossen waren. Aber Claudia war nicht zu sehen. Sie fragte die Kollegen, die ihr über den Weg liefen, aber niemand konnte ihr helfen.

Mein Gott, sollte sie, wie auch immer, wieder zurück nach Rieger geflogen sein? Aber wie sollte das gehen? Viele Fragen bestürmten sie, doch sie hatte keine Antwort darauf. Soji holte tief Luft und verharrte einen Moment. Am besten fahre ich erst einmal zu Claudias Eltern, wo sie noch wohnte. Obwohl sie es schon merkwürdig fand, dass Claudia ohne zu grüßen, einfach gegangen ist, hoffte sie doch, sie dort zu finden. Sie verließ das Gebäude und schwang sich auf ihr Fahrrad. Doch Claudia war auch nicht zu Hause.

Soji merkte, wie sich Panik in ihr ausbreitete. Was sollte sie nur machen? Sie musste sich sofort mit Max treffen. Der war eingeweiht und so ihr Rettungsanker. Das war eine gute Idee. Sie fuhr also weiter und nach kurzer Zeit kam sie bei ihm an und er öffnete auch die Tür. Sein Lächeln sie zu sehen, gefror sofort. Sie war extrem aufgeregt. Es musste etwas Schlimmes passiert sein. Er nahm sie in den Arm und sie gingen hoch in sein Zimmer. Sie setzte sich aufs Bett und er brachte ihr ein Glas Wasser.

„Nun beruhige dich erst einmal und dann erzähle, was los ist."

Er schaute sie mit einem warmen Lächeln an und langsam tourte sie herunter. Sie berichtete ausführlich von ihrem

Ausflug mit Claudia und von dem Hologramm, welches sie entdeckt hatten. Und kaum waren sie wieder hier, war Claudia wieder verschwunden.

„Mir kommt das so vor, als wollte dieses Hologramm Claudia behalten.", sagte er und setzte sich zu ihr.

„Ja, ich weiß, wir müssen etwas tun, damit sie zurückkommt und auch hierbleibt. Und unter den Umständen weiß ich nicht, ob es ratsam ist, dass deine Familie Rieger besucht. Nicht dass wir noch mehr Verschollene suchen müssen. Aber das können wir später mit ihnen zusammen besprechen. Wir machen uns erst einmal auf den Weg."

Kapitel 20

Max überprüfte seinen Rucksack und sie füllte ihre Getränkeflasche mit frischem Wasser auf. Und schon waren sie wieder auf diesem fremdartigen und doch irgendwie vertrauten Planeten angekommen. Wenn man im Grunde überhaupt keine Flugzeit hatte, war das schon sehr gewöhnungsbedürftig. Sie waren diesmal direkt am Strand angekommen. Erst liefen sie ein Stück, doch dann beschlossen sie, wieder am Ufer entlang zu fliegen. Irgendwann würde das Hologramm auftauchen und hoffentlich auch Claudia.

Sie waren gefühlt schon eine Stunde an diesem langweiligen Strand unterwegs, aber von dem Hologramm war nichts zu sehen. Max sprach aus, was sie beide schon seit geraumer Zeit dachten:

„Kann es sein, dass wir in die falsche Richtung fliegen, also immer weiter weg von diesem Hologramm?"

Soji nickte und machte auf der Stelle kehrt. Sie flogen höher und schneller und kamen erst wieder herunter, als sie dachten, in der Nähe des Startpunktes angekommen zu sein. Nach einer Weile war immer noch kein Hologramm zu sehen. Die beiden landeten und machten eine Pause. Zum Glück hatten sie etwas zu trinken bei.

„Was machen wir nur, wenn es das Hologramm nicht mehr gibt? So haben wir doch gar keinen Anhaltspunkt auf diesem Planeten, wo Claudia sein könnte."

Soji wirkte niedergeschlagen. Max nahm sie in den Arm und sprach ihr Mut zu.

„Nun mal nicht so schwarzsehen, wir werden sie schon finden. Was mir größere Sorgen bereitet ist die Frage, was machen wir, damit so eine Entführung nicht wieder passiert?"

„Die Frage können wir uns stellen, wenn wir sie gefunden haben. Aber was steht als Nächstes an?"

„Im Grunde haben wir nur eine Option, in dieser Richtung weiterzufliegen."

Max nickte ein paar mal. Diese Reaktion hatte sie schon einmal bei ihm gesehen. Er reagierte so, wenn er sehr nervös war. Sie stiegen wieder auf und flogen eine gefühlte Ewigkeit weiter am Strand entlang.

Er sagte zu ihr: „Ich habe das Gefühl, dass wir hier komplett falsch liegen. Lass uns weg von der Küste fliegen und wegen der besseren Übersicht auch noch höher."

So bogen sie im rechten Winkel nach links ins Landesinnere ab. Aus großer Höhe suchten sie nach Auffälligkeiten in dieser geschlossenen Graslandschaft. Plötzlich drückte Max ihre Hand.

„Schau mal, dort vor uns rechts gelegen ist doch Etwas? Es sieht anders aus als das Gras. Aber es ist verschwommen und kaum zu erkennen."

Sie sah in die Richtung und ihr Herz machte einen Sprung. Das war so ähnlich wie bei dem Hologramm, welches ja auch nicht ganz klar zu erkennen war. Sofort flogen sie darauf zu und landeten dann in der Nähe. Was sie sahen, war schon verblüffend. Wie aufgeheizt waberte die Luft an dieser Stelle. Es öffneten sich immer wieder Fenster, hinter denen die Luft in den Spektralfarben leuchtete. Soji dachte sofort an ihren Meteoriten. Sie holte in aus ihrer Tasche. Und sie hatte den Eindruck, dass er besonders intensiv leuchtete. Sie beobachtete das Ganze eine Weile und stellte dann eine Synchronisation zwischen den leuchtenden Fenstern und ihrem Stein fest. Als ob er hier zu Hause ist. Sie machte Max darauf aufmerksam und nach einer Weile stimmte er ihr zu. Immer wieder ging ihnen durch den Kopf, wie unwirklich das Ganze war.

Soji legte ihre Jacke ins Gras und mit dem Rücken darauf. Sie und holte tief Luft und schaute in den hellblauen Himmel, wo kleine weiße Wolken gemächlich vorbei-zogen. Es war wie auf der Erde und auch wieder nicht. Das Himmelsblau verblasste allmählich und es wurde definitiv dunkler. So richtig dunkel wie in einer irdischen Nacht wurde es nicht, dafür sorgte schon der riesige Gasplanet, um den sie offensichtlich kreisten. Sie stellte sich die Frage, was sie nun weiter machen sollten. Sie sah zu Max, der sich neben sie gelegt hatte. Als ob er ihre Gedanken gelesen hätte, sagte er:

„Lass uns hineingehen in dieses, was auch immer es sein mag, und hoffen, dass wir dort Claudia finden. Nur hier liegen, bringt uns nicht weiter."

Sie nickte. Es waren vielleicht zwanzig Meter, dann fühlten sie, wie sich die Luft veränderte. Sie war in Bewegung und streichelte sie regelrecht. Wie sehr feines Gewebe fühlte es sich an und erzeugte eine kleine Barriere, ehe sie weiter atmeten. Das war nicht unangenehm, vielmehr durchströmten sie zunehmend Glücksgefühle, zu vergleichen mit den Schmetterlingen im Bauch zu Beginn ihrer Beziehung. Auch wenn die Schmetterlinge nicht mehr so oft flogen, im Vergleich dazu waren die Gefühle, die sie jetzt empfanden, eine gewaltige Steigerung. Soji begehrte ihn und Max sie. Sie küssten sich inniglich.

Dann sahen sie Claudia im Zentrum dieser Lichterscheinung. Sie stand da, hatte den Kopf in den Nacken gelegt und die Arme gegen den Himmel erhoben. Eindeutig befand sie sich in einem tranceähnlichen Zustand. Sie sah ihre Freunde auch nicht kommen, sondern verharrte so. Max dachte, wenn er so dastehen müsste, würden ihm beizeiten die Arme weh tun.

Soji stellte sich genau vor Claudia und nahm ihr Gesicht in beide Hände. Nun kam sie zu sich und erkannte die beiden. Es fiel ihr offensichtlich schwer, sich wieder zurechtzufinden und zu erkennen, wo sie sich befand. Aber nach kurzer Zeit war Claudia wieder die alte, so wie sie sie kannten.

„Leute, ihr glaubt nicht, was ich alles gesehen habe. Das war schon verrückt. Aber lasst uns aus diesem Dunstkreis herausgehen, dann werde ich euch berichten."

Sie verließen diesen Ort und hielten in zwanzig Metern Entfernung an. Dort setzten sie sich ins Gras und hatten immer ein Auge auf Claudia, nicht dass sie wieder von einem Moment zum anderen verschwand.

Kapitel 21

„Ich war die ganze Zeit nicht allein. Im Grunde tauchte ich regelrecht in eine andere Welt ein. Ich kam aus dem Staunen gar nicht mehr heraus."

Sie hielt einen Moment inne und sah die Freunde mit einem merkwürdigen Blick an:

„Und ich habe Ehrfurcht gespürt, was ich so noch nie erlebt habe. Ihr müsst euch vorstellen, alles ist weiß, ihr bewegt euch wie in einem unendlichen Raum in Weiß. Man kann keinen Anfang und kein Ende erkennen. Es ist ein warmes Weiß, kein aggressives. Nach oben veränderte sich die Farbe in ein zartes Himmelsblau. Ich hatte die ganze Zeit ein Gefühl der Glückseligkeit und nicht den Wunsch, dort wieder wegzuwollen. Anfangs war ich ganz allein in dieser Umgebung. Es war schon ein bisschen unheimlich. Dann aber erschienen nach und nach Gesichter mit langen Hälsen, ganz blass und man konnte ihre Körper nicht erkennen. Sie wurden zunehmend präsenter. Diese Wesen waren in weiß gekleidet, in langen Umhängen ähnlich einer Tunika. Das hob sich vor dem Hintergrund so gut wie gar nicht ab, weshalb man nur die Gesichter mit dem langen Hals so richtig sehen konnte. Ihre Köpfe waren glatt und unbehaart. Ihre Gesichter waren menschenähnlich, irgendwie schon, dann aber auch wieder vollkommen fremd. Dazu trug der lange Hals bei, den alle hatten. Ihre Haut war wundervoll in schillernden Farben bemalt. Oder wie auch immer. Diese Farben waren gefangen in dünnen Linien und diese wechselten ständig die Form und die Farbe. Das war sehr dezent und nicht aufdringlich. Es war wunderschön anzusehen.

Man sagt ja, die Augen sind der Eingang zur Seele. Ihre Augen waren sehr menschlich, aber um einiges größer. Um bei dem Spruch zu bleiben, ihr Eingang war weit geöffnet. Sie waren alt, voller Falten im Gesicht und strahlten eine Güte und ein Verständnis aus, dass ich mich zu ihnen hingezogen fühlte und wie schon gesagt, gar nicht mehr weg wollte. Ich hörte ihre Stimmen im Kopf wie ein Wispern und vollkommen unverständlich. Sie waren scheinbar auch etwas aufgeregt und hatten mit meinem Erscheinen nicht gerechnet. Nach und nach beruhigten sich alle ein wenig, denn das Wispern im Kopf verebbte. Ein alter Mann, ich vermute mal, dass es ein Mann war, denn einige andere hatten trotz der vielen Falten weiche Gesichtszüge, kam auf mich zugeschwebt. Er machte keinerlei Bewegungen wie beim Laufen, sondern kam langsam auf mich zu.

Wir schauten uns lange in die Augen, was seltsamerweise nicht unangenehm war. Normalerweise kann ich es überhaupt nicht leiden, wenn mich jemand so intensiv anstarrt, den ich nicht kenne. Doch plötzlich konnte ich verstehen, was er sagte:

„Wir heißen dich willkommen, Fremde vom anderen Planeten, den ihr Erde nennt. Wir waren etwas überrascht von eurem Kommen. Deine Freunde sind hier, wir können sie spüren. So früh hatten wir nicht damit gerechnet. Aber ihr seid offensichtlich ein gutes Medium für unseren Transportstein, den wir zu euch geschickt hatten. Die anderen Transportsteine sind wahrscheinlich nicht gefunden worden oder zu nicht so sensiblen Menschen gekommen, die keine Verbindung aufbauen können. Wie dem auch sei, wir freuen uns, dass ihr hier seid."

Er machte eine Pause, offensichtlich strengte ihn die Verständigung in unserer Sprache sehr an.

„Wir sind ein sehr altes Volk und wir vergehen langsam. Wir haben das allumfassende Gefühl, alles gesehen, alles erlebt und alles erforscht zu haben und können uns kaum noch durch Nachwuchs erneuern. Nach eurer Zeitrechnung sind wir - die jetzt noch Lebenden - viele hundert Jahre alt und haben in der Vergangenheit auch euren Planeten einige Mal besucht. Da ihr euch noch nicht selbst eliminiert habt, wonach es in der Vergangenheit öfter aussah, haben wir die Transportsteine auch zu euch geschickt."

„Auch wenn es ihn Mühe kostete, hatte er doch sichtlich Vergnügen an der Möglichkeit, sich austauschen zu können. Obwohl von meiner Seite noch nichts kam, da ich nicht zu Wort gekommen war. Am besten ist, wir gehen alle wieder hinein und versuchen, das Gespräch fortzusetzen. Was meint ihr?"

Kapitel 22

Soji und Max schauten sich kurz an und nickten zustimmend mit dem Kopf. Es war einfach zu spannend, mehr zu erfahren. Max interessierte sich vor allem für die Antwort auf die Frage, wie Claudia ohne Transportstein und ohne ihr Zutun wieder hierhergekommen ist.

Gedacht – getan. Sie standen in dem weißen Raum, der wie Claudia schon berichtet hatte, scheinbar keinen Anfang und kein Ende hatte. Und sie warteten auf die Bewohner von Rieger. Nach einer gefühlten kleinen Ewigkeit tauchten sie aus dem Nichts auf. Soji fand es schon etwas gruselig, dass sie anfangs nur die Köpfe auf den langen Hälsen sahen. Und irgendwie passte es nicht in dieses Bild, dass sie so alt und faltig wirkten. Aber das waren Nebensächlichkeiten. Sie wollte nicht mehr daran denken, denn sie wusste nicht, inwieweit sie ihre Gedanken lesen konnten.

Einer der Bewohner kam auf sie zu und freute sich offensichtlich, dass sie alle gekommen waren. Das war nicht an seiner Mimik zu erkennen, sondern an der Art, wie seine Ausstrahlung auf sie wirkte. Er schaute Max und Soji lange in die Augen und schien dann befriedigt über das, was er gesehen hatte.

„Ihr habt bestimmt Fragen zu dem, was eure Freundin erzählt hat. Ich will mich bemühen, alle Fragen verständlich zu beantworten."

Max räusperte sich:

„Wie macht ihr das, dass wir ohne Zeitverzögerung und eigentlich ohne Reisezeit, von den wenigen Sekunden einmal abgesehen, auf unserem Planeten und auch zu euch reisen können? Und wie ist Claudia ohne Transportstein und ohne ihr Zutun wieder hierhergekommen?"

Der alte Mann dachte einen Moment nach, nicht darüber, was er ihnen sagen sollte sondern wie. Sie sollten es ja auch verstehen können.

„Wir sind in der Lage, die Zeit und den Raum zu beugen, so dass Start und Ziel dicht nebeneinander liegen. Ihr sagt dazu Raumkrümmung, was auf das Gleiche hinausläuft. Wie wir es machen, kann ich euch nicht erklären, es ist zu kompliziert und umfangreich. Wir haben eure Gehirne entsprechend modifizieren können, so dass ihr auch ohne Transportstein reisen könnt. Allein die Kraft eurer Gedanken reicht aus. Ihr benötigt also nicht mehr diesen Stein zum Reisen, könnt ihn aber gern als Andenken behalten. Damit habe ich auch deine zweite Frage beantwortet."

Soji fragte: „Wir nennen uns Menschen und unser Planet heißt Erde. Wir haben diesen Planeten Rieger getauft. Wie ist das bei euch? Habt ihr ähnliche Bezeichnungen? Und wie können wir euch nennen?"

Der alte Mann trat zurück und überließ die ‚Bühne' einer Frau. Sie lächelte gütig und musste sich etwas räuspern. Das sah wieder so menschlich aus, dass die Drei in ihrem Innersten erschauerten, ehe sie ihre Stimme in ihren Köpfen hörten.

„Wir sind das uralte Volk der Anwalen und darauf sind wir stolz. Den Planeten nennen wir Anwal, aber ihr könnt ihn gerne Rieger nennen. Ich heiße Taoa. Letztlich ist es unbedeutend, wie eine Sache heißt, solange der Name positiv belegt ist. Was heißt also ‚Rieger'?"

Max antwortete:

„Bei uns ist es üblich, eine neue Entdeckung nach dem Entdecker zu benennen. Ich heiße Rieger und deshalb haben wir diesen Namen gewählt. Ich habe noch viele Fragen: Was bezweckt ihr mit eurer Kontaktaufnahme in dieser Form?

Warum kommt ihr nicht einfach zu uns und wir reden miteinander? Was wir bis jetzt gesehen haben, lässt den Schluss zu, dass dieser Planet vollkommen unberührt ist. Es gibt keine Anzeichen einer Zivilisation außer diesem Platz. Wovon lebt ihr und wie lebt ihr?"

„Wir haben diese Form der Kontaktaufnahme gewählt, weil wir so viele Völker auf anderen Planeten erlebt haben, die voller Hass sich gegenseitig versuchen auszulöschen und in ihrem Entwicklungsstand alles Neue, was andersartig ist, von vornherein ablehnen. Euer Volk hat ähnliche Entwicklungen durchgemacht und wir wissen nicht, wie derzeit euer Entwicklungsstand ist. Es ist schon einige Zeit her, dass wir euch besucht haben. Also sind wir vorsichtig und kontaktieren euch auf diesem Wege. Wie sieht es derzeit auf eurem Planeten aus?"

Max beantwortete die Frage:

„Wir stecken mitten in dieser Misere, es gibt nach wie vor Kriege, Vertreibungen, Hunger und Elend auf der Erde. Wir haben derzeit etwa acht Milliarden Menschen. Wenn man es vernünftig anpackt, und wir haben die wirtschaftlichen Ressourcen dafür, könnten alle ein gutes Leben haben. Aber die Vernunft fehlt. Vielmehr stehen Machthunger und Profit an erster Stelle der Staatenlenker und verhindern ein gutes Leben für alle. Aber man müsste sich auch Gedanken darüber machen, dass die Weltbevölkerung nicht weiterwächst. Irgendwann stößt der Planet an seine Grenzen.

Bei den Menschen gibt es eine Erkenntnis, immer wenn die angesagte Katastrophe tatsächlich eintritt, erst dann ändert sich etwas. Aber für viele ist es dann zu spät und sie bezahlen diese Fehler vermutlich mit ihrem Leben.

Mit den Bodenschätzen ist es ebenso. Man weiß um die Endlichkeit der Ressourcen, aber man schränkt sich nicht ein beziehungsweise man sucht nicht intensiv nach Alternativen."

Die Anwalin überlies das Gespräch wieder ihrem männlichen Begleiter. Der dachte über das eben Gesagte kurz nach und antwortete:

„Erst einmal möchte ich mich auch mit meinem Namen vorstellen. Man nennt mich Seo.

Ihr versteht, dass wir unter den von euch geschilderten Umständen nicht einfach zu euch zu Besuch kommen können. Auch wenn wir schon sehr alt sind und die uns verbleibende Lebensspanne überblicken können, so wollen wir uns doch nicht einer Gefahr aussetzen. Und die sehen wir bei einem Besuch bei euch. Denn offensichtlich sind noch längst nicht alle Menschen offen für Neues so wie ihr und sie würden aus Angst davor schwerwiegende Fehler machen.

Wir hatten in der weit zurückliegenden Zeit ebenso wie ihr unseren Planeten weitgehend seiner Bodenschätze beraubt und die Umwelt vergiftet. Aber jetzt, wo es nur noch wenige von uns gibt, haben wir Anwal sich selbst überlassen und Zeit gegeben, sich zu erholen. Das ist mittlerweile mehrere Jahrtausende her. Und wie ihr seht, hatten wir mit unserer Entscheidung recht. Es ist das Paradies geworden, um bei eurer Definition zu bleiben. Wir sind auch sehr stolz darauf, dass wir das geschafft haben und dieser Planet sich so zeigt, wie ihr ihn schon sehen konntet.

Nun zu deinen Fragen, wo und wie wir leben. Am besten, wir zeigen euch unser Zuhause, wenn ihr damit einverstanden seid?"

Soji, Claudia und Max nickten ohne zu zögern. Denn nun wurde es für sie richtig spannend. Wie leben die Anwalen? Bilden sie Familien, ziehen sie in dem Rahmen ihren Nachwuchs auf? Haben sie überhaupt noch Nachwuchs?

Soji dachte bei sich: Bei der Art, wie sie den Weg zurücklegten, kam die Frage auf: War es ohne Hintergedanken oder aus der Vorsicht heraus geboren? Oder hatten sie gar nicht solche Gedanken und dachten nur an die Zeitersparnis? Innerlich schämte sie sich, dass sie den Fremden zubilligte, sich so zu verhalten, wie sie es tun würde, wenn sie in dieser Situation wäre. Es heißt zwar, ‚Vorsicht ist die Mutter der Porzellankiste‘, aber dann heißt es auch, ‚Man sollte erst einmal an das Gute im Menschen glauben, in diesem Fall die Fremden‘. Sie schüttelte sich. Ich muss meine Gedanken sortieren und schaltete innerlich ab. Aber nicht lange, denn sie waren von einem Moment zum anderen in einer völlig anderen Gegend.

Hoch oben am Himmel vor der Kulisse des riesigen Gasplaneten schwebten riesige Bäume mit ausladenden Kronen auf starken Ästen. Sie sahen vollkommen anders aus als die, die sie bis jetzt gesehen hatten. Ihre Stämme endeten nach unten in einem dicken Gewirr aus Wurzeln und Luftwurzeln, wie sie erkennen konnten. Es sah absolut fremdartig, aber im gleichen Maße auch anziehend aus. Die Farbe der Blätter wechselte je nach Lichteinfall zwischen dunklem Grün und Blau. Der Boden darunter war die gewohnte unendliche Graslandschaft, unterbrochen von sehr kleinen Bäumen, die sehr weit auseinanderstanden und einmal die großen schwebenden Bäume werden wollten. So sahen sie jedenfalls aus.

Sie steuerten einen der Bäume an und landeten oben im Kronendach auf einem der dicken Äste. Diese waren bemoost und es zeichnete sich ein Pfad ab, der sie zum Zentrum des Baumes führte. Die Gastgeber schwebten vor ihnen. Den Dreien stellte sich immer mehr die Frage, wie sie sich wirklich fortbewegten. Dass sie einen Fuß vor den anderen setzten, danach sah es nicht aus. Vielleicht hatten sie auch keine Füße. Durch ihre Umhänge, die bis zum Boden reichten, konnten sie nichts erkennen.

Als sie endlich an ihrem Ziel ankamen, waren sie sprachlos. So etwas Schönes hatten sie noch nie gesehen. Alle Drei verharrten und staunten. Der Anwale Seo wandte sich ihnen zu und hatte ein Lächeln in ihre Gehirne projiziert. Eigentlich lächelten nur seine Augen, sein Gesicht hatte offensichtlich keine großartige Mimik. Er wusste von dem Eindruck, den der Anblick seiner Wohnstatt auf andere hatte. Das kam deutlich herüber.

Die Formen der Gebäude waren den umgebenden Strukturen der Baumkrone angelehnt. Die Stützpfeiler zeigten sich in ihrer geschwungenen filigranen Form halbtransparent und wurden von feinen spektralfarbenen Linien durchzogen, die in den Farben wechselten, ähnlich wie es sich in den Gesichtern der Anwalen zeigte. Die Flächen dazwischen waren weiß und fein gemustert. Jedes Gebäude war etwas anders und doch harmonisierten sie alle miteinander.

Der das entworfen hatte, musste ein wahnsinnig guter Architekt gewesen sein. Die Wege waren wunderbar mit Baumrinde gemustert und passten sich den Gegebenheiten an. Zwischen den Gebäuden wuchsen Äste des Riesenbaumes senkrecht in die Höhe, gaben mit ihren Blättern einen wohltuenden Kontrast ab und spendeten Schatten. Es war einfach schön hier und verstärkte den Wunsch hierbleiben zu wollen. Die ganze Atmosphäre erzeugte schon dieses Bedürfnis, aber das hier setzte dem Ganzen die Krone auf.

Die Gruppe der Anwalen trennte sich von den Menschen, bei ihnen blieben nur Taoa und Seo. Beide steuerten auf ein Haus zu und luden sie ein einzutreten. Was wie eine Tür aussah, löste sich in Nichts auf und wurde hinter ihnen wieder eine Tür. Wieder kamen Soji, Max und Claudia aus dem Staunen nicht heraus. Der Kontrast der Innenausstattung zur äußeren Fassade war gewaltig. Die Flächen zwischen den Säulen fungierten offensichtlich als Fenster, die in ihrer Transparenz regulierbar waren. Die Flächen zwischen den Fenstern waren mit seidigen Stoffen verhangen in verschiedenen Rottönen.

Schwere Teppiche lagen auf dem Boden, ebenfalls überwiegend in Rot gemustert, Lampen mit gelblichem Licht schufen eine wohlige, entspannende Atmosphäre. In dem Hauptraum stand ein hoher Tisch, weitere Möbel gab es nicht.

„Kann ich euch ein Getränk anbieten? Ich glaube, das haben unsere Vorfahren bei ihren Besuchen auf eurem Planeten so gelernt," fragte Seo.

Er sah die Zustimmung in den Gesichtern der Menschen und Taoa brachte wenig später 5 Becher auf einem Tablett und eine Karaffe mit einer dunklen Flüssigkeit zum Tisch. Manche Dinge scheinen im gesamten Universum gleich zu sein wie diese Karaffe, die es genauso auch auf der Erde gab. Sie schenkte ein und jeder nahm einen Becher in die Hand. Jetzt konnten sie zum ersten Mal die Hände der Anwalen sehen. Diese waren feingliedrig mit 5 Fingern und einem gegenüberstehenden Daumen, die aber am Ende etwas dicker waren, was wieder ihre Fremdartigkeit unterstrich. Sie öffneten den schmallippigen Mund und strahlend weiße, spitze Zähne waren kurz zu sehen.

Max dachte, wir hatten in der Vergangenheit also doch Besuch von Außerirdischen gehabt. Er räusperte sich:

„Wir stoßen bei so einer Gelegenheit mit den Gästen an und sprechen dazu gute Wünsche aus."

Er hob den Becher und stieß mit Soji und Claudia an und wartete dann, dass die beiden Anwalen ihnen folgten. Das machten sie auch und die bis dahin etwas hölzerne Stimmung löste sich auf. Das Getränk war ein schwerer Wein mit einer prickelnden Note, ungewohnt aber wohlschmeckend. Taoa schenkte sofort nach.

Wieder war es Max, der weitere Fragen hatte und fragte, ob er sie stellen könnte. Seo lächelte erneut in dieser besonderen Art und nickte zustimmend. Claudia verkniff sich ihr Lachen, denn sein Nicken mit dem langen Hals hatte die Kopfbewegung eines gackernden Huhnes an sich.

„Wie weit ist eigentlich Rieger von der Erde entfernt? Wie beschafft ihr eure Nahrung? Und was esst ihr so im Allgemeinen?"

Seo antwortete:

„Ich versuche, die Angaben in euren Maßeinheiten verständlich zu machen. Unsere Definitionen von Raum und Zeit weichen doch erheblich von euren ab. Dieser Planet ist von eurem 46 Lichtjahre entfernt. Diese Entfernungen sind also nur mittels Raumkrümmung zu überwinden. Nun zu unserer Ernährung: Wir bewohnen nur noch diese schwebenden Bäume. Wie viele wir sind, kann ich euch nicht sagen, die letzte Zählung ist schon einige hundert Jahre her. Wir leben nur hier, nicht mehr auf der Oberfläche und da kommt uns zu Gute, dass wir unsere Nahrung komplett synthetisch herstellen können. Spezielle Maschinen bereiten aus den Grundstoffen das Essen zu, welches bestellt wurde. Jeder hat so eine Maschine. Aber mittlerweile sind wir alle schon so alt, dass wir nur noch wenig essen müssen."

Er machte kurz eine Pause, als wenn er Luft holen müsste.

„Es gibt natürlich auch noch jüngere Anwalen und es werden immer noch Kinder geboren, aber eben nicht so viele, dass die Bevölkerungszahl gleichbleiben würde. Irgendwann wird der letzte von uns gestorben sein.

Euch wird bestimmt aufgefallen sein, dass wir nicht mehr laufen. Die meisten sind so gebrechlich, dass wir uns nur noch mit dieser Gravitationsschale fortbewegen können."

Er hob seine Tunika etwas an und so konnten alle sehen, dass er im Schneidersitz ganz bequem auf dieser gepolsterten Schale saß. Er stieg von der Schale ab und deutlich war an seiner Haltung seine Gebrechlichkeit zu erkennen. Das war sehr anrührend und Soji hatte Tränen in den Augen. Dieser alte

Mann hatte ihr volles Mitgefühl. Sie wischte sich die Augen und konnte sehen, wie Seo sie ansah und etwas Zeit brauchte, um zu begreifen, was in ihr vorging. Er sagte:

„Um der Entwicklung zum Negativen entgegen zu wirken, müssten wir uns gerade viel bewegen. Es gab eine Zeit und eine entsprechende Bewegung, wo wir versuchten, uns alle vernünftig zu verhalten, aber das hielt nicht lange an. Uns ergeht es wie anderen intelligenten Wesen auch. Wir waren wahrscheinlich schon zu alt. Was schätzt ihr, wie alt wir sind?"

Soji sagte, so um die 300 Jahre? Seo schüttelte nur milde den Kopf.

„Ich bin 1250 Jahre alt, Taoa knapp 1000 Jahre. Alle, die ihr gesehen habt, sind ungefähr in diesem Alter. Die Jüngsten haben 100 Jahre auch schon überschritten. Jetzt könnt ihr bestimmt nachvollziehen, warum keiner mehr Sport machen will."

Ihr Gespräch machte eine Pause. Die drei Menschen mussten erst einmal verkraften, was sie gehört hatten.

Soji sagte schließlich:

„Wir müssen euch vorkommen wie Neugeborene mit unseren knapp 20 Jahren, die wir alt sind. Ich empfinde große Ehrfurcht vor eurer Lebensleistung. Was ihr geschaffen habt, ist wirklich bemerkenswert. Nur kann ich nicht nachvollziehen, warum ihr euch nicht mehr weiter entwickeln wollt und nur noch auf ein friedvolles Ende in einer wunderschönen Umgebung wartet."

Jetzt griff Taoa in das Gespräch ein:

„Ganz so ist es wohl doch nicht. Warum sonst sollten wir euch die Möglichkeit gegeben haben, Kontakt mit uns aufzunehmen? Ich will es euch sagen: Ihr seid das einzige Volk von denen, die wir kennen, welches hier ohne Probleme leben könnte. Und das in der Lage wäre, unser Erbe anzutreten. Ein Teil eures Volkes könnte nach Rieger auswandern und so eurem Heimatplaneten die Möglichkeit geben, sich zu regenerieren."

Jetzt machten die drei Erdbewohner zum zweiten Mal große Augen. Soweit haben die Anwalen also schon gedacht, als sie die Kontaktaufnahme ermöglicht haben.

Max meldete sich zu Wort:

„Ich finde die Idee faszinierend, aber im selben Moment denke ich daran, wie wir den anderen Menschen das beibringen, dass sie nicht zum Mars auswandern sollen, wobei der vorher noch terraformiert werden müsste, sondern sich hier auf Rieger niederlassen können, um ein einfaches Leben zu führen."

Seo sagte:

„Da sehe ich nicht so das Problem. Egal, wem ihr von eurem Besuch hier bei uns erzählt, er wird es erst glauben, wenn er selbst hier gewesen ist. Macht Familienausflüge, bezieht eure Bekannten mit ein, und die wiederum ihre Verwandten und Bekannten und schon braucht ihr euch um die Verbreitung und den Zuspruch nicht mehr zu kümmern. Das wird wie eine Gebirgslawine sein, die klein anfängt, immer mehr mit sich reißt und dann nicht mehr aufzuhalten ist."

„Ganz so einfach wird es nicht werden, aber ihr habt Recht, es wird sich zu einem längeren Prozess entwickeln. Denn wenn ich mir vorstelle, wie den korrupten Regierungen die Füße weggeschlagen werden, weil die Bevölkerung flüchtet, dann werden sie alles tun, um so eine Umsiedlung zu verhindern."

Claudia hielt inne.

„Und dann gibt es ja noch das Netz und Social-Media, die solche Nachrichten befeuern."

Jetzt schauten die Anwalen etwas irritiert, denn von Social-Medien hatten sie keine Kenntnis und so mussten die Menschen die letzten Entwicklungen in den digitalen Technologien erklären.

Max wurde nachdenklich und fragte:

„Wie aber soll man die profitgierigen ‚Geier' von den normal denkenden Menschen trennen? Diese spezielle Spezies reißt so viele in den Ruin, ohne dafür haften zu müssen?"

Der Anwale schaute wieder etwas irritiert und brauchte etwas Zeit, bis er die Frage begriffen hatte.

„Warum nicht gewinnorientiert arbeiten, also Profit erzielen wollen. Das ist der Motor einer Wirtschaft. Wenn ihr aber neu anfangen wollt, müsst ihr ein Gesetz unbedingt beachten: Versucht nie, mit dem Gegenwert der Waren – ihr sagt Geld dazu – noch mehr Geld zu verdienen, für das kein Arbeitswert dahintersteht, sondern nur der Wert des Geldes an sich. Ich weiß, dass ist sehr verlockend, wir hatten in weit zurückliegender Vergangenheit auch diese Probleme. Das führt letztlich immer zum Ende einer sich gut entwickelnden Gesellschaft, in der alle zufrieden die Früchte ihrer Arbeit genießen können."

Wieder sahen sie, wie Seo das Gespräch mit ihnen anstrengte. Es wäre schon interessant zu erfahren, wie die Anwalen sich untereinander unterhalten. Denn offensichtlich hatten sie da keinen Stress. Vielleicht waren sie wirklich schon auf der Ebene, sich nur mit der Kraft der Gedanken austauschen zu können.

Soji sagte: „Es gab mal einen Film, der sich mit dieser Problematik auseinandersetzte. Die Umweltbedingungen hatten sich auf der Erde katastrophal verschlechtert und es gab die ‚Ein-Kind-Politik'. Verstöße wurden hart bestraft. Man hatte die Möglichkeit gefunden, Millionen Jahre in die Vergangenheit zu reisen. In eine saubere, gesunde Welt voller blutrünstiger Kreaturen. Es konnte sich jeder bewerben und die mit gutem fachlichem Wissen wurden Pulk weise in die vergangene Welt geschickt. Ich glaube, der Film hieß ‚Terra Nova'. Und so könnte ich mir auch eine Besiedelung von Rieger vorstellen. Nur das die Menschen es hier um vieles einfacher hätten. Oder gibt es hier auch wilde Raubtiere?"

Se antwortete:

„Nein, die gibt es hier nicht. Die einzigen großen Tiere, die gefährlich werden könnten, habt ihr schon gesehen. Ich glaube, ihr nennt sie Yaks. Aber sie sind sehr scheu und rennen eher weg, als dass sie angreifen. Eine große Artenvielfalt so wie auf der Erde gibt es hier nicht mehr. Was einmal ausgestorben ist, kommt nicht wieder. Das ist unser Erbe und wir sind auch sehr traurig darüber. Es hat Versuche gegeben, das zu ändern, sie schlugen aber alle fehl. Aber wir denken, man kann auch so sehr gut hier leben."

Nun war Claudia mit einer Frage an der Reihe:

„Habt ihr eine Religion? Glaubt ihr an einen Gott oder an verschiedene Götter?"

Taoa wandte sich ihr zu, um zu antworten:

„Früher hat es bei uns auch Religionen gegeben, ähnlich wie bei euch auf der Erde. Aber je mehr wir die Elemente beherrschten und alles tun konnten, was wir uns wünschten, um so mehr verblasste der Gedanke an einen Gott. Wenn ihr so wollt, sind wir jetzt Götter.

Vor tausenden Jahren waren wir mehrmals bei euch auf der Erde gewesen und die Menschen sahen in uns Götter. Bei uns gab es zwei Lager: Die einen waren der Überzeugung, in die Entwicklung der vorgefundenen Zivilisationen nicht einzugreifen und möglichst unerkannt zu bleiben, die anderen wollten Hilfestellung geben und die Entwicklung der Völker etwas voranbringen. Letztere gewannen die Oberhand und so geschah es dann, dass zum Beispiel durch wissbegierige Menschen erdbebensichere Mauern, Häuser und Tempel gebaut wurden. Sie erhielten Einblick in die Erzeugung von Strom und andere hilfreiche Technologien. Leider ging das Wissen im Lauf der Zeit wieder verloren, wie wir bei einem späteren Besuch feststellen mussten. Wir vermieden darauf hin jeden weiteren Kontakt.

Inwieweit auch andere hochentwickelte Spezies euch besuchten, wissen wir nicht. Aber es gibt ein Ereignis, was das bestätigen könnte. Nach eurer Zeitrechnung hat es vor über 120 Jahren einen Unfall gegeben, hervorgerufen von zwei Raumschiffen. Ihr nennt das den Tunguska-Meteoriten. Zu der Zeit wart ihr in der Raumfahrt noch nicht aktiv, es müssen also Andere gewesen sein."

Taoa hielt inne und sah die drei Menschen bedeutungsvoll an. Offensichtlich wusste sie noch mehr, wollte es aber nicht sagen. Der Anstand gebot den Dreien, nicht weiter nachzufragen, vielleicht ergab sich später noch die Gelegenheit dazu.

Soji hatte das Gefühl, die Anwalen wollten jetzt ihre Ruhe haben. Sie sollten wohl gehen. Sie sah Claudia und Max kurz an.

„Wir wollen unseren Besuch beenden, wenn es euch recht ist. Aber dürfen wir wiederkommen?"

Taoa und Seo nickten zustimmend.

„Ich habe noch eine Frage dazu: Wir müssen nur an euer Haus denken und sind dann wieder hier? Sollen wir es mit unseren Verwandten und Bekannten langsam angehen lassen, oder können wir mit ihnen auch direkt zu euch kommen?"

„Macht es so, wie du gesagt hast. Und lasst es langsam angehen, das ist für das Verständnis besser so. Wir freuen uns, wenn wir uns wiedersehen."

Die Anwalen nickten noch einmal und wenige Sekunden später fanden sich Claudia, Soji und Max im Labor wieder. Sie schwiegen und mussten diesen Sprung ins kalte Wasser erst einmal verkraften. Aus dieser perfekten Wohlfühlgegend mit sehr freundlichen Gastgebern zurück in ihre eigentliche Welt regelrecht katapultiert zu werden, war schon heftig. Aber langsam nahm die gewohnte Normalität wieder Oberhand in ihrem Fühlen und Denken.

Kapitel 23

„Claudia, nun musst du wohl deine Eltern einweihen, oder was denkst du?",

fragte Soji. Claudia blickte nachdenklich nach unten.

„Ich habe ein ungutes Gefühl bei dem Gedanken. Irgendwie sind sie rückwärts orientiert, für alles Neue sind sie nicht aufgeschlossen."

„Wenn sie erst einmal mit uns auf Rieger waren, werden sie genauso begeistert sein, glaub mir."

„Ich überlege es mir mal," sagte Claudia.

Soji drückte ihre Freundin.

„Und du, Max, wie werden deine Eltern reagieren?"

„Ich habe keine Ahnung, aber ich denke, sie sind allem Neuen gegenüber positiv eingestellt. Sie werden sich nicht dagegenstellen, wenn ich sie bitte mitzukommen. Aber habt ihr euch schon einmal überlegt, dass wir am Beginn eines neuen Zeitalters stehen? Das Ganze ist im Grunde so unwahrscheinlich und auch schwer verdaulich. Mit einem Fingerschnips ist man in einer anderen Welt und das nur mit der Kraft der Gedanken.

Wenn unsere Entdeckung und das Erlebte bekannt werden, wird das einschlagen wie eine Bombe. Nach dieser Nachricht wollen doch alle einmal auf Rieger gewesen sein. Wie viele dann dortbleiben, ist eine andere Frage. Wir sind verwöhnt von unserer Zivilisation, nicht jedem liegt die Vorstellung, wie die Siedler im alten Amerika bei null anzufangen. Aber sehr vielen wird es gefallen und der Wunsch der Anwalen nach einer Neubesiedlung wird in Erfüllung gehen. Davon bin ich überzeugt. Oder anders gesagt, die Anwalen haben mich überzeugt."

Die beiden Frauen nickten zustimmend.

„Lasst es uns angehen."

Jeder nahm sich sein Fahrrad und fuhr nach Hause, um seiner Familie zu berichten, was sie in den letzten Stunden erlebt hatten.

Soji's Mom stand in der Küche, um das Abendessen zuzubereiten. Sie freute sich, ihre Tochter zu sehen und nahm sie kurz in den Arm.

„Na wie war dein Tag? War er gut? Hast du was mit Max erlebt?"

„Mom, das war der Tag der Tage. Wenn du so willst, fängt ab heute ein neues Zeitalter an. Du weist doch von der Grasprobe, die ich mitgebracht habe? Damit bin ich zu Claudia ins Labor gefahren, um Näheres darüber in Erfahrung zu bringen. Natürlich fragte Claudia, woher ich diese Probe habe. Ich wusste übrigens gar nicht, dass sie Expertin in Sachen Gras ist und mir erzählte, dass man daraus ein wohlschmeckendes Getränk zubereiten kann. Also was sollte ich ihr erzählen? Ich wollte sie auch nicht anlügen. So nahm ich sie kurzerhand mit zum Planeten Rieger. Jede Erzählung darüber hätte sie mir sowieso nicht geglaubt."

So berichtete sie ihrer Mom, was sie alles erlebt hatten. Zwischenzeitlich hatten sie sich einen Tee zubereitet und auf die Terrasse gesetzt. Das Wetter war für einen Sommerabend noch sehr angenehm. Man sah Daniela, ihrer Mutter an, wie sie versuchte, das Gehörte zu verarbeiten.

Ein erster Kontakt zu Außerirdischen, das hatte Gewicht, wie auch die Aussicht, sich dort ansiedeln zu können. Als Soji endete, wurde es ruhig zwischen den beiden. Unbewusst genossen sie den Moment der Ruhe, nur unterbrochen von einzelnem Vogelgezwitscher.

Dann kam Benjamin nach Hause und kurz darauf ihr Dad. Mom erklärte den beiden, dass es von Soji Neuigkeiten gibt.

„Wir werden aber erst einmal zu Abend essen, ich bin mit der Zubereitung fast fertig. Und dann kann sie loslegen. Es wird euch umhauen."

Die beiden sahen sich vielsagend an. Was es jetzt wohl wieder geben wird?

In der Zwischenzeit bereitete Soji einen Stick mit den Fotos und Videos vor. Nach dem Essen erzählte sie noch einmal, was sie schon ihrer Mom berichtet hatte, diesmal aber mit der visuellen Unterstützung am TV-Gerät. Wie zu erwarten, waren sie alle zutiefst beeindruckt von dem Gehörten und Gesehenen. Zweifel gab es keine, die Bilder waren überzeugend genug. Es gab wieder eine längere Pause, ehe die erste Frage kam.

„Und was passiert jetzt als Nächstes?", wollte ihr Dad wissen.

Soji erklärte, dass sowohl Max als auch Claudia ihren Eltern von dem Erlebten berichten, sie sich dann alle treffen, um einen gemeinsamen Ausflug zu Rieger zu starten. Es wird sehr interessant werden, zu sehen wie alle reagieren.

„Was dann weiter passiert, kann jetzt noch keiner sagen. Wir sind ja keine Hellseher. Aber was mir ein wenig Kopfschmerzen bereitet, ist die Frage, wie wird die Allgemeinheit und letztlich die Menschheit diese Nachricht aufnehmen? Und wenn dann viele Menschen nach Rieger ausreisen möchten, wie wird man das organisieren? Man will wahrscheinlich nicht jeden reisen lassen."

Sie hielt inne und dachte selbst noch einmal über das eben Gesagte nach. Alle bekamen jetzt eine kleine Vorstellung von dem, was auf die Menschheit zukommen könnte. Das hört sich so abgehoben an, aber wenn es an die Umsetzung gehen wird, ist das wahrscheinlich das kleinste Übel.

Ähnlich wie bei Soji ging es in der Familie von Max zu. Nur war hier das Erstaunen und nicht Begreifen wollen noch viel größer, denn seine Eltern waren ja noch in keinster Weise vorinformiert. Er hatte ebenfalls seine Fotos und Videos auf dem TV-Gerät präsentiert und so gab es keine Zweifel an seinem Bericht. Sie würden ihrem Sohn nicht zutrauen, dass er ihnen einen so großen Bären aufbinden würde. Auch in Max seiner Familie trat eine große Pause ein. Alle waren in sich gekehrt und mussten diese Informationen verarbeiten.

Max sah seine Mutter an: „Ich habe vor, bei dem nächsten Treffen die Musik zum Thema zu machen. Ich werde auch meine Gitarre mitnehmen und ein Liedchen trällern. Mal sehen, wie es sich ergibt. Und natürlich will ich wissen, ob sie auch musizieren."

„Ich finde die Gebäude und auch ihre Innenausstattung faszinierend. So etwas Schönes habe ich zuvor noch nicht gesehen. Und das alles auf einer Baumkrone, es ist wirklich bemerkenswert," sagte seine Mutter.

„Und wenn du es live siehst, ist das noch eine größere Nummer, als in dem Video und auf den Fotos. Deshalb müssen wir so schnell wie möglich wieder dorthin reisen. Was mich noch bewegt sind die Fragen, wie sieht der Planet insgesamt aus? Gibt es mehr Landmasse als Wasser oder umgekehrt? Wie ist der Tag- und Nachtrhythmus, gibt es überhaupt eine richtige Nacht, da doch der Riesenplanet so viel Licht abgibt.

Leute, ich habe eine Idee. Ehe unsere drei Familien auf Rieger ein Treffen mit den Anwalen arrangieren, sollten wir vorher schon mal auf eine Stippvisite dorthin reisen. Was sagt ihr dazu?"

Seine Eltern sahen sich an und nickten ihm zu.

„Na dann, lasst uns starten."

Sie standen auf, Max nahm seine Eltern an den Händen und dachte intensiv an Rieger und wie sie dort landen. Wenige Sekunden später waren sie dort angekommen und er amüsierte sich innerlich über seine Herrschaften, wie sie vor Staunen mit offenem Mund dastanden. Sie befanden sich mitten in der

Graslandschaft und auch er war wieder fasziniert von dem Fremdartigen, das so gar nicht irdisch war. Der riesige Gasplanet am Himmel, die kleine Sonne daneben und diese Grasebene, die von Horizont zu Horizont reichte, machte ihnen klar, dass sie sich wirklich nicht auf der Erde befanden. Und dann kam dazu, dass sie sich einfach an den Händen hielten und schon waren sie hier. Das war unfassbar! Und wieder fiel ihm auf, wie sauber und klar die Luft war. Dieses Empfinden verflog zwar schnell, aber wenn man gerade von der Erde kam, war der Unterschied schon gewaltig. Vielleicht war der Sauerstoffgehalt hier ein wenig höher, aber der Eindruck war krass.

Seine Mutter setzte sich ins Gras und war dabei, dass alles innerlich zu verdauen. Sein Vater stand wie in Stein gemeißelt und blickte sich immer wieder um. Dann blickte er wieder zu Max und fragte ihn:

„Das haben wir alles deiner Freundin zu verdanken?"

„Tja, das sind die Zufälle im Leben. Sie hat diesen Meteoriten gefunden, die Anwalen sagen ja ‚Transportstein' zu ihm, und sie ist zufällig auch ein Medium, die mit diesem Stein eine Verbindung aufbauen kann. Und so hat sich das alles entwickelt. Als sie sich sicher war, hat sie mich an dieser Entwicklung teilhaben lassen und ich bin dankbar dafür. So gehöre ich zu den Ersten, die das alles hautnah miterleben."

Er machte eine kurze Pause. „Wenn ich morgen sterben müsste, hätte sich mein Leben schon deshalb gelohnt."

Max hielt inne und war in sich gegangen, als er das sagte. An der Reaktion seiner Mutter konnte er deutlich erkennen, dass sie sich voll in ihn hineinversetzen konnte. Bei seinem Vater war er sich nicht so sicher. Die Gedanken seines Vaters waren ganz woanders.

„Ich stelle mir vor, wie das gehen soll, hier eine funktionierende Gesellschaft aufzubauen. Aber ich schaffe es nicht, Es fehlt hier ja an allem und ich wüsste nicht, wie man das nötige Material hierherschaffen kann."

Max sagte: „Die Anwalen werden bestimmt Vorschläge und Vorstellungen haben, wie das mit der Neuansiedlung gehen soll. Sonst hätten sie das nicht erwähnt. Also hebe dir deine Gedanken auf und frage sie bei unserem nächsten Treffen."

Dann machten sie sich auf den Heimweg. Seine Eltern hatten wie er und Soji beim ersten Besuch auf Rieger ebenfalls das Problem, mit der nicht vorhandenen Reisezeit klar zukommen. Das war im Grunde das Ungewöhnlichste an dieser Art zu Reisen, das Überbrücken von unvorstellbaren Entfernungen in wenigen Sekunden. An so etwas gewöhnt man sich nicht so schnell, wenn überhaupt.

Soji und Max waren sich doch sehr ähnlich. Auch sie hatte die Idee, mit ihren Eltern und ihrem Bruder Benjamin vor dem eigentlichen Treffen Rieger schon einmal einen Besuch abzustatten. Sie hatte Zweifel, ob ihre Gedankenkraft ausreichen würde, mit drei Personen gleichzeitig zu reisen. Deshalb machten sie einen Zwischenstopp in ihrer Hütte am See. Es funktionierte ohne Probleme und so waren sie auch von einem Moment zum anderen auf diesem weit entfernten Planeten. Im Grunde lief der Besuch der Familie auf Rieger wie bei Max und seinen Eltern ab. Es war schon etwas anderes, alles hautnah zu erleben als auf den Fotos und Videos zu sehen.

Claudia kam nach Hause und es gab Abendbrot. Ihre Mutter fragte sie mehr beiläufig, wie ihr Tag gewesen war. Ihr Vater blickte kurz auf und vertiefte sich dann wieder in die Nachrichten auf seinem Tablet.

„Ich erzähle euch nach dem Abendessen, was ich erlebt habe, es war schon verrückt. Ich will dazu noch etwas vorbereiten, dass ihr dann auf dem TV-Gerät sehen könnt. Sonst glaubt ihr mir nicht, was ich zu berichten habe. Es ist ja auch so was von unwahrscheinlich. Wenn ich es nicht erlebt hätte, würde ich es selbst nicht glauben."

Ihr Gesicht war etwas abwesend, denn ihre Gedanken waren auf diesem fremden Planeten, aber schnell war sie wieder in der Gegenwart. Dann konnte die Show beginnen. Ihre Eltern kannten ja Soji, also stieg sie gleich an dem Punkt ein und erzählte von dem Meteoriten und seinen Möglichkeiten, die er Soji als Medium eröffnet hatte.

Dann berichtete sie von Rieger und dem Hologramm, wo eine fremde Macht sie hineingezogen hatte und wie Soji sie gesucht und dann wiedergefunden hatte. Kaum waren sie wieder zu Hause auf der Erde, wurde sie von der Macht nach Rieger transportiert und hatte die Alien kennengelernt, die sich Anwalen nennen. Das war alles so aufregend, aber seht selbst. Sie schaltete das TV-Gerät ein und zeigte die Fotos und Videos, die sie gemacht hatte.

„Na, was sagt ihr?"

Ihre Eltern schauten überrascht und erstaunt, aber sie glaubten ihr nicht. Das merkte sie an der Reaktion ihres Vaters. „Ich verstehe nicht, warum du uns mit dieser Geschichte die Zeit raubst. Das sind doch alles Fake-News, wie es heutzutage heißt. Oder glaubst du wirklich, dass wir dir diesen Bullshit abnehmen? Ich gebe ja zu, dass die Videos gut gemacht sind, aber das überzeugt mich nicht."

Er sah zu seiner Frau und die nickte, wenn auch mit einiger Verzögerung.

Claudia war betroffen von der schroffen Ablehnung ihrer Eltern. So kannte sie sie gar nicht. Sicher war ihre Geschichte für einen Außenstehenden harter Tobak und es verließ sie ihr Mut, in der Sache weiterzumachen. Der Gedanke kam hoch, dann glauben sie es eben nicht. Davon geht die Welt auch nicht unter. Doch dann dachte sie, aber sie sind doch meine Eltern.

Habe ich etwas falsch gemacht, dass sie mir so wenig Glauben schenken?

Claudia verließ den Essbereich und ging auf ihr Zimmer. Sie setzte sich an ihren Schreibtisch, nahm den Kopf in die Hände und grübelte über das eben Geschehene nach. Dann rief sie Soji an und erzählte ihr von ihrem misslungenen Auftritt. Sie wusste ja, dass sie sturköpfig sind, aber doch nicht so!

Soji fragte sie: „Und wenn du sie einfach an die Hände nimmst und mit ihnen nach Rieger fliegst, das wird sie doch überzeugen?"

„Ich weiß nicht. Das fühlt sich wie Kidnapping an. Ich lass es erst einmal damit bewenden und komme alleine mit euch mit. Ihr müsst mir nur noch sagen, wann es losgehen soll."

„Jeder für sich war jetzt schon mit seiner Familie dort, obwohl wir uns nicht abgesprochen haben. Wir hatten nur denselben Gedanken zur gleichen Zeit. Wir können uns nun mit den Anwalen treffen. Aber ich komme mit deinen Eltern nicht klar. Wieso lehnen sie die Geschehnisse einfach ab? Wollen wir alle gemeinsam bei euch aufschlagen und mit ihnen reden? Vielleicht überzeugt sie das dann."

Claudia schüttelte den Kopf. Die Idee war ja gut, aber sie kannte ihre Erzeuger. Einmal stur, immer stur. Sie lassen sich nicht so schnell von der einmal gefassten Meinung abbringen.

Soji winkte resigniert ab. Da kann man wohl nicht helfen und muss akzeptieren, wie es ist. Also machten sie sich auf den Weg zu ihren Eltern. Max war mit seinen Eltern fast zeitgleich eingetroffen. Claudia nahm Benjamin an die Hand und so starteten sie zur Wohnstatt der Anwalen auf Rieger.

~PM~

Kapitel 24

Sie wurden schon erwartet. Die Anwalen hatten auf dem Platz vor dem Haus von Seo und Taoa einen großen ovalen Tisch aufgebaut mit 10 Stühlen, die sehr bequem und ein wenig nach Jugendstil aussahen, ähnlich wie die Häuser um den Platz herum. Zwischen den Stühlen war immer eine große Lücke gelassen worden, was den Tisch noch größer wirken ließ. Die Tischplatte war offensichtlich furniert mit Mustern, die so fremd wirkten und allen klar machten, sie befanden sich nicht auf der Erde, sondern bei einem außerirdischen Volk. Die anwesenden Anwalen kamen den Neuankömmlingen, die noch nicht hier gewesen sind, sehr nahe und sahen ihnen in die Augen. Sofort war der Kontakt hergestellt und sie konnten ihre Stimmen im Kopf hören. Die Menschen wurden herzlich begrüßt und darauf hingewiesen, dass sie jetzt über die gleichen Fähigkeiten des gedanklichen Transports verfügten wie Soji, Max und Claudia. Sie sollten es als kleines Begrüßungsgeschenk bewerten und darauf achten, dass es nicht missbraucht werden kann, denn diese Gabe wurde anderen Völkern, die die Anwalen kannten, nicht so ohne weiteres geschenkt.

Seo und Taoa, aber auch Yty und Ilea – ihre Nachbarn – deckten den Tisch mit Getränken und verschiedenen Speisen, die den Menschen sehr bekannt vorkamen.

Seo erklärte: „Wir haben in unseren Archiven nachgesehen, was ihr so esst und diese Speisen synthetisch hergestellt. Wir hoffen, dass sie euch munden."

Obwohl sich Seo's Mimik nicht groß veränderte, konnten alle sein verschmitztes Lächeln wahrnehmen. Auf Tellern und in Schüsseln befand sich gebratenes Lammfleisch und grüne

Bohnen und Maisfladen. Die Anwalen selbst hatten sich auf ihren Tellern einen grün-bläulichen Gallertwürfel gelegt, der so richtig künstlich aussah.

Seo erhob das Glas und wünschte sich und seinem Volk eine echte Freundschaft mit dem Volk der Menschen und wollte schon trinken, da erhob sich der Vater von Max, der in diesem Moment mit seiner großen, gedrungenen Gestalt mächtig Eindruck erweckte. Er erwiderte die guten Wünsche nur mit etwas anderen Worten und sie stießen mit den Gläsern an. Die Anwalen sahen das und schauten sich etwas irritiert an. Dann machten sie es den Menschen nach und erst jetzt war das Eis ein wenig gebrochen. Dann ließen es sich alle schmecken. Das Essen war gut, nur etwas fade, man hatte das Salz vergessen. Soji ging durch den Kopf, so haben die Menschen vor tausenden von Jahren gegessen. Seo nickte ihr zu, er hatte ihre Gedanken gehört.

„Wir haben keine aktuelleren Daten zu euren Speisen, wenn ihr uns aufklärt, klappt das beim nächsten Mal besser. Wir wollen doch, dass ihr euch wohlfühlt bei uns."

Claudia hatte das unbändige Bedürfnis, von dem Essen der Anwalen zu kosten und stellte eine entsprechende Frage an Taoa. Sie zögerte etwas, wahrscheinlich war das Essen ein sehr hohes Gut. Aber dann nickte sie und ging ins Haus. Nach wenigen Minuten kam sie mit einem weiteren Teller mit dieser Gallertmasse zum Tisch und stellte ihn behutsam vor Claudia ab. Diese stand kurz auf und bedankte sich mit einer leichten Verbeugung. Vorsichtig kostete sie von der Masse und ihr Gesicht fing langsam an zu strahlen.

„Leute, das müsst ihr auch kosten. So etwas Herrliches habe ich noch nie gegessen."

Sie nahm noch einen Bissen und reichte den Teller dann weiter. Alle hatten keine Bedenken, da es ihrer Vorkosterin offensichtlich geschmeckt hatte. Und sie wurden nicht enttäuscht. Die Anwalen wunderten sich, denn damit hatten sie nicht gerechnet. Und sie freuten sich, dass es ihren Gästen schmeckte. Aber sie merkten auch, dass diese doch sehr unvorsichtig sind. Es wurde nicht getestet, ob die Menschen dieses Essen vertragen.

Soji's Mom war eine gute Köchin, deshalb wollte sie unbedingt wissen, woraus dieses Gelee hergestellt war. Ilea, die neben ihr saß, hörte diese Gedanken und überlegte, wie sie das am besten erklären könnte. Sie erzeugte in Danielas Kopf Bilder von Pflanzen, die sehr tropisch aussahen, ihr aber vollkommen unbekannt waren.

„Die Früchte dieser Pflanzen werden in einem komplizierten chemischen Prozess reproduziert, um daraus dieses Essen herzustellen. Besser kann ich es nicht erklären. Die Pflanzen selbst widersetzen sich jeder Anbauart, da sie untereinander mit ihren Wurzeln vernetzt sind, und so bleibt uns nur diese Möglichkeit der chemischen Reproduktion. An den Chemikalien dafür wurde lange geforscht, aber letztendlich hat man es hinbekommen." Nach einer kurzen Pause sprach sie weiter: „Da alle dieses Essen haben wollten, war es enorm wichtig, die Arbeit zu einem positiven Ende zu bringen."

Ilea schaute etwas unglücklich, da sie merkte, dass Daniela mit diesen Informationen nicht viel anfangen konnte. Deshalb signalisierte Daniela ihr, es dabei bewenden zu lassen. Ilea atmete hörbar auf.

Am anderen Ende des Tisches hatte der Vater von Max den richtigen Gesprächspartner mit Yty gefunden. Er erklärte ihm ausführlich, wie sie sich das Umsiedeln von Menschen vorstellten.

„In einiger Entfernung von den Bäumen, die übrigens wegen einer Gravitationsanomalie in der Höhe schweben, gibt es Wälder mit Bäumen, die sehr gerade wachsen und damit hervorragend für den Hausbau geeignet sind. Und es gibt fruchtbaren Boden, der gut für den Ackerbau zu nutzen ist. Was den Transport von Maschinen und Werkzeugen angeht, das können sie nur mit der Hilfe der Anwalen bewerkstelligen. Denn das ist nicht ganz so einfach, weil die geistige Kraft bei diesen Dingen fehlt. Aber machbar ist es."

Der Vater von Max wollte wissen, wie es sich verhält, wenn hier Nutzpflanzen von der Erde eingeführt werden?

„Das ist kein Problem, wir prüfen vor dem Einsatz die Kompatibilität zur hiesigen Flora und Fauna und dann müsste das schon klappen."

Max konnte Seo nach dem Planeten Rieger befragen und Soji hörte interessiert zu. Seo antwortete:

„Rieger ist in etwa so groß wie euer Planet. Er hat je zur Hälfte Landflächen und Ozeane. Das Klima ist ausgeglichen, es gibt keine Jahreszeiten. Durch den Riesenplaneten, den Rieger umkreist, gibt es nur eine Dunkel- und eine Hellzeit, Richtige Dunkelheit, wie bei euch in einer mondlosen Nacht, haben wir nicht. Es gibt keine Monde und damit auch keine Gezeiten. Da sich aber Rieger um seine Längsachse langsam dreht, ist ungefähr eine Hälfte immer dem Gasriesen zugewandt und hat Hochwasser. Große Flächen sind dann geringfügig überschwemmt. Aber die Natur hat sich dem angepasst. Das ist also keine Katastrophe, so wie bei euch, wo solche Überschwemmungen nicht vorhersehbar sind. Und was noch wichtig ist, es gibt kein Salzwasser in den Ozeanen. Wir haben aber vulkanische Aktivitäten an einigen Küstenabschnitten, die dann das Wasser in der Region unbrauchbar machen durch einen hohen Säuregehalt.

Nun zu unserem Sonnensystem. Eigentlich befindet sich Rieger nicht mehr in der habitablen Zone, das wird aber durch den Gasplaneten korrigiert. Dieser hat noch einen weiteren Planeten im Umlauf, der aber einen hohen Massegehalt und dadurch eine hohe Gravitation hat, weshalb er unbewohnbar ist. Ansonsten gibt es noch fünf weitere Planeten, die aber sehr weit weg um die Sonne kreisen. Wenn ihr euch hier niederlasst, werdet ihr das alles so nach und nach selbst erkennen."

Seo erhob sich und wandte sich an alle: „Ihr möchtet bestimmt die Häuser auch von innen sehen. Deswegen würde ich sagen, folgt uns einfach. Wir haben auch aufgeräumt."

Diese Bemerkung war wieder so menschlich, dass sie alle eine Gänsehaut bekamen. Und dabei war das einfach nur lustig gemeint, wie sie an Seo's Gedanken feststellen konnten. Wer weiß, wo sie diese Bemerkung herhatten.

Chen, ein bis dahin sich im Hintergrund aufhaltender Anwale, löste sich von seiner offensichtlichen Begleiterin und kam direkt auf Claudia zu und fragte sie, ob er ihr seine Wohnung zeigen dürfe. Sie schaute für einen kurzen Moment etwas irritiert, denn so direkt war sie noch nicht angesprochen worden. Aber dann freute sie sich über die Aufmerksamkeit und bejahte in Gedanken seinen Wunsch. Er wohnte etwas abseits, aber sein Haus war ähnlich wie die anderen Häuser gestaltet. Im Gegensatz zu den anderen Häusern hatte er davor eine Schaukelliege stehen und das Haus war teilweise mit einer efeuartigen Pflanze bewachsen. Das sah besonders lieblich aus und gefiel ihr sehr. Nun schaute sich Claudia diesen Anwalen näher an. Er schwebte nicht auf dieser Gravitationsschale, sondern lief ganz normal auf seinen Beinen. Und er sah auch irgendwie jünger aus als die anderen. Die Frage drängte sich ihr auf und sie musste sie einfach stellen: „Wie alt bist du eigentlich, dass du dich auf deinen zwei Beinen fortbewegst? Und du heißt Chen, habe ich das richtig verstanden?"

„Ja, mein Name lautet Chen. Ich bin 153 Jahre alt, im Verhältnis zu den anderen also noch sehr jung. Mein Studium der Dinge ist schon lange abgeschlossen, ich kann dir also alle Fragen beantworten."

Er führte sie in das Haus und sie war erstaunt, wie anders hier die vier Wände gestaltet waren als bei Seo und Taoa. Er hatte keine roten Vorhänge an den Fenstersäulen, sondern ganz zarten Tüll. So blieb alles luftig und lichtdurchlässig. Die Wände waren weiß und hatten viele Bilder aufgenommen, die je nach Blickwinkel zu sehen waren oder auch nicht. Sie waren alle ziemlich abstrakt gehalten mit vielen Spektralfarben, die auch immer wieder wechselten. Das machte schon Eindruck, vor allem, wenn man sie nicht sehen wollte, waren sie auch nicht zu sehen, sondern nur die weißen Wände. Im Raum waren drei kleine Sitzgruppen angeordnet. Die Sessel, sie vermutete, dass es sich um Sitzgelegenheiten handelte, so anders, wie sie aussahen, waren gruppiert um wunderschön gestaltete runde Tische. Der Boden bestand aus dunkel gemasertem Holz, ein sehr schöner Kontrast zum übrigen Mobiliar. Hier konnte man sich wohlfühlen. Das ließ sie ihn auch spüren und er war sichtlich erleichtert, dass es ihr gefiel.

Claudia fragte ihn: „Woher bekommt ihr alle diese schönen Möbel, diese Stoffe und so weiter?"

„Wir geben unsere Gedanken dazu an eine KI weiter und dann wird das alles in vollautomatischen Werken produziert und angeliefert. Damit verbindet sich nicht viel Aufwand für den Einzelnen."

Claudia sah den Anwalen länger an, irgendwie hatte er ihr Interesse geweckt. Er hatte ein glattes ebenmäßiges Gesicht, ohne Falten. Da wollte sie nicht glauben, dass er nach ihrem Maßstab schon so alt war. Seine Augen glitzerten immer wieder auf eine betörende Art. Dazu kamen diese feinen spektralfarbenen Linien, die immer mal wieder auf sich aufmerksam machten, aber nicht ständig zu sehen waren. Im Stillen dachte sie, das sind schon sehr interessante Leute. Den Begriff ‚Alien' verdrängte sie, er passte in diesem Moment nicht zur Situation.

Sie sagte: „Wollen wir uns wieder zu den anderen gesellen, Max hat auch noch etwas vorbereitet, was euch sicherlich gefallen wird."

Chen nickte, aber sie sah, dass es ihm nicht so richtig gefiel, ihre Zweisamkeit aufzulösen. Sie gingen wieder zum Hauptplatz mit dem großen Tisch, um den sich die meisten wieder versammelt hatten. Max hatte seine Gitarre in einem Koffer mitgenommen. Als er sie auspackte, schauten die Anwalen sehr interessiert, was das wohl sein könnte. Er stimmte kurz die Töne ab und spielte dann eine Melodie. Sie endete und alle waren begeistert. Um ihrer Begeisterung Ausdruck zu verleihen, verdrehten die Anwalen ihre Hände in einer schnellen Abfolge nach innen, was in der Synchronität beeindruckend aussah. Wie profan war dagegen der geklatschte Beifall der Menschen. Natürlich wollten alle mehr hören. So sang er ein Country Lied zur Gitarre und die Begeisterung hielt an. Max freute sich, dass alle ihren Spaß hatten, legte dann aber die Gitarre auf dem Tisch ab.

„Ich spiele nachher noch etwas, jetzt ist erst einmal Pause. Aber ich freue mich, dass es euch gefällt."

Yty nahm die Gitarre vom Tisch und besah sie sich genau. Dann intonierte er ein paar Akkorde, was sich gar nicht so schlecht anhörte. Er ging in sein Haus und kam kurz darauf mit einem kleinen schwarzen Kästchen wieder. Das stellte er vor sich auf dem Tisch ab, ein paar Handgriffe und er hatte eine Art Tastatur vor sich. Andächtig bediente er diese und es war eine wundervolle sphärische Musik zu hören.

Max hörte eine Weile zu, dann spielte er auf der Gitarre diese Musik mit. Das war ein echtes Erlebnis. Die Musik endete und beide standen auf und verneigten sich vor ihrem Publikum, welches sich vergrößert hatte. Angezogen von der Musik waren noch viele Anwalen dazugekommen. Die Stimmung unter den Menschen und den Anwalen war aufgewühlt und herzerwärmend. Es war bemerkenswert, wie sich in dem Moment alle nahe standen.

Soji dachte an den Spruch: ‚Wo man singt, da lass dich nieder, böse Menschen haben keine Lieder'. Sie hätte am Morgen dieses Tages nicht geglaubt, dass das Treffen so gut werden würde. Und sie dachte daran, wenn es am Schönsten ist, soll man nach Hause gehen. So hat man gute Voraussetzungen für das nächste Treffen.

Soji's Mom stand auf und bat bei allen um Gehör: „Es hat mir bei euch – Seo, Taoa, Yty, Ilea und Chen – außerordentlich gut gefallen. Ich möchte Euch deshalb zu uns einladen und unsere Freunde sind ebenfalls dabei. Wir haben gerade Sommer und da können wir uns in unserem Garten treffen, wo wir genug Platz haben. Und wir sind unter uns. Ihr müsst also nicht befürchten, von unliebsamen Nachbarn entdeckt zu werden. Was haltet ihr vom nächsten Samstag, also in 7 Tagen?"

Allgemeines Gemurmel war zu hören, dann bestätigten alle diesen Termin. Und damit war es Zeit nach Hause zu fliegen. Und wieder traf es alle wie ein Hammerschlag gegen den Kopf, von einem Moment zum anderen in den heimischen vier Wänden zu sein. Diese Art zu reisen ist wirklich gewöhnungsbedürftig. Die Zeit des Händchen-haltens war vorbei, jeder flog allein mit der Kraft seiner Gedanken.

~PM~

Kapitel 25

Die Woche verging wie im Fluge. Mit jedem weiteren Tag wurde Soji's Mom nervöser. Am meisten machte sie sich Gedanken über das Essen, was sie anbieten sollte. Die Eltern von Max kannte sie zwar vom gemeinsamen Campingurlaub, trotzdem spielten auch sie in ihren Überlegungen eine wichtige Rolle.

Zunehmend sah sie, und nicht nur sie, sondern alle in der Familie, die Anwalen wie eine Delegation aus einem weit entfernten Land, die das erste Mal nach Deutschland kamen. Dass sie von einem wirklich nicht vorstellbar entfernten Planeten anreisten und Alien waren, spielte in den Überlegungen immer weniger eine Rolle. Vielleicht ist das so, wenn man sich freut, liebe Gäste wiederzusehen.

Soji's Mom hatte sich für Raclette entschieden. Alle Zutaten wurden vorbereitet und jeder kann entscheiden, was er oder sie auf ihr Pfännchen legen, beziehungsweise welche Fleischsorte auf der Grillplatte gewählt wird. Vorher gab es Kaffee und Kuchen und Erfrischungsgetränke mit und ohne Alkohol. Nun war sie sehr gespannt, was die Anwalen davon essen würden.

Dann war es soweit. Soji hatte sie abgeholt, denn sie kannte sowohl den Startpunkt als auch das Ziel der Reise. Diesmal hatten die Anwalen eine Tunika mit Kapuze an, so dass sie ihr Gesicht etwas verhüllen konnten. Vorsicht ist immer noch besser als Nachsicht, denn sie wollten nicht erkannt werden. Claudia war schon am Vormittag zu den Hagemanns gefahren, sie wollte unbedingt bei den Vorbereitungen helfen. Kurz nach den Anwalen trafen auch Max mit seinen Eltern ein. Er hatte wieder seine Gitarre dabei und seine Mutter ein Akkordeon.

Für gute Stimmung war also gesorgt. Und sie waren gespannt, was die Beiden spielen werden.

Alle setzten sich an den vorbereiteten Tisch, natürlich mit den Lücken zwischen den Stühlen für die Anwalen auf ihren Gravitationsschalen. Dann wurden Getränke angeboten in einer breiten Palette, also vom Softdrink bis zum Whisky. Die Außerirdischen probierten vorsichtig einiges aus und entschieden sich dann für einen roten Wein. Daniela hatte extra eine Karaffe gekauft, aus der sie den Wein einschenkten. Das rief bei Taoa und Seo ein Hallo aus, sie mussten schmunzeln. Da war er wieder - dieser Widerspruch, an der Mimik konnten sie das Schmunzeln nicht ablesen, die Anwalen hatten es aber in ihre Köpfe projiziert. Daran mussten sie sich alle in dieser Tischrunde erst gewöhnen.

Viele Fragen wurden wieder gestellt, diesmal auch von den Anwalen zum Planeten Erde und der Geschichte ihrer Bewohner. Am meisten staunten die Außerirdischen über die vielen unterschiedlichen Völker, oftmals zusammengefasst in Nationen und Staaten, Sie kommunizierten in entsprechend vielen Sprachen und in denen wiederum in vielen Dialekten. Das hatten die Anwalen nicht, es gab ein Volk mit einer Sprache ohne Dialekte. Es gab also auch keine Nationen und auch keine Staaten – warum auch. Das machte natürlich für sie vieles einfacher, auch was ihre Entwicklung betraf. Dass sie sich im Grunde nur noch gedanklich austauschten, hatte die Stimmbänder verkümmern lassen und ihr Gehör war auch nicht mehr das Beste. Aber das störte sie nicht weiter, es erging ja allen so. Früher benötigten sie noch Übersetzungsgeräte, um sich mit fremden Völkern auszutauschen, mittlerweile konnten sie die Gedanken der Anderen verstehen und sich auf der Ebene mit ihnen austauschen. Das hatte aber auch das Problem, dass sie private Gedanken der Gesprächspartner, die nicht für sie bestimmt waren, ausblenden mussten, was noch nicht perfekt klappte. Daran arbeiteten sie derzeit.

Die Kaffeetafel wurde gedeckt mit schönem Geschirr und es gab Obsttorte und Marmorkuchen. Die Anwalen probierten von allem, aber in sehr kleinen Stücken. An den Kaffee schwarz konnten sie sich offensichtlich gewöhnen, denn davon erbaten sie noch mehr, worüber sich alle freuten.

Es war wieder ein schöner, nicht allzu warmer Sommertag, das Wetter spielte also mit. Soji erzählte allen, dass die Menschheit sich klimatisch in einer Umbruchphase befindet, es wird immer wärmer auf diesem Planeten. Das hat zur Folge, dass sich Umweltkatastrophen wie Wirbelstürme, Überschwemmungen, Abschmelzen der Eismassen und Großbrände immer öfter ereignen. Über die Ursachen ist sich die Wissenschaft noch nicht einig. In den letzten Jahrzehnten gab es einige große Vulkanausbrüche mit ausgeschleudertem Material bis in die Stratosphäre, die das Chaos förderten. Aber auch die Verwendung fossiler Brennstoffe in großem Maße für die Energiegewinnung, als auch die Freisetzung von Methan durch das Schmelzen von gefrorenen Landmassen würde dazu beitragen. Man steuert schon dagegen, aber der große Wurf ist es noch nicht.

Yty fragte:

„Warum nutzt ihr nicht die Kernfusion, damit wären die Energiewünsche der acht Milliarden Menschen gelöst? Wir haben schon seit langem diese Form der Energiegewinnung in Gebrauch, an die anderen Möglichkeiten kann sich kaum noch jemand erinnern."

Soji's Dad sagte daraufhin:

„Da stehen wir erst ganz am Anfang. Es gibt einige wenige Fusionsreaktoren, die das für wenige Sekunden schaffen, dafür aber extrem viel Energie benötigen. Von einer Lösung sind wir also noch ein ganzes Stück entfernt. Wir haben auf der ganzen

Welt doch noch eine große Anzahl von Kernreaktoren laufen, also die Abwärme Gewinnung aus der Verbrennung von spaltbarem radioaktivem Material, das hat man auch sicherheitstechnisch ganz gut im Griff, aber die Entsorgung des radioaktiven Restmülles hat man noch nicht gelöst. Neueste Kernreaktoren verwenden das Spaltmaterial um Längen effektiver, aber sie lösen nicht das Grundproblem."

Alle hörten gespannt zu. So konzentriert hatten sie das alles noch nicht gehört.

Yty erwiderte:

„Wie wir schon einmal erwähnt haben, ist unser Volk nicht mehr sehr groß, genaue Zahlen gibt es nicht, es werden nur noch an die 10 Millionen Anwalen da sein. Unser Energiebedarf ist im Verhältnis zu eurem Bedarf sehr gering. Wir haben zwei Fusionskraftwerke laufen, die vollkommen ausreichen. Beim Start dieser Kraftwerksart könnten wir euch ohne Probleme helfen, vorausgesetzt, die Menschheit will unsere Hilfe. Ich weiß, wir verstehen uns hier im kleinen Rahmen wirklich gut und ich freue mich auch auf jeden weiteren gegenseitigen Besuch, aber eure Völker und deren Staatenlenker müssen das auch wollen. Ich bin grundsätzlich positiv eingestellt. Es wird sich so entwickeln, dass wir euch auch bei euren Energieproblemen helfen können. Und nicht zu vergessen, ihr könnt euch auch gerne bei uns ansiedeln.

Alle wurden nachdenklich und es wurde für einen Moment still an Tisch. Jeder ließ das Gesagte Revue passieren. Der Vater von Max durchbrach das Schweigen mit seiner tiefen, sonoren Stimme:

„Wir sollten ein paar Journalisten von bekannten Sendern zu euch einladen in so eine Gesprächsrunde und abwarten, was dann in den Nachrichten erscheint. Ich denke, das wird gewaltig werden, aber genau weiß man das vorher nicht.

Deshalb sollten wir erst einen Schritt tun und dann weiterschauen."

„Sie müssen ja nicht gleich euren Vertrauensbeweis bekommen und fliegen können so wie wir. Das müssen sie sich erst erarbeiten," sagte Soji.

Claudia musste auch etwas sagen:

„Wir werden sie überrumpeln müssen, ich will das Wort ‚Kidnapping' nicht gebrauchen, aber anders wird uns niemand glauben. Meine Eltern glauben mir ja auch nicht, obwohl sie Fotos und Videos gesehen haben."

Chen, der neben ihr saß, schaute sie an und wunderte sich darüber. Das signalisierte er ihr auch. Und zum ersten Mal an diesem Tag sah sie ihm in seine kristallklaren blauen Augen und dachte nur ‚Wow', was sind das für Fenster zur Seele. Und er sah zurück. Das war ein Moment, wo die Welt still zu stehen schien. Für sie hätte dieser Moment ewig dauern können. Denn sie sah nur seine Augen, alles andere war ausgeblendet. Es war überaus verwirrend.

Alle waren sich somit einig, wie es erst einmal weitergehen soll. Das nahm den Gastgebern einen Stein von der Seele, denn man hatte bei dieser Erfolgsgeschichte – den ersten Kontakt zu Außerirdischen – das ungute Gefühl, etwas Illegales zu tun. Wenn dann alle davon wissen, kann das niemand mehr sagen.

Mit verschmitzter Miene sagte Soji's Dad:

„Bielnau wird in aller Munde sein, dort sind die Aliens das erste Mal gelandet. So werden wahrscheinlich die Medien berichten. Sie werden die unwissenden Mitbewohner interviewen, die dann schon immer gewusst haben, hier werden sie das erste Mal landen, nicht in Berlin und nicht in Washington DC., sondern hier. Und Touristenströme werden sich auf den Weg zu uns machen und enttäuscht wieder umkehren, denn hier gibt es nichts zu sehen, keinen Alien und kein Raumschiff."

Einige schmunzelten, andere wurden nachdenklich.

„Stoßen wir auf die Zukunft an", sagte er und hob sein Glas. Die Anwalen kannten schon dieses Ritual und stießen mit dem an, was sie gerade vor sich zu stehen hatten, meistens war es Kaffee. Irgendwie war es auch lustig. Das war die beste Gelegenheit für Max und seine Mutter, etwas Musik zu machen. Zum Einstieg hatten sie sich ‚Mariage d'Amour von Paul de Senneville' ausgesucht und das passte richtig gut zu Akkordeon und Gitarre. Alle waren verzaubert, auch die Anwalen, nur sah man es ihnen so nicht an. Aber bei allen war die Botschaft im Kopf, dass sie es als wunderschön empfanden. Sie hatten und haben nicht solche talentierten Komponisten, die so etwas Schönes erschaffen konnten. Auch das nächste Stück ‚Elvira Madigan von Mozart' gefiel allen sehr gut in der Darbietung mit den zwei Instrumenten. Es passte gut zusammen und die zwei waren ein eingespieltes Duo.

Claudia fragte:

„Warum tretet ihr nicht auf? Ihr könnt das so gut. Das würde vielen anderen auch sehr gefallen. Ich für meinen Teil bin wirklich beeindruckt."

Rebecca, die Mutter von Max sagte: "Das machen wir auch, kommt doch einfach mal zu einer Lesung in die Stadtbibliothek, dort spielen wir immer im Anschluss. Alle Anwesenden waren begeistert. Ich kann dir gerne mal die nächsten Termine mailen."

Nun war Max wieder an der Reihe und präsentierte Country Musik, unter anderem auch seinen Lieblingssänger Josh Turner.

Soji und ihre Mom entfernten sich von der Tafel, um die restlichen Vorbereitungen für das Abendessen zu treffen. Dann kam Taoa dazu und wollte ebenfalls helfen. Aber viel war nicht mehr zu tun. So nutzte Daniela die Gelegenheit und fragte Taoa, ob sie denn alles essen können wie die Menschen, oder ob es da Unterschiede gibt? Sie wollte auf keinen Fall, dass es einem ihrer Gäste schlecht wurde.

Taoa musste innerlich lächeln, was sie den beiden Frauen auch übermittelte: „Wir haben ungefähr die gleiche Physis wie ihr, sonst hätten wir schon beim Kuchen und den Getränken streiken müssen. Wir essen nur sehr wenig, ihr würdet wahrscheinlich mit den Mengen auf die Dauer verhungern. Wir sind alle sehr gespannt, was es jetzt zu essen geben wird."

Daniela legte leicht ihre Hand auf Taoa's Schulter und erklärte das Prinzip des Raclettes, wo jeder selbst aus den Zutaten bestimmen kann, was auf sein Pfännchen kommt, welche Soßen bevorzugt werden und ob Kartoffeln mit Zaziki oder Salat oder beides auf den Teller kommt. Sie sahen, dass Taoa mit der Erklärung nicht viel anfangen konnte. Aber sie war angetan von der kleinen Geste.

„Am besten, ihr schaut zu, was wir machen und dann klappt das schon. Wir werden viel Spaß miteinander haben. Vor allem können wir uns gut bei diesem Essen unterhalten, denn niemand ist gezwungen, sofort alles ausprobieren zu müssen."

Es wurde ein gutes Essen. Die Anwalen lernten schnell und aßen wahrscheinlich mehr, als sie es normalerweise tun. Das war ein Beweis dafür, dass es ihnen wirklich geschmeckt hatte. Dann verabschiedeten sie sich und die Zurückbleibenden mussten sich erst wieder daran gewöhnen, dass sie von einem Moment zum anderen einfach verschwunden waren. Max mit seinen Eltern und auch Claudia verabschiedeten sich ebenfalls und dann war Familie Hagemann wieder für sich allein. Das war schon ein komisches Gefühl, dieses Zurückfallen in den gewohnten Alltag. Trotzdem blieb dieses Hochgefühl, was sie die ganze Zeit hatten.

Soji half ihrer Mom beim Aufräumen, ebenso ihr Dad. Benjamin konnte auf sein Zimmer gehen, denn mehr Platz war nicht in der Küche, sonst würden sie sich nur im Wege stehen.

Nachdem der Geschirrspüler lief und alles wieder seinen Platz gefunden hatte, setzten sich die Drei ins Wohnzimmer, um zu verschnaufen.

Soji fragte: „Na, was haltet ihr von den Anwalen? Ich finde sie äußerst bemerkenswert."

Ihre Eltern stimmten ihr zu. Ihr Dad sagte:

„Wenn wir uns als Menschheit mit ihnen arrangieren könnten, würden wir in der Entwicklung einen Riesensprung machen. Und Dinge, die bis jetzt nur Science-Fiction waren, könnten Realität werden, wie zum Beispiel die Erkundung fremder Welten.

Soji war müde und verabschiedete sich auf ihr Zimmer. Sie legte sich auf ihr Bett und nahm ihren besten Freund, den Meteoriten aus der Nachttischschublade. Manche Dinge sind in ihrem konstanten Verhalten ein absoluter Ruhepol. So genoss sie die Wärme und das Farbspiel wie am ersten Tag, als sie ihn gefunden hatte. Sie dachte noch, dies ist eine der seltenen Nächte, die sie ohne Max verbrachte. Und das war schon etwas zu Herzen Gehendes, denn sie liebte ihn immer noch, fast schon abgöttisch. Aber das würde sie niemanden sagen. Sonst bekäme der Gute noch einen Höhenflug und würde davon schweben.

Dann schlief sie ein. Es war ein unruhiger Schlaf, denn an ihren Bewegungen im Bett war zu erkennen, dass ihr Kopf mächtig zu tun hatte, das Erlebte zu verarbeiten.

Kapitel 26

Claudia fuhr mit dem Fahrrad wie gewohnt zur Arbeit. Immer wieder ging ihr das Treffen mit den Anwalen bei Soji und ihrer Familie und Max mit seinen Eltern durch den Kopf. Und ihre Eltern waren nicht dabei, weil sie denken, dass ist alles nur gefakt. Sie war den Tränen nahe, wenn sie daran dachte. Es waren doch ihre Mutter und ihr Vater, die sie ihr Leben lang begleitet hatten. Und dann kommt dieses Misstrauen. Sie musste sich richtig zusammenreißen, um sich auf ihre Arbeit zu konzentrieren.

Dann kam der Feierabend und den wollte sie auf Rieger verbringen. Chen hatte sie eingeladen, sie könne kommen, wann immer sie Zeit hätte. Sie hatte sich als kleine Überraschung Rooibostee und Honig eingepackt. Sie dachte intensiv an Chen und sein Zuhause und schon durchlebte sie die wenigen schwarzen Sekunden und war dort angekommen. Das war immer wieder beeindruckend, wie das funktionierte, eine Reise in wenigen Sekunden über eine unvorstellbare Entfernung, die sie nur mit der Kraft ihrer Gedanken startete. Sie stand vor seinem Haus und schon kam er zur Tür heraus. Wie er sich über ihr Kommen innerlich freute, war herzerwärmend. Dann kam eine weitere Anwalin aus dem Haus. Claudia sah, wie sie sich von ihm verabschiedete. Es war dieselbe, die sie schon beim ersten Treffen gesehen hatte. Es gab ihr einen kleinen Stich ins Herz. Das Gefühl schob sie aber schnell beiseite und konzentrierte sich wieder auf Chen.

„Sieh' mal, ich habe uns Tee mitgebracht und Honig. Den Tee würde ich gerne bei dir zubereiten. Ich denke, das wirst du noch nicht kennen. Denn davon weiß deine Zaubermaschine nichts. Aber heißes Wasser kann sie doch zubereiten?"

Er nickte und war erstaunt, an was sie so alles dachte. In kurzer Zeit war der Tee zubereitet und sie erklärte ihm, wozu der Honig gedacht war. Chen war von dem Getränk angetan und schlürfte es genüsslich, so wie sie es ihm vormachte. Darüber mussten dann beide lachen und es entstand eine vertraute Atmosphäre zwischen den beiden.

Claudia blickte zu ihm auf und sah ihn auf einmal mit anderen Augen. Er war schon ein stattlicher Mann. Natürlich sah Chen etwas anders aus und hatte diese Aura des Fremdartigen. Vor allem sein langer Hals trug dazu bei, aber was spielte das für eine Rolle, wenn die Chemie zwischen beiden stimmte. Und dann seine unbeschreiblichen Augen – sie waren blau und es sah aus, als ob in diesem Blau wundervolle, facettenreiche Kristalle hinterlegt waren, umrahmt von einer hellgrauen Iris im schneeweißen Augapfel. Diese Augen waren größer als bei den Menschen und dadurch noch prägnanter. Sie könnte sich darin verlieben, doch bei diesem Gedanken stoppte sie innerlich und ging wieder auf Distanz. Sie wusste nicht, ob er ihre Gedanken lesen konnte, er ließ es sich jedenfalls nicht anmerken.

Chen fragte sie: „Hast du Lust auf einen kleinen Ausflug? Ich zeige dir meinen Lieblingsort, wo ich mich sehr gerne aufhalte. Vor allem bei so schönem Wetter, wie wir es derzeit haben. Ich nenne es das ‚Tal des Wasserfalls'."

Claudia freute sich, natürlich wollte sie mehr von dieser Welt sehen. Sie gingen vor das Haus, fassten sich an einer Hand und schon flogen sie los. Sie hatten ein ganz schönes Tempo drauf, die Landschaft flog nur so an ihnen vorbei. Dann wurde es gebirgiger und die Vegetation änderte sich. Die Graslandschaft wurde von verkrüppelten Bäumen abgelöst, die für sich betrachtet in ihrer Form bemerkenswert waren und beeindruckend zugleich. Sie unterstrichen wieder die Fremdartigkeit dieses Planeten.

Es ging weiter steil bergauf, um dann in einer Schlucht mit zum Teil steilen Felswänden wieder nach unten zu fliegen. Die Schlucht öffnete sich zu einem versteckten lieblichen Tal mit blumenbewachsenen Wiesen, die wiederum vollkommen anders als die endlosen Graslandschaften aussahen. Und was verrückt war, was ihr sofort auffiel, waren die Blumen, die auch an den Bäumen hochwuchsen. Das Tal endete mit einem kleinen Wasserfall. In dessen Nähe hielten sie an und setzten sich auf die Wiese.

Es war wirklich schön hier. Ihr kamen Tränen in die Augen, so ergriffen war sie von dieser wundervollen Natur um sie herum. Um etwas Ähnliches auf der Erde zu finden, musste man lange suchen. Sie konnte sich einfach nicht satt sehen. Leider gab es keine Bienen und Schmetterlinge. Die Luft war vollkommen clean von Insekten.

Chen sah sie die ganze Zeit aufmerksam an und freute sich, dass es ihr gefiel. Doch dann fragte er:

„Warum hast du Tränen in den Augen, hast du Schmerzen?"

Claudia antwortete, nachdem sie sich die Tränen weggewischt hatte:

„Nein, ich habe keine Schmerzen, ich bin nur so begeistert von dieser Gegend, regelrecht ergriffen, da kommen mir einfach die Tränen hoch. Das ist so bei uns Menschen."

Sie lächelte, während sie das sagte. Und unbewusst rückte sie ein wenig näher an ihn heran. Denn die Anteilnahme an ihrem Gemütszustand, die Chen zeigte, tat ihr gut. Schweigend saßen sie da und die Herzen weiteten sich. Nach einer Weile stand Chen auf und ging auf den Wasserfall zu. Sie folgte ihm und fragte sich, was er jetzt wohl vorhat. Dort angekommen, fragte er sie:

„Wir hatten bei euch eine perlende klare Flüssigkeit getrunken. Ich glaube, ihr nennt sie ‚Sekt'? Koste einmal von diesem Wasser. Ich denke, es schmeckt fast genauso."

Sie formten die Hände zu einer Schale und probierten von dem Wasser. Und er hatte Recht. Diesen Geschmack an einem Wasserfall hätte sie nicht erwartet. Es schmeckte nach feinstem Sekt, nur ohne Alkohol.

Dann fragte er sie, ob sie Lust hätte, sich mit ihm unter das Wasser zu stellen? Einfach mal eine Dusche nehmen, nichts weiter.

Sie zögerte, denn einen Moment dachte sie, das geht mir irgendwie alles zu schnell. So kurz, wie sie sich kannten und dann schon gemeinsam unter die Dusche. Und das geht ja nun mal nur nackt. Sie war nicht prüde, aber dieses Vorhaben musste erst einmal durch ihren Kopf durch. Aber offensichtlich sah er das ganz anders. Wahrscheinlich hatte die Scham, die mit einem unbekleideten Körper einherging, beim Volk der Anwalen keinen Stellenwert. Wenn sie denn Scham überhaupt kannten.

Doch dann antwortete sie: „Warum nicht," und zog sich aus. Sie wusste, dass ihr Körper gut gebaut und durchtrainiert war. Sie hätte auch Model werden können. Eine Zeit lang hatte sie mal mit dem Gedanken gespielt, es war ihr aber dann doch zu dröge.

Sie sprang unter den Wasserfall und erlebte eine neue Lebensqualität. War das gut. Um das zu Hause zu erleben, musste man sich eine sehr teure Dusche anschaffen. Das Wasser war kühl, aber nicht kalt und sehr fein perlend, einfach Wahnsinn. Sie schaute zu ihm, wie er sich auszog. Dann sah sie ihn nackt, so wie der hiesige Gott ihn wohl erschaffen hatte. Dass er so alt war, wie er erzählte, sah man ihm nicht an. Er hatte ebenfalls einen muskulösen Körper in einer perfekten Harmonie. Es erinnerte sie an altgriechische Statuen. Da fügte sich sogar der lange Hals ein und erschien gar nicht mehr so lang. Neben den sechsgliedrigen Händen und Füßen gab es noch einen Unterschied, der sie sehr beeindruckte. Er hatte keine äußeren Geschlechtsmerkmale. In der Richtung war überhaupt nichts zu sehen, außer einer feinen länglichen Falte am Bauch. Nun wollte sie ihn dazu nicht befragen, das fand sie in diesem Moment nicht passend. Sie dachte, wer weiß, was die Zukunft noch bringt, vielleicht wird das mal ein Thema. Auf alle Fälle fand sie ihre jetzige Situation, wie sie sich beide nackt unter dem Wasserfall amüsierten, in keiner Form anstößig. Es war einfach so, sie hatten Spaß, bespritzten sich und sie hatte ein gutes Gefühl dabei.

Sie legten sich wieder auf die Wiese und ließen sich von der Sonne trocknen. Claudia schaute in den Himmel und studierte den großen Gasplaneten. Wie sich ständig seine Muster in der Atmosphäre änderten, war sehr beeindruckend. Sie könnte ewig schauen, so einnehmend war das Schauspiel. Chen blickte zu ihr und sah, was ihr Interesse weckte. Er sah ebenfalls zum Gasplaneten hoch und musste feststellen, wie lange er sich diesen Giganten am Himmel schon nicht mehr so intensiv angesehen hatte. Da musste erst diese Claudia von der Erde kommen, um wieder seine Aufmerksamkeit auf die hiesigen Naturwunder zu lenken. Sie war schon ein besonderes Wesen, diese Claudia. Wie natürlich sie mit der Nacktheit umging, das fand er gut. Verklemmt war sie jedenfalls nicht. Sie zogen sich ihre Kleidung an und flogen wieder zurück zu Chens Haus. Er holte eine zweite Schaukelliege auf die Terrasse und so saßen sie einfach da und genossen das schöne Wetter, unterstützt vom leichten, automatischen Wiegen der Liegen. Ein Gedanke ließ ihn aufstehen und er kam nach kurzer Zeit wieder zu ihr mit einem Getränk auf einem Tablett und zwei Gläsern.

„Jetzt bin ich gespannt, wie dir dieser Drink schmeckt."

Sie hoben die Gläser und stießen an. Das Getränk schmeckte wie nicht anders zu erwarten sehr gut. Er drehte seinen Liege zu ihr hin und sah ihr zum ersten Mal so richtig intensiv in die Augen, dass ihr warm ums Herz wurde und sie errötete. Sie dachte, mein Gott, was ist hier bloß los? Bin ich deshalb hierhergekommen und hatte es dabei sogar eilig? Also mal langsam mit den Pferden, wie man so schön sagte. Und dann war ja noch die Begleitung von Chen, an die sie jetzt wieder denken musste. Sie wusste nicht, was sie davon halten sollte.

Sie wollte jetzt nach Hause in ihr Zimmer und allein sein. Das Erlebte musste sie erst einmal verarbeiten, sonst drehte sie noch durch. Chen schaute etwas irritiert, aber der Anstand gebot ihm, nicht näher nachzufragen, was sie auf einmal hatte, um so schnell aufzubrechen. Also verabschiedeten sie sich mit einer kurzen Umarmung und sie flog nach Hause.

Wieder war sie von dieser Art des Reisens beeindruckt. Daran könnte sie sich wohl niemals so richtig gewöhnen. Ihre Mutter war bei der Zubereitung des Abendessens und freute sich, sie zu sehen. Doch dann fragte sie, warum sie erst jetzt nach Hause kommt.

Claudia zögerte mit der Antwort, doch dann sagte sie: „Ich musste länger arbeiten, wir mussten eine ganze Reihe Proben erneut starten und das hat gedauert. Deshalb bin ich heute etwas spät dran."

Es tat ihr weh, dass sie ihre Mutter anlügen musste. Wenn sie ihr mit der Wahrheit käme, sie würde wieder ausflippen. Und das konnte sie im Moment gar nicht gebrauchen. Sie wollte ihre Ruhe haben und nachdenken. Deshalb ging sie nach dem Abendessen auf ihr Zimmer und setzte sich an ihren Schreibtisch. Am meisten erschreckte sie die Tatsache, dass diese Begegnung mit Chen auf eine Beziehung hinauslief. Sie begann, Gefühle für ihn zu entwickeln. Sich zu verlieben war das eine, aber mit einem Alien? Wie sollte das gehen? Man kann sich doch nicht nur platonisch lieben, irgendwann springt man zu zweit in die Kiste und will es wissen. So läuft das doch. Und wenn es richtig gut läuft, wird die Liebe nur noch stärker. Das beste Beispiel war für sie Soji und Max, die ja bald heiraten würden.

Wie soll das alles mit einem Außerirdischen funktionieren? Okay, wenn erst genügend Menschen sich auf Rieger angesiedelt haben, wird es garantiert auch solche Verbindungen geben. Da war sie sich sicher.

Man müsste also erst einmal herausfinden, ob Menschen und Anwalen sich der körperlichen Liebe hingeben können. Und da sie, wie es derzeit aussieht, die erste sein würde, die das ausprobieren darf, kommt sie um das Abenteuer nicht herum. Es sei denn, sie würde den Kontakt zu Chen abbrechen.

Sie dachte darüber nach. Die Erinnerung an das heute Erlebte war noch frisch. Sie wollte auf keinen Fall den Kontakt abbrechen, eher das Gegenteil. Dieser Zustand des Hin- und Hergerissen seins machte sie kirre. Sie musste unbedingt mit jemanden darüber sprechen. Und da fiel ihr nur ihre beste Freundin ein.

~PM~

Kapitel 27

Soji's Handy klingelte und sie nahm das Gespräch entgegen.

„Hast du Zeit, ich muss unbedingt mit jemandem reden, dem ich vertrauen kann. Und da bist du die Einzige, die mir einfällt. Sonst platze ich." Claudia klang so verzweifelt, dass Soji hellhörig wurde.

„Dann erzähl mal. Ich habe um die Uhrzeit nur Zeit für dich. Außerdem ist heute Max nicht da, der mich ablenken könnte."

Claudia berichtete ausführlich von ihrem Besuch auf Rieger bei Chen und von ihren Gedanken, die sie sich nun machte, denn es fehlt nicht mehr viel und sie verliebt sich in einen Außerirdischen mit allem, was das nach sich zieht. Und das ist das Problem, eine reine Freundschaft wird es nicht geben zwischen Chen und ihr. Da ist sie sich sicher, so wie das alles angefangen und wie es schon gefunkt hat zwischen den Beiden.

Soji war erst einmal überrascht, mit welcher Selbstverständlichkeit Claudia einfach so nach der Arbeit zu diesem Planeten fliegt. Das ist so, als wäre sie vom Nachbarn, der ein paar Häuser weiter wohnt, eingeladen worden. Wir werden uns wohl daran gewöhnen müssen, dass es bei der fehlenden Reisezeit immer so sein wird, ging es ihr durch den Kopf.

Claudia hatte wirklich ein Problem, wo sie aber im Grunde nicht helfen konnte. Ihr verbieten, sich mit Chen zu treffen, geht nicht, denn Claudia ist erwachsen und sie hat ihr nichts zu sagen. Dann sah sie das Problem noch woanders. Wenn sie sich von Chen abwendet, könnte es sein, dass die Anwalen denken, wir sind gar nicht an einer Verbindung mit ihnen interessiert.

„Ich denke, lass der Natur ihren Lauf. Entweder klappt das mit euch beiden, oder wir, die Menschen und die Anwalen sind nicht, ich sag mal ‚kompatibel' miteinander. Ein anderes Wort fällt mir derzeit nicht ein."

Sie musste dabei grinsen, als sie das sagte. Claudia sah sie mit großen Augen an. Sollte das ihr Ernst sein? Aber je länger sie darüber nachdachte, umso mehr wurde ich klar, sie hatte Recht, eine andere Lösung gibt es nicht. Und warum nicht Vorreiter sein für die Siedler, die alleine kommen werden und sonst dasselbe Problem hätten.

Soji löste sich aus der Pause, die die beiden Frauen gemacht hatten und sagte:

„Ich hoffe, du kannst mit meiner Antwort etwas anfangen. Wollen wir uns morgen treffen, um die Details zu besprechen, wie wir das mit den Journalisten angehen? Ich rufe dann Max an, dass er auch dabei ist, die Kerngruppe sozusagen."

Claudia nickte zustimmend und sagte, dass sie jetzt allein sein will. Sie braucht unbedingt Schlaf. Soji stand auf, nahm ihre Jacke und Tasche und brach auf. Sie drehte sich noch einmal zu ihrer besten Freundin um und sagte, dass sie die Beziehung mit Chen und ihr erst einmal für sich behalten. Sie sollten abwarten, wie sich das entwickelt. Claudia signalisierte Zustimmung und so schwang sie sich auf ihr Fahrrad und fuhr den kurzen Weg nach Hause.

Am nächsten Nachmittag kamen Max und Claudia ziemlich zeitgleich bei Soji an. Ihre Mom freute sich über den Besuch.

„Da kann ich ja gleich für alle das Abendbrot anrichten. Heute gibt es wieder mal meinen von allen geliebten Wirsingeintopf. Gibt es einen besonderen Grund, warum du auch hier bist, Claudia? Ich will ja nicht neugierig sein, aber das interessiert mich schon."

„Wir wollen uns heute Details überlegen, wie wir das mit den Journalisten anfangen. Du, Benjamin und dein Dad, ihr könnt auch gerne dabei sein. Vielleicht hat einer von euch eine gute Idee."

Sie setzten sich auf die Terrasse bei Kaffee und Kuchen und dachten an Rieger und die Anwalen. Es ist schon erstaunlich, dass derzeit nur acht Menschen in diesen Kontakt zu Außerirdischen involviert waren. Und diese Anwalen waren noch nicht einmal blutrünstige Kreaturen, die nur unser aller Ende wollen, nein, sie strahlen Friedfertigkeit und Vorsicht aus und wollen dabei nur unser Bestes. Dass die Menschheit das auch will, darum müssten sie jetzt kämpfen. Jeder wusste, wie kriegslüstern viele Regierungen sind. Und die dürfen nicht zum Zuge kommen, wenn es um das Wissen und die Ressourcen der Anwalen geht.

Max sagte: „Mir ging jetzt so durch den Kopf, dass wir im Grunde von dem Planeten Rieger so gut wie gar nichts wissen. Wir haben ihn bisher nur von der Sonnenseite gesehen. Aber diese verkrüppelten Bäume, so wie sie aussehen, deuten darauf hin, dass dort wettermäßig auch die Post abgehen kann mit Wirbelstürmen und ähnlichem. Vielleicht sollten wir erst einmal mehr darüber erfahren, ehe wir den Kontakt an die große Glocke hängen."

„Ich mache das, ich kümmere mich um diese Informationen," sagte Claudia und fand damit allgemeine Zustimmung.

„Wir können ja zweigleisig fahren. Claudia kümmert sich um mehr Informationen und wir suchen uns Journalisten, die wir einweihen können. Nur wie wollen wir das ganz konkret machen. Meines Wissens gibt es hier in Bielnau keine Zeitungsredaktion. Wir müssen an die großen Verlagshäuser ran. Dad, kannst du nicht einen Vorstoß unternehmen, zum Beispiel bei der Deutschen Welle oder bei Reuters? Max, wenn du damit einverstanden bist, klopfen wir zusammen bei RTL an und Mom, du kümmerst dich um den Springerverlag. Was haltet ihr davon? Geht ihr mit meinen Vorschlägen mit?"

Soji sah fragend in die Runde. Ihre Worte fanden allgemeine Zustimmung. Endlich gab es einen Fahrplan, wie es weitergehen soll. Es wird auf alle Fälle spannend werden, denn keiner wusste, wie die Angesprochenen reagieren werden.

„Ich könnte mich auch bei der ESA umhören," sagte ihr Dad. Alle nickten, denn das war auch eine sehr gute Idee. Er fragte weiter:

„Max, was ist mit deinen Eltern? Haben die nicht Lust, erst einmal Verwandte und Bekannte einzuladen, um mit ihnen nach Rieger zu fliegen?"

„Ich werde sie darauf ansprechen. Wie ich sie kenne, wird es keine Probleme geben, Sie waren auch sehr beeindruckt von den Anwalen. Diese Eindrücke mit anderen zu teilen, ich glaube, sie brennen darauf."

Nach dem Abendessen, der Wirsingeintopf war wieder ein Hochgenuss, verabschiedete sich Claudia, Max blieb bei Soji, worüber sie sich sehr freute.

Kapitel 28

Claudia fuhr mit dem Fahrrad nach Hause, begrüßte ihre Eltern, die es sich im Wohnzimmer gemütlich gemacht hatten, und verschwand in ihrem Zimmer. Sie machte sich etwas frisch und schon war sie nach wenigen schwarzen Sekunden bei Chen angekommen.

Entweder hatte er gerade aus dem Fenster gesehen oder er hatte eine besondere Antenne, wenn sie auftauchte. Jedenfalls war sie noch gar nicht am Haus angekommen, da löste sich die Tür in Nichts auf, und er kam hocherfreut auf sie zu. Sie hörte diese Freude in ihren Gedanken, denn von der Mimik her war davon kaum etwas zu sehen. Obwohl sie das nun schon ein paar Mal erlebt hatte, musste sie sich an dieses Fremdartige noch gewöhnen. So wie sie sich bei ihrem letzten Besuch getrennt hatten, so begrüßte er sie wieder mit einer kurzen Umarmung. Das tat ihr gut, sie fühlte sich angenehm berührt. Sie gingen in sein Haus und nahmen Platz in einer gemütlichen Sitzgruppe. Dann sprang er wieder auf und brachte Gläser und ein Getränk, so wie sie es schon kannte.

„Chen darf ich dir ein paar Fragen stellen? Du weißt doch, wir sind alle sehr wissbegierig."

„Du kannst mich jederzeit alles fragen. Da musst du nicht erst fragen, ob du mich fragen darfst."

Bei dieser Wortspielerei hatte sie sein Grinsen im Kopf. Er war schon lustig. Mit ihm wird es wahrscheinlich nie langweilig werden. Und wieder sah sie ihn an und sah seine wahnsinnig schönen Augen. Ihre Blicke begegneten sich und sie wurde rot im Gesicht. Jetzt bloß nicht zu stottern anfangen. Sie riss sich zusammen.

„Ich weiß, ihr werdet richtig alt. Aber irgendwann geht auch euer Leben zu Ende. Was macht ihr dann mit den Toten? Bei uns gibt es im Grunde zwei Methoden. Entweder werden sie verbrannt oder sie werden in der Erde begraben. Ich will das nicht weiter ausführen, denn bei allem gibt es da noch feine Unterschiede, ebenso in anderen Kulturkreisen, also bei anderen Völkern."

„Wir erschaffen von dem betreffenden Anwalen bei Lebzeiten ein Hologramm, ausgestattet mit künstlicher Intelligenz. So können die Angehörigen auch nach seinem Tod noch mit ihm reden. Das passiert aber nur, wenn sie das wollen. Manche halten das für geschmacklos, es gibt immer noch Gegner und Befürworter. Ich finde es originell, so kann ich mich immer mal mit meiner Mutter austauschen. Sie ist schon vor vielen Jahren gestorben. Ansonsten gibt es nur Seebestattungen, also die Toten werden dem Ozean übergeben. Egal wo man wohnt, die See ist immer erreichbar."

Claudia war beeindruckt, wie offen er über dieses doch intime Thema redete.

„Da bin ich schon bei meiner nächsten Frage:

„Wie ist hier das Wetter, wir waren bisher immer an schönen Sommertagen hier, aber gibt es auch Regen oder Stürme? Wir haben Bäume gesehen, die vom Wind geformt wurden und das wahrscheinlich durch Wirbelstürme."

„Das Wetter ist bei uns relativ konstant, also längere Zeiten mit einer Schönwetterperiode wechseln mit Zeiten, wo es immer wieder lange regnet. Aber es gibt auch Wirbelstürme. Das hängt von den Bedingungen im Ozean ab. Wenn es dort tektonische Bewegungen gibt, und die gibt es doch häufiger, dann wirkt sich das auch auf die Landmasse aus in Form von Stürmen. Wir könnten an so eine stürmische Küste fliegen, damit du einen Eindruck bekommst, wovon ich rede. Was hältst du davon?"

„Ich bin immer für Neues zu haben, um eure Welt besser kennenzulernen. Ist das weit weg? Fliegen wir Hand in Hand?"

„Nein, wir nehmen die fliegende Kugel. Damit sind wir schneller und auch nicht so dem Wetter ausgesetzt."

Sie gingen hinter sein Haus zu einer Art Hangar, dort war dieses Fluggerät untergebracht. Es war wirklich eine gläserne Kugel mit zwei Sitzen. Es war offensichtlich, damit hatte man die beste Rundumsicht. Sie stiegen ein und nahmen Platz. Wie von Geisterhand bewegt, hob sie ab, stieg nach oben und nahm ordentlich Fahrt auf. Das war um Längen schneller als Hand in Hand zu fliegen. Es gab keinerlei Bedienelemente in dieser Kugel außer der Verriegelung der Einstiegsluke, also wurde sie nur mit der Kraft seiner Gedanken bewegt und natürlich durch die Beherrschung der Gravitation.

Nach einer gefühlten kleinen Ewigkeit veränderte sich die Landschaft und am Horizont war der Ozean zu sehen. Es erhoben sich nun schroffe Berge, die bis ans Wasser heran reichten. An diesen Felsen brach sich das Wasser mit großen Gichtfontänen, ein durchaus bekanntes Bild von der Erde. Claudia dachte, na hier ist ja schon mal ordentlich was los. Die Kraft der Wellen war so gigantisch, dass sie erschauerte, als sie nahe herangeflogen waren. Sie würde sich jetzt nicht unbedingt außerhalb der Kugel aufhalten wollen. Die stand bewegungslos in der Luft, obwohl sie starken Wind hatten.

Sie sah zu Chen und erschrak. Seinem Gesicht konnte sie nichts ansehen es sah ruhig und ausgeglichen aus, aber sein Kopf signalisierte ihr große Besorgnis. Sie stupste ihn an und er sah zu ihr.

„Schau dir den Himmel dahinten an, da zieht ein heftiger Sturm auf. Wir sollten schnellstens den Rückweg antreten, denn das kann ungemütlich werden."

Sie nickte nur und schon hatte er die Kugel gedreht und sie flogen zurück zu seinem Haus. Sie waren wieder genauso schnell wie zuvor, aber es wurde zunehmend dunkler. Der Sturm holte sie ein. Sie konnten aber nicht schneller fliegen, wie er ihr signalisierte. Mit dem ruhigen Flug war es vorbei, durch die starken Windböen wurden sie hin und her geschüttelt. Anders als auf der Erde verbanden sich einzelne Windböen zu Wirbeln, die sich wenige Meter über dem Boden drehten. Das sah spektakulär aus, durch den aufgewirbelten Sand konnte sie das Geschehen genau beobachten. Sie hätte es beeindruckend gefunden, wenn sie nicht mittendrin wären. Dann passierte es. Sie waren immer noch über felsigem Gebiet, als eine enorm starke Böe sie nach unten drückte und die Kugel gegen die Felsen knallte. Beide flogen von ihren Sitzen und prallten gegen die inneren Scheiben der Kugel. Das erste Mal hörte sie von Chen einen Schrei. Das klang so gruselig, dass sie bis ins Mark erschrak. Er gab ja sonst keinen Laut von sich. Statt zu reden, projizierte er seine Gedanken in die Gehirne der Gesprächspartner. Er war in dem Punkt wie alle Anwalen. Daran hatte sich Claudia schon gewöhnt. Ein Blick zu Chen zeigte ihr, dass er am Kopf blutete. Sein Blut war hellrot, eher noch orange. Er war benommen und hatte die Augen geschlossen.

„So ein Mist, was mache ich jetzt? Chen, kannst du mich hören?"

Er reagierte nicht auf ihren Zuruf. In ihrer Verzweiflung rüttelte sie an ihm, aber er war offensichtlich bewusstlos.

Sie fasste sich an den Kopf, der wie wild hämmerte. Und sie hatte Blut an den Händen. Sie war also auch am Kopf verletzt. Aber sie konnte klar denken und musste etwas tun. Die Kugel jetzt zu verlassen, konnte tödlich sein. Mit ihrem Körpergewicht hatte sie den Naturgewalten nichts entgegenzusetzen und würde zerschmettern. Sie versuchte, nur an die Kugel zu denken, um sie zu bewegen. Aber das klappte nicht. Sie hatte keinen Zugang zu diesem Fluggerät. Welche

Optionen hatte sie noch? Claudia war am Verzweifeln. Einfach zu blöd war das. Da fliegt sie durch die halbe Milchstraße, um hier zu sterben? Das kann doch nicht sein.

Diese Gedanken brachten Claudia aber die rettende Idee. Zur Erde zu fliegen, dauerte nur Sekunden, hier mit der Gravitation zu reisen bedeutend länger. Sie dachte intensiv an Soji's Zimmer, denn sie wollte mit deren Hilfe Chen retten. Nach wenigen Sekunden war sie angekommen.

Peinlich, peinlich, Claudia tauchte in Soji's Zimmer auf, als die Beiden sich im Bett dem Liebesspiel hingaben. Das fand natürlich abrupt ein Ende und Max war ganz schön sauer. Claudia war das in dem Moment egal. Sie redete sehr schnell, daran erkannte Soji, wie ernst es ihrer Freundin war.

„Ich war bei Chen und fragte ihn unter anderem nach dem Wetter auf Rieger aus. In der Folge hat er mir die stürmische Küste gezeigt, die wir mit einer Art Flugkugel erreicht hatten. Dann kam aber ein richtiger Sturm auf und wir sind abgestürzt. Chen wurde am Kopf getroffen und ist bewusstlos in der Kugel gefangen. Aussteigen kann man nicht, da wird man von dem starken Wind sofort weggerissen. Das ist wahrscheinlich so wie bei uns in einem Tornado. Wir müssen ihm unbedingt helfen und das schnell."

Max stand vom Bett auf und fragte mit gerunzelter Stirn:

„Wieviel passen denn in diese Kugel hinein? Wir müssten zu zweit hinein, Chen unter die Arme greifen und dann zu dritt zu den Anwalen auf ihrem Baum fliegen."

„Also die Kugel ist schon großzügig für zwei Personen bemessen mit zwei bequemen Sitzen," sagte Claudia.

Soji stand ebenfalls auf:

„Leute, was reden wir lange. Wir beamen zu der Kugel und helfen Chen nach Hause. Und los geht's."

„Okay, ich fliege mit Max dorthin und du, Soji, fliegst zu Seo und Taoa, erzählst von dem Unfall und forderst schon mal ärztliche Unterstützung an. Ich denke doch, dass sie einen Arzt haben, der helfen kann."

Dann machten sie sich alle auf den Weg zum Planeten Rieger. Als Claudia und Max bei der Flugkugel ankamen, war der Sturm schon weitergezogen. Dadurch wurde ihre Rettungsmission um einiges einfacher. Chen hing immer noch in seinem Sitz und war bewusstlos. Es waren aber auch nur wenige Minuten vergangen, seit Claudia sich auf den Weg gemacht hatte, um Hilfe zu holen. So hatten sie Glück im Unglück, denn zu dritt passten sie nicht in die Kugel. Max ging in die Kugel und sie blieb draußen. Er zog mit viel Mühe Chen heraus. Das war nicht einfach, aber er schaffte es im ersten Anlauf. Sie schloss die Luke wieder, wer weiß, was mit dem Fluggerät noch passieren wird.

Zu dritt beamten sie sich zu den Anwalen und wurden schon erwartet. Sie suchten das Haus von Chen auf und legten ihn auf sein Bett. Es kam ein Anwale an das Bett, den sie noch nicht kannten, der aber offensichtlich ein Arzt war. Aus seiner Tasche holte er ein bogenförmiges Gerät hervor, welches dann über dem Kopf von Chen schwebte. Sie konnten zusehen, wie seine äußeren Verletzungen verschwanden und das in einer bemerkenswert kurzen Zeit. Dann kam Chen wieder zu sich und schaute irritiert um sich, auch wegen der vielen Anwalen und Menschen, die um ihn herumstanden.

„Was ist passiert? Warum liege ich auf meinem Bett und warum seid ihr alle hier?"

Claudia antwortete: „Kannst du dich erinnern? Wir haben einen Ausflug an die stürmische See unternommen und sind von einem schweren Sturm überrascht worden. Die Kugel stürzte ab und wir haben dich hierhergebracht. Und nun ist ja alles wieder gut."

In ihrer Stimme schwang eine Nuance mit, die Soji und Max aufhorchen ließen. So hörte es sich an, wenn jemand etwas mehr als normale Anteilnahme für den anderen empfindet und heilfroh ist, dass das Problem aus der Welt ist.

Der Arzt hatte seinen Heilbogen noch in der Hand und kam auf Claudia zu.

„Ich habe mich noch nicht vorgestellt. Mein Name lautet Ero. Ich würde dich auch gleich behandeln, da du verletzt bist. Am besten, du legst dich auf das Bett, so geht es ohne Probleme."

Chen war aufgestanden und sie konnte sich hinlegen. Der Heilbogen schwebte über ihrem Kopf. Ero nahm einige Änderungen in den Einstellungen des Gerätes vor und sie spürte nur Wärme im Gesicht. Dann war die Behandlung auch schon zu Ende.

Soji war begeistert und drückte ihre Freundin.

„Nun siehst du wieder aus, als wäre nie etwas passiert. Sogar das ganze Blut in deinem Gesicht ist weg."

Taoa war auch über die schnelle Heilung beglückt und drängte sich in den Vordergrund. Sie wandte sich an alle und sprach:

„Ich finde, das ist ein Grund zum Feiern. Lasst uns den großen Tisch aufbauen, während einige Andere das Essen vorbereiten."

Alle fanden die Idee gut und setzten sie auch gleich um. Das Essen war diesmal neuzeitlicher, so wie die Menschen es gewohnt sind, also haben die Anwalen schon umgesetzt, worüber sie gesprochen hatten. Die Getränke waren sehr gut und es hat allen gemundet. Max sah Claudia ein paar Mal mit prüfenden Blick an, so dass sie schließlich fragte: „Hast du etwas auf dem Herzen? Kann ich dir helfen?"

Max rückte näher an sie heran und fragte sie leise: „Sag mal, läuft da was zwischen dir und Chen? Ich werde den Eindruck nicht los, dass ihr zwei was miteinander habt?"

„Eigentlich geht es dich nichts an, wen ich mir als Partner aussuche. Aber nein, da läuft nichts, noch nicht. Ich weiß nur nicht, wie das mit einem Außerirdischen gehen soll. Damit habe ich ein Problem, wie du dir sicher vorstellen kannst. Ihre Physis ist doch etwas anders als die unsere. Auf der anderen Seite denke ich, wenn hier erst einmal Siedler heimisch werden und Single dabei sind, dann wird es auch zu Verbindungen mit den Anwalen kommen. Da bin ich mir ziemlich sicher. Sie haben etwas an sich, das kann schon betörend sein. Warum sollte ich nicht die Erste sein?"

Max sah sie lange an, sah zu Soji und nickte dann. Damit war das Thema beendet. Sie redeten noch viel über die unterschiedlichsten Themen, es war spannend. Aber dann machte sich Müdigkeit breit und die Runde löste sich auf. Claudia half Taoa noch beim Aufräumen, worüber sich die Anwalin sehr freute. Für Claudia war das selbstverständlich.

Kapitel 29

Soji's Dad kam etwas früher als sonst zur Arbeit und nach und nach auch seine Kollegen. Bei Airbus hatten sie flexible Arbeitszeiten, dadurch hatten die meisten ein Plus auf ihrem Zeitkonto und es war nicht weiter dramatisch, wenn jemand später oder auch früher kam. Als sein Team komplett war und alle die Kaffeetassen in der Hand hielten, machte er eine Ansage:

„Leute, hört mir mal alle zu. Ich habe euch etwas Wichtiges mitzuteilen. Meine Tochter mit ihrem Freund und die Familien der beiden sowie eine weitere Freundin haben Kontakt zu Außerirdischen aufgenommen. Ja ich weiß, das hört sich total bescheuert an, aber es ist so und ich kann es euch beweisen. Ich zeige jetzt Fotos und Videos von dem Planeten und ich kann auch immer zwei von euch mal mitnehmen und ihr erlebt selbst diese fremde Welt."

Zuerst war Ruhe eingekehrt, man hätte die berühmte Nadel fallen hören können. Doch dann fing einer an zu lachen und die Stimmung kippte um. Alle lachten ihn im Grunde genommen aus, denn keiner glaubte das eben Gehörte. Markus hatte damit gerechnet und die Zeit genutzt, die er vor den Kollegen auf Arbeit war, um den Bildschirm im Aufenthaltsraum, mit dem USB-Stick zu koppeln, auf dem sich die Videos und Fotos befanden. Er schaltete das Gerät ein, suchte im Menü den Stick und schon war ein Video zu sehen, wo er sich mit seiner Familie in der Graslandschaft aufhielten, im Hintergrund faszinierte der große Gasplanet am Himmel.

Auf den Gesichtern seiner Kollegen wechselte Erstaunen mit Ungläubigkeit.

„Und das sollen wir dir glauben? Das ist doch eine gut gemachte Fälschung, um uns hier etwas einzureden!"

Auch daran hatte Markus gedacht. Er fasste einfach seinen Teamleiter an der Hand und ebenso seinen engsten Mitarbeiter. Dann dachte er intensiv an Rieger und schon waren sie nach wenigen Sekunden, in denen es um sie herum schwarz wurde, dort angekommen.

Es war wieder einmal herrlich mit anzusehen, wie Menschen reagierten, wenn sie mit dem scheinbar Unmöglichen konfrontiert wurden. Seine beiden Kollegen standen da, bekamen vor Staunen große Augen und den Mund nicht zu.

„Entschuldigt, wenn ich euch einfach hierher entführt habe, aber anders kann man die Menschen scheinbar nicht überzeugen."

Sein Chef fand als erster seine Fassung zurück und fragte:

„Wo sind wir hier? Wie hast du das gemacht, dass wir jetzt hier sind? Ich sehe schon und merke auch an der Luft, wir sind nicht mehr auf der Erde, also was ist hier los?"

Nachdem auch sein bester Kollege wieder zu sich gefunden hatte, sagte Markus:

„Erst einmal merkt ihr, dass ich euch keinen Bären aufgebunden habe. Das ist schon mal gut, denn was ich euch jetzt erzähle, klingt ebenso unwahrscheinlich, ist aber wahr. Wir sind ungefähr 46 Lichtjahre von der Erde entfernt. Diese gewaltige Distanz wird nur durch die Kraft der Gedanken mittels Raum- und Zeitkrümmung überwunden. Hier wohnen die Anwalen und wir werden sie gleich besuchen. Durch sie haben wir die Fähigkeit erworben, solche Reisen durchzuführen. Wenn ihr wollt, könnt ihr das genauso erlernen."

„Warum sollten sie das tun? Was haben sie davon?"

„Sie sind ein sterbendes Volk und möchten, dass wir diesen Planeten, den wir Rieger getauft haben, besiedeln, um der Erde

Gelegenheit zu geben, sich zu erholen. Sie haben früher, und mit früher meine ich tausende von Jahren, dieselben Probleme wie wir jetzt gehabt, Umwelt-verschmutzung, Überbevölkerung und Klimawandel. Sie sind mittlerweile so weit entwickelt, dass sie den Planeten nicht mehr benötigen und ihm Zeit ließen, sich zu regenerieren.

Soviel erst einmal. Ich will euch jetzt zeigen, wo und wie sie leben. Nicht erschrecken, denn jetzt geht die Post ab."

Er fasste die beiden Kollegen wieder an den Händen und sie flogen in hohem Tempo auf die schwebenden Bäume zu. Dort angekommen, war es schon imposant, riesige Bäume am Himmel zu sehen. Markus landete auf dem Wohnbaum der Anwalen genau auf dem Platz vor Seo's Haus. Der kam auch schon heraus und auf sie zu. Das war beeindruckend, wie er in seiner weißen Tunika auf sie zu schwebte. Und seine Kollegen hatten damit zu tun, die neuen gewaltigen Eindrücke zu verarbeiten. Seo lächelte zu Markus hinüber und ließ ihnen Zeit. Dann umarmten sich die beiden und Seo schaute den Kollegen in die Augen. Nun konnten sie verstehen, was er sagte. Sie hatten auch damit ihre Probleme, ein fremdartiges Gesicht ohne die gewohnte Mimik zu sehen und trotzdem die Worte im Kopf zu hören und zu verstehen.

„Ich heiße euch willkommen. Ich freue mich, dass auch ihr den Wunsch habt, uns zu besuchen. Ich zeige euch mein Haus und meine Frau Taoa könnt ihr auch kennenlernen."

So geschah es dann auch. Die Kollegen von Markus staunten und waren überrascht, mehr als das, denn damit hatten sie nicht gerechnet, was sie hier zu sehen bekamen. Doch dann sah der Teamchef demonstrativ auf seine Armbanduhr und es ging zurück. Sie verabschiedeten sich ganz herzlich und schon waren sie in ihrem Aufenthaltsraum. Wieder brachte sie die nicht vorhandene Reisezeit in Schwierigkeiten. Das war wirklich schwer zu begreifen. In dem Moment war man noch dort, im nächsten wieder zu Hause. Es war eine halbe Stunde vergangen, die anderen Kollegen hatten ihre Arbeit aufgenommen. So viel niemanden auf, wie die drei wie aus dem Nichts von einem Moment zum anderen wieder im Aufenthaltsraum ankamen. Markus beobachtete seine zwei Kollegen, wie sie in sich gekehrt waren und damit zu tun hatten, dass eben Erlebte zu verkraften.

In der Mittagspause, die sie in der Kantine verbrachten, saßen alle an einem Tisch, vor sich das gewählte Mittagsmenü. Hier wurde noch selbst gekocht, es schmeckte hervorragend und deshalb ließ sich niemand das Essen entgehen. Dann ging die Diskussion los. Ein Kollege fragte:

„Ihr ward auf einmal wie vom Erdboden verschluckt. Wir haben überall gesucht, aber ohne Ergebnis. Dann seid ihr wieder aufgetaucht, so mir nichts dir nichts, als wenn nie etwas gewesen wäre. Das müsst ihr schon erklären."

Der Teamleiter antwortete: „Markus hatte recht mit seiner Erklärung, Kontakt zu Außerirdischen aufgenommen zu haben. Er hat uns quasi zu dieser fremden Welt mitgenommen, das Video, welches ihr gesehen habt, ist also wahr. Wir konnten auch mit den Anwalen, so nennen sich die Außerirdischen, reden und sie haben uns ihr Haus gezeigt. Das sieht richtig gut aus und ich habe den Eindruck, es sind sehr nette und freundliche Alien. Sie sind uns in vielem sehr ähnlich. Leider hatten wir nicht viel Zeit. Aber wir waren zu dritt dort. Wir könnten einen weiteren Besuch nach der Arbeit starten, indem wir drei wiederum zwei weitere von Euch mitnehmen. Wir haben uns schon angekündigt und werden erwartet. Ich kann nur sagen, es lohnt sich."

Wie nach einer Gedenkminute waren alle erst einmal sprachlos, doch dann ging die Diskussion los. Alle redeten durcheinander und es wurde ziemlich laut, so dass die

Mitarbeiter aus anderen Bereichen schon interessiert aufschauten. Ihr Teamleiter stand auf und machte eine Ansage:

„Wir gehen jetzt alle in unseren Aufenthaltsraum und dann klären wir das Ganze, ehe alle ihrer Arbeit nachgehen."

Wie gesagt, so geschah es dann auch. Auf die Frage, wer denn nach der Arbeit mitfliegen will, meldeten sich fast alle. Also wurden sechs ausgewählt. Stunden später wiederholte sich alles, was die drei am Morgen erlebt hatten. Ein Kollege musste sich übergeben, so sehr hatte ihn dieses Erlebnis mitgenommen.

Markus konnte nur über die Duplizität des schon mehrfach Erlebten staunen. Die Menschen waren in ihrem Wesen so unterschiedlich, jeder hatte seinen eigenen Lebenslauf, aber bei diesen Ereignissen zeigten sich alle in ihrem Erleben und Begreifen gleich.

Sie hatten alle fotografiert und Videoclips gefilmt und waren Feuer und Flamme, ihre Angehörigen und Bekannten einzuweihen. Markus hatte nur langsam Sorge, dass es den Anwalen zu viel werden könnte, wenn laufend andere Menschen vor ihren Türen stehen und sich informieren wollen. Aber dann dachte er, dass ist deren Sorge, schließlich hatten sie das vorgeschlagen.

Spät kam er an diesem Tag nach Hause und war erschöpft. Das alles hatte ihn ganz schön mitgenommen. Seine Familie und auch Max waren noch wach und wollten natürlich wissen, wie es gelaufen war bei Airbus mit den Kollegen und ob sie Kontakt aufgenommen hatten. Als er erzählte, hingen sie regelrecht an seinen Lippen. Dann sagte er:

„Nun aber genug von mir. Wer konnte wie besprochen etwas erreichen?"

Soji und Max hatten sich mit dem Sender RTL in Verbindung gesetzt und erreicht, dass in zwei Tagen ein Reporter mit Kameramann zu ihnen kommt. Beim Springerverlag konnte

Daniela noch nicht mit den zuständigen Leuten sprechen. Aber sie bleibt dran.

„Das ist doch schon mal ein guter Anfang, diesen Kontakt bekannt zu machen. Ich freue mich, wenn sich unsere Gedanken und Vorstellungen in die Tat umsetzen lassen. Aber nun lasst uns zu Bett gehen, morgen wird wieder ein aufregender Tag."

Soji's Dad stand auf und ihre Mom folgte ihm. Max umarmte Soji und zog sie hoch. Das war für sie ein deutliches Zeichen, was in den nächsten Minuten passieren wird. Sie lächelte ihn an wie am ersten Tag ihrer Beziehung und er lächelte zurück.

Am nächsten Morgen fanden sich alle am Frühstückstisch ein und man sah ihnen an, ihr Schlaf in der Nacht war kurz gewesen, warum auch immer. Jeder machte sich da so seine Gedanken. Soji's Mom wollte heute bei Springer einen erneuten Versuch starten und ihr Dad wollte nach der Arbeit bei der Deutschen Welle auftreten.

Am Abend zogen sie dann ein Resümee und stellten fest, dass sie an diesem Tag nichts erreicht hatten. Es war wirklich nicht einfach, das wurde allen wieder bewusst.

Den nächsten Tag kann der Reporter von RTL mit seinem Kameramann zu Max und Soji. Er stellte sich mit Klaus Lennert vor, sein Kollege hieß Maximilian Loot, wurde aber auch nur Max gerufen. Soji bat sie, auf die Terrasse zu kommen und dort Platz zu nehmen. Max stellte Getränke und Gläser auf den Tisch. Dann setzte er sich auch.

„Wir können uns auch duzen, das macht das Interview leichter. Mein Name ist Klaus und den da nennen wir Max."

Er grinste, als er das sagte. Dieser Reporter hatte etwas an sich, dass ihn sofort sympathisch machte. Er baute eine Vertrautheit auf, die wahrscheinlich in seinem Beruf unerlässlich war. Soji betrachtete ihn sehr interessiert.

Klaus sagte: „Nun erzählt mal eure Geschichte. Ihr habt es am Telefon ja so richtig spannend gemacht."

Soji war etwas schüchtern, denn das rote Lämpchen an der Kamera, welches ihr sagte, dass sie aufgenommen wird, irritierte sie. Max drückte ihre Hand und das half. Sie holte tief Luft und fing die Geschichte von hinten an zu erzählen.

Wir stehen in Kontakt mit den Anwalen, einem Volk auf einem 46 Lichtjahre entfernten Planeten. Dieser ist fast so wie die Erde und umkreist einen riesigen Gasplaneten, ähnlich dem Jupiter. Wir waren jetzt einige Male dort und haben diese Außerirdischen etwas kennengelernt. Eine Delegation von ihnen war auch schon einmal hier und hat genau an diesem Tisch gesessen. Der Flug dorthin dauert nur wenige Sekunden, das hängt mit der Raum-Zeitkrümmung zusammen, die die Anwalen perfekt beherrschen. Nur mit der Kraft der Gedanken initiiert man das. Sie haben uns diese Befähigung geschenkt."

Soji hielt inne, sie wusste, was sie eben gesagt hatte, provozierte regelrecht viele Fragen. Max öffnete sein Notebook und startete ein Video, wo sie beide in der Graslandschaft zu sehen waren, im Hintergrund der Gasriese. Dann kam ein kurzer Clip vom Festessen am großen Tisch bei den Anwalen vor Seo und Taoa's Haus. Er klappte das Notebook wieder zu und sah die Beiden erwartungsvoll an.

Klaus musste sich räuspern, war aber stumm und in sich gekehrt, ebenso der Kameramann Maximilian, der die Kamera ausgeschaltet hatte. Dann konnten Soji und Max wieder dieselbe Reaktion der Ungläubigen erleben, die nicht so leicht zu überzeugen sind. Sie hatten schon die Frage erwartet:

„Und das sollen wir euch glauben? Das Video ist gut gemacht, aber überzeugen kann mich das nicht. Vor allem stellt sich mir die Frage, wieso bekommt gerade ihr Kontakt? Und wie soll das Ganze angefangen haben?"

Klaus streckte sich und stand auf. Es sah so aus, als wollte er gehen. Deshalb stand auch Maximilian auf und schulterte die Kamera. Soji ergriff die Gelegenheit beim Schopf und nahm die Hand von Klaus und dem Kameramann Max und schon befanden sie sich in der Graslandschaft auf Rieger. Wieder sahen sie zwei Menschen, die vollkommen überrumpelt mit großen Augen und offenen Mund versuchten, das Umfeld zu begreifen und zu verarbeiten. Soji und Max ließen ihnen die Zeit, die sie brauchten, um einen klaren Gedanken zu fassen. Der Kameramann war der erste, er hob die Kamera und filmte. Klaus kam zu sich und schaute die Beiden tiefgründig an.

„Na das ist ja ein Ding! Ich dachte noch, da sind wir wieder einmal solchen Spinnern auf den Leim gegangen und nun das hier. Ich bin wirklich überrascht. Das hätte ich nicht erwartet."

Maximilian blickte nach oben und sah das schwarze Dreieck der gekoppelten Flugtiere. Mit erhobenen Daumen signalisierte er, dass er diese im Kasten hatte, wie die Fotografen zu einer gelungen Aufnahme sagten.

Klaus war von der Gegend sehr beeindruckt. Die Graslandschaft erstreckte sich von Horizont zu Horizont, nur Gras, soweit das Auge reichte und das ohne jede Unterbrechung bis auf einige Maulwurfshügel, wenn es denn solche waren.

„Und hier sollen eure Außerirdischen wohnen? Wir sehen keinen."

Max machte einen Schritt auf sie zu: „Kommt, wir werden sie jetzt besuchen."

Er und Soji nahmen ihre Gäste an die Hand und flogen in großer Höhe mit hoher Geschwindigkeit auf die schwebenden Bäume zu. Sie verharrten einen Moment, um den Eindruck genießen zu können, dann flogen sie zu Seo's Haus und landeten auf dem Platz vor seiner Tür.

Sie merkten sofort, es war anders als das letzte Mal ihres Hierseins. Sie sahen Menschen, die mit den Anwalen ins Gespräch vertieft waren. Das war ein so zukunftsträchtiger Anblick, dass sie eine Gänsehaut bekamen. Sie wurden auch nicht von Seo und Taoa begrüßt, die hatten mit anderen Gästen zu tun. Dafür verschwand die Tür des Nachbarhauses und Yty kam auf sie zu. Er begrüßte sie herzlich, indem er jeden kurz umarmte. Der Reporter und sein Kameramann waren etwas irritiert, denn mit dieser Begrüßung durch einen Fremden, der auch noch ein Alien war, hatten sie nicht gerechnet. Yty schaute den beiden Neuankömmlingen tief in die Augen und dann konnten sie ihn sprechen hören.

„Herzlich willkommen, ich freue mich, dass ihr hier seid. Und wenn ich es richtig sehe, seid ihr offensichtlich von einem Nachrichtensender und wollt von uns berichten?"

Er schaute interessiert auf die Kamera, das war doch etwas anderes als die Handys, mit denen bisher gefilmt wurde.

Klaus antwortete: „Wir sind noch vollkommen erschlagen von den vielen neuen Eindrücken und müssen sie erst einmal verarbeiten. Aber ja, es ist richtig, wir werden über euch und alles hier in den Nachrichten berichten. Ich freue mich schon über die vielen anderen verdutzten Gesichter, die das nicht glauben wollen, was sie von RTL - Entschuldigung - das ist der Name des Nachrichtensenders, aufgetischt bekommen. Und das wird die Runde machen, da bin ich mir sicher. Wenn erst einer das glaubhaft berichtet, werden alle anderen Sender auf der ganzen Welt folgen."

Maximilian hatte alles mit der Kamera festgehalten. Der Anwale brauchte ein wenig, bis er den schnell gesprochenen Inhalt des von Klaus Gesagten verarbeitet hatte.

Max fragte: „Wo kommen die vielen Leute her? Sind das alles Kollegen deines Vaters, Soji? Wenn das sich weiter entwickelt, müssen noch mehr Anwalen das Begrüßungskomitee bilden."

Soji hatte gerade ähnliche Gedanken: „Ich denke schon, dass es Kollegen meines Dad sind. Vielleicht treffen wir auch deinen Vater hier und seine Bekannten? Er wollte doch auch, dass sie eingeweiht werden?"

Max nickte zustimmend.

„Kommt, schauen wir uns noch das Haus von Yty und Ilea an, dann denke ich, habt ihr erst einmal genug zu verdauen."

Max schaute zu Yty und der nickte zustimmend. Wieder war das Kamerateam von RTL tief beeindruckt wie die Anwalen lebten. Es war gar nicht so viel anders als auf der Erde. Dann verabschiedeten sie sich von den Beiden mit einer kurzen Umarmung und wenige Sekunden später standen sie auf der Terrasse von Soji und ihren Eltern. Alle Beteiligten hatten mächtig mit der fehlenden Reisezeit zu kämpfen. Maximilian wurde sogar schlecht und er übergab sich sehr unelegant in Moms geliebten Rosenbusch

Es ging auf die Nacht zu, sie waren doch über eine Stunde auf Rieger gewesen. Soji sah Klaus mit fragendem Gesicht an.

„Und glaubt ihr uns jetzt, dass wir Kontakt mit Außerirdischen aufgenommen haben?"

Die Beiden nickten zustimmend.

„Wir verabschieden uns jetzt. Der Bericht soll ja morgen gesendet werden und da ist noch etwas Nacharbeit nötig."

Dann waren Soji und Max wieder allein. Ihre Mom und Dad hielten sich im Wohnzimmer auf und fragten natürlich, wie es gelaufen ist.

„Wir sollten morgen unbedingt Nachrichten sehen, dann wissen wir, ob wir Erfolg hatten. Und wie es gelaufen ist, besprechen wir auch morgen, wir gehen jetzt ins Bett."

Kapitel 30

In den Nachrichten kam kein Bericht über den Kontakt zu den Anwalen. Soji wartete auch noch die Mittagsmeldungen ab, dann rief sie Klaus an. Er hatte ihr seine Visitenkarte gegeben und so hatte sie seine Nummer.

„Was ist los bei RTL? Könnt ihr nicht oder wollt ihr nicht? Wir waren uns doch einig, dass ihr eure Erlebnisse öffentlich macht."

„Erst einmal ist es schön, von dir zu hören. Wir haben das Problem, dass der Produktionsleiter uns nicht glaubt und denkt, wir sind einem großen Schwindel erlegen. Ich hatte noch keine Gelegenheit, ihn an der Hand zu fassen und mit ihm nach Rieger zu fliegen, damit sich seine Meinung ändert und wir die Bombe platzen lassen können. Das ist leider der Stand der Dinge. Aber glaube mir, ich bin dran, so eine Story, die alles in der Welt verändern wird, bekommt man nicht alle Tage."

„Also müssen wir uns in Geduld fassen. Andererseits wird es eh bekannt werden, denk mal an die vielen Leute, die momentan Rieger besuchen. Lokale Zeitungen werden darüber berichten. Dann seid ihr nicht mehr die Ersten."

Soji beendete das Gespräch und war enttäuscht. Bei diesem Sender hat es erst einmal nicht geklappt. Sie beendete ihre Mittagspause und ging ihrer Arbeit im Altenpflegeheim nach. Das machte ihr immer noch viel Freude, sich um die alten Menschen zu kümmern und ihnen Beiseite zu stehen. Wenn sie nicht schon andere Vorstellungen für ihre Zukunft hätte, wie ein Studium der Quantenphysik, könnte sie sich auch die Arbeit im Pflegebereich dauerhaft vorstellen und in dieser Richtung eine Ausbildung durchlaufen.

Auf der anderen Seite hatte sie sich jetzt überlegt, ob ein Studium überhaupt noch Sinn macht, könnten die Anwalen doch die besseren Lehrmeister sein, denn sie beherrschten die Quantenphysik in Perfektion.

Zur Bekanntmachung ihres Kontaktes mit den Bewohnern von Rieger hatte sie eine neue verrückte Idee, die sie unbedingt mit Max, Claudia und ihrem Dad besprechen muss. Deshalb rief sie alle der Reihe nach an und vereinbarte ein Treffen heute nach der Arbeit. Und natürlich war auch ihre Mom dabei. Da das Wetter mitspielte, saßen alle auf der Terrasse bei Kaffee und Kuchen.

„Soji leg los, wir sind ganz gespannt", sagte ihr Dad.

„Wir sollten überlegen, ob wir nicht noch andere Kanäle für unsere Bekanntmachung nutzen sollten. Ich habe einen Account bei Instagram, den ich total vernachlässigt habe. Deshalb folgen mir da auch nicht viele. Aber wenn wir jemanden gewinnen mit vielen Followern, dann hätte das schon mal eine große Wirkung. Aber meine Idee ist eigentlich, wir müssten Astronauten und bekannte Schauspieler einweihen und ihre Zweifel zerstreuen, wenn wir sie nach Rieger mitnehmen."

Max meinte: „Was mir in letzter Zeit durch den Kopf geht, wenn es zur Besiedelung auf Rieger kommt, wie können wir sicherstellen, dass die schrägen Elemente wie Diebe und Dealer nicht nach Rieger kommen. Und wenn das doch einmal passiert, dass sie sofort zur Erde zurückkehren müssen."

Ihr Dad sagte: „Ja, das ist ein Problem, welches wir zu gegebener Zeit angehen sollten. Aber zur Idee von Soji: Durch die ESA kenne ich auch viele bekannte Persönlichkeiten wie zum Beispiel den Astronauten Alexander Gerst, der schon zwei Mal auf der ISS gewesen ist, oder auch Elon Musk, wo sich unsere Aufenthalte bei der ESA gekreuzt hatten und wir uns unterhalten konnten. Auch wenn immer mehr heutzutage über ihn meckern, ich finde, er ist einer der klügsten Köpfe unserer Zeit, der seine Ziele umzusetzen weiß. Aber denkt auch mal an Arnold Schwarzenegger, den kennt jeder auf der Welt. Wenn der Kontakt mit den Anwalen hat und das publik macht, dann glauben das bestimmt alle, die davon erfahren. Wer kümmert sich um die Kontaktaufnahme?"

„Ich übernehme das. Ihr habt ja alle noch zu tun mit euren Aufgaben." Claudia stand kurz auf, als sie das sagte.

Alle stimmten ihr zu. Dann merkten sie, der anstrengende Tag verlangte Erholung und so verabschiedeten sich Max und Claudia. Soji wollte später noch zu Max fahren und hören, ob seine Eltern weitere Kontakte knüpfen konnten.

So saßen Markus und Daniela, die Eltern von Soji nebeneinander auf der Couch und dachten an das Gleiche, der Kontakt zu den Anwalen. Daniela seufzte tief auf:

„Denkst du, dass das richtig ist, was wir hier machen? Bis jetzt hat sich das alles so familiär entwickelt, man kann sagen, wir sind auf dem besten Wege, Freunde zu werden. Aber wenn in Zukunft so viele uns unbekannte Leute ebenfalls den Kontakt pflegen, sich dann dort ansiedeln, immer mal auf eine Stippvisite hier auf der Erde vorbeischauen, als ob sie gar nicht richtig weg sind, das gefällt mir irgendwie nicht. Sie nehmen ihren Komfort, ihren Lebensstandard mit, atmen aber die bessere Luft und haben nicht mit Mücken und Wespen zu tun. Es sei denn, die siedelt jemand mit an.

Und was wollen wir machen, wenn Vertreter großer Konzerne nach Bodenschätzen suchen und Rieger entsprechend ausbeuten wollen?"

Markus spürte, wie verzweifelt seine Frau war. Und im Grunde erging es ihm ähnlich. Wir sind dabei, den freundschaftlichen Kontakt zu untergraben. Obwohl der Vorschlag von den Anwalen selbst kam, ihre Ahnung, dass die

Menschen dieses großzügige Angebot nicht zu schätzen wissen, musste er teilen.

Er sagte: „Wir müssen noch einmal mit Seo und seinen Freunden reden. Soji hatte schon den richtigen Gedanken mit der Handhabung der Zuwanderung wie in dem Film ‚Terra Nova'. Wenn die Anwalen die Fähigkeit, selbst zu fliegen, erst nach einer Prüfung vergeben, würde ich mich wohler fühlen. Wir sind in Kontakt getreten ohne jeden Hintergedanken, wie beim Erstkontakt mit noch nicht entdeckten Ureinwohnern von Papua-Neuguinea, wo das reine Interesse und die Neugier an der Lebensweise zählt. Und man möchte sie gerne zu Freunden haben und eigentlich nichts weiter. Natürlich würde ich mich freuen, wenn sie uns bei der Errichtung von Fusionskraftwerken unterstützen und wir auf der Welt so das leidige Energieproblem los sind. Aber fordern würde ich das auf keinen Fall.

Ich glaube, wir sollten uns bei Seo und Taoa umgehend sehen lassen und das mit ihnen besprechen. Was meinst du dazu?"

Daniela nickte und stand auf. „Na dann los!"

Innerhalb weniger Sekunden standen sie vor dem Haus der beiden Anwalen. Es war hier auch schon Abend, die Sonne hatte sich hinter dem Gasriesen versteckt, trotzdem war es noch so hell, dass man alles erkennen konnte. Ein besonderes Licht, dass ihnen so noch nicht aufgefallen ist, umschmeichelte alle Linien und Konturen. Sie hatten das Gefühl, hier will ich leben, hier geht es mir gut. Diese Stimmung war schon etwas Außergewöhnliches. Was sie auch feststellten, es war in dieser Ansiedlung Ruhe eingekehrt, keine anderen Menschen oder Anwalen belebten die Wege.

Seo kam mit seiner Frau auf sie zu. Es war wieder herzerwärmend, wie sie sich freuten, sie zu sehen. Nach einer kurzen Umarmung geleiteten sie die Menschen in ihr Haus.

Taoa stellte Gläser und den gut schmeckenden Wein in der berühmten Karaffe auf den Tisch. Dann berichteten die Hagemanns von den letzten Ereignissen und Gesprächen und worüber sie sich Sorgen machten. Nach einer Pause, sie konnten Seo und Taoa ansehen, wie sie das Gehörte verarbeiteten, antwortete der Anwale in ihren Köpfen ohne jede Mimik, was die Fremdartigkeit wieder so deutlich machte und vielleicht auch deshalb seinen Worten mehr Gewicht verlieh:

„Wir haben euch als Volk wahrscheinlich doch überschätzt, wir waren der Annahme, ihr habt euch in den tausenden von Jahren seit unserem letzten Besuch bei euch weiter entwickelt. Und so, wie wir euch erlebt haben, konnten wir das auch wirklich annehmen. Aber natürlich habt ihr recht, wir sollten bei der Vergabe der Reisemöglichkeiten zu uns genau schauen, wem wir dieses Privileg einräumen. Dafür benötigen wir eure Hilfe. Denn wir wissen nicht, mit wem wir es zu tun haben. Wie das aber ganz konkret laufen soll, kann ich mir noch nicht vorstellen."

„Da sind wir uns also einig. Wir freuen uns darüber. Jetzt aber mal eine andere Frage: Ihr steht uns jederzeit zur Seite, habt immer Zeit für uns. Seid ihr Rentner, wie lange habt ihr in eurem Leben gearbeitet? Gibt es überhaupt jemanden bei euch, der noch arbeitet?"

Markus lehnte sich zurück und sah Seo und Taoa erwartungsvoll an.

„Du hast das schon richtig erkannt. Bei uns muss niemand mehr arbeiten. Die Herstellung alles Nötigen läuft vollautomatisch ab. Aber fast alle bringen sich irgendwie in die Gesellschaft ein. Was wir gut finden, denn nur einmal als Beispiel genannt, wenn sich die Anwalen in der Ausbildung des Nachwuchses, in der Medizin oder in der Betreuung und Pflege von Bedürftigen einbringen, machen sie das, um Freude in ihrem Leben zu haben. Aber nötig ist es nicht, auch hier können entsprechende Roboter mit KI diese Aufgaben übernehmen."

„Und ihr, womit beschäftigt ihr Euch?"

„Wir haben uns zur Aufgabe gemacht, Euch zu betreuen und die Integration von Menschen in unseren Lebenskreis voranzutreiben. Da macht die ganze Siedlung mit."

Markus und Daniela konnten hören, dass sich Seo innerlich bei dem Thema amüsierte. Das gefiel ihnen, zeigte es doch, dass sie das alles nicht so ernst sahen. Die zweite Karaffe mit dem köstlichen Wein wurde eingeschenkt. Langsam wurde die Stimmung richtig gut und sogar ausgelassen.

Ein weiteres Thema war die Erde, denn die Anwalen kannten sie ja nur aus Berichten, die vor mehreren tausend Jahren verfasst wurden. Natürlich schwärmten die Beiden, denn sie lebten ja auf der Sonnenseite, hatten nach wie vor nichts auszustehen, es ging ihnen richtig gut im Vergleich zu vielen Millionen anderer Menschen, die ums Überleben kämpften. Sie waren gesund, ebenso die Kinder, die auf dem richtigen Weg waren, um diesen nach ihren eigenen Vorstellungen zu gestalten. Mehr konnte man sich nicht wünschen. Und nun kam noch der Kontakt zu außerordentlich freundlichen Anwalen hinzu, welcher ihrem Leben noch einmal eine unerwartete Wendung gab.

Markus sagte: „Wenn es dann möglich ist, sind wir die ersten, die euch unseren Planeten zeigen werden. Er hat immer noch eine Menge zu bieten an Naturschönheiten, die man gesehen haben muss."

Das war wie ein Schlusswort. Die Zeit war weit fortgeschritten, die beiden verabschiedeten sich mit einer kurzen Umarmung, die sie bereits kannten, und flogen in wenigen Sekunden nach Hause.

Kapitel 31

Chen saß im Schaukelstuhl vor seinem Haus und hielt ihn sanft in Bewegung. Er war ganz in Gedanken versunken und hatte die Welt um sich herum ausgeblendet. Ständig musste er an dieses Mädchen Claudia von der Erde denken. Das war schon bemerkenswert, dass sich seine Gedanken nur um sie drehten. Er überlegte, ob er sie nicht mit einem Besuch überraschen sollte. Aber das scheiterte schon aus ganz banalen Gründen. Er kannte nur ihren Vornamen, wusste nicht, wo sie wohnte und es war unklar, wie ihre Eltern reagieren würden, da sie sein Dasein vollkommen ignorierten. Er könnte zu Soji und ihren Eltern fliegen, den Weg kannte er. Sie würden ihm bestimmt helfen. Aber das Problem mit Claudias Eltern blieb. Also verwarf er das Ganze. Nur was sollte er machen, um sie wiederzusehen?

Sein Blick verklärte sich. Er dachte an die gemeinsamen Erlebnisse und sein Wunsch, sie wiederzusehen, verstärkte sich ins Schmerzhafte. Irgendwie muss ich das hinbekommen. Ich werde noch etwas warten, denn die Menschen, die er bisher kennen gelernt hatte, müssen ja alle noch arbeiten. Derzeit würde er wohl niemanden, weder Soji noch ihre Eltern antreffen.

Die Sonne beleuchtete sie von hinten, so dass ihr Schattenbild von Strahlen umgeben war. Was für ein Anblick!

Auf einmal stand Claudia vor seinem Haus. Chens Herz machte einen Riesensprung, seine Freude war nicht zu beschreiben. Er ging schnell auf sie zu und sie trafen sich auf halbe Wege. Die Umarmung war länger als sonst und innig. Claudia registrierte das und freute sich, dass er sie offensichtlich vermisst hatte. Und wie gut er roch, das war einfach unbeschreiblich. Das war so eine Gemeinsamkeit mit den Männern auf der Erde, die sich zu präsentieren wussten. Sie sah in seine Augen und er in ihre. Und sie ließ es geschehen. Da war es wieder, dieses Wow und das erste Mal hatte sie Schmetterlinge im Bauch. Dieser Gefühlsausbruch machte etwas mit ihr. Sie wurde in ihrem Wesen weicher und anschmiegsamer. Noch hatten sie Abstand zueinander, aber das würde wahrscheinlich nicht lange so bleiben. Dann dachte sie wieder an die Anwalin, die sie in seiner Nähe gesehen hatte und die Schmetterlinge flogen wieder davon. Claudia war sich unschlüssig, ob sie ihn darauf ansprechen sollte, denn eigentlich sollte sie das nicht interessieren.

Sie gingen in sein Haus und er lud sie ein, auf einer der Sitzgelegenheiten Platz zu nehmen. Sie sahen aus wie diese großen Sitzsäcke, nur nahmen diese beim Hinsetzen Form an und schmiegten sich gekonnt an den eigenen Körper. Dann brachte er dieses köstliche, perlende Getränk in zwei Gläsern.

„Stoßen wir an auf ein paar schöne gemeinsame Stunden. Ich freue mich so sehr, dass du gekommen bist. Ich hatte schon überlegt, zu dir zu kommen, aber das ist nicht so einfach und nur auf Umwegen möglich. Ich kenne deine Adresse nicht, und ich weiß auch nicht, wie deine Eltern reagieren, wenn sie mich sehen. Wahrscheinlich nicht sehr positiv, weil sie sich überrumpelt fühlen. Und das wäre kein guter Start, um sich kennenzulernen."

Claudia nickte und lächelte ihn an. Chen fragte sie: „Wenn ich das richtig mitbekommen habe, habt ihr zwei Namen, einen Namen und einen Vornamen. Deinen Vornamen kenne ich, aber deinen Nachnamen nicht. Wir haben nur einen Namen und ich heiße Chen."

In ihrem Kopf sah sie sein Grinsen und er verbeugte sich vor ihr mit einem Ausfallschritt. Sie dachte, wie die Herrschaften im Rokoko, die benahmen sich wohl auch so. Wie er das machte, brachte er sie zum Lachen und so hatte er sich das auch gedacht.

„Mein Nachname ist Henning. Der steht auch auf dem Klingelschild, solltest du doch einmal bei mir vorbeikommen. Das Misstrauen meiner Eltern müssen wir irgendwie aus der Welt schaffen. Denn so kann ich dich nicht als meinen Freund vorstellen, das würden sie wahrscheinlich überhaupt nicht verstehen und total ablehnen."

Mit dem Gedanken an diese Situation war die lustige Stimmung für einen Moment unterbrochen.

Claudia sagte: „Ich werde sie überrumpeln müssen. Ich nehme sie zu dir mit und sie werden aus dem Staunen nicht herauskommen. Und wenn du zu ihnen den Kontakt hergestellt hast, sie deine Worte im Kopf hören und nicht akustisch, dann glauben sie nicht mehr an Fakes. Und vielleicht ist bis dahin der Kontakt zu euch schon in allen Nachrichten und die Welt weiß Bescheid.

Aber lassen wir das Thema mit meinen Eltern. Was machen wir beide jetzt? Wollen wir noch ein wenig deine Welt erkunden? Darauf hätte ich Lust. Wir müssen ja nicht gleich wieder in einen Sturm fliegen."

„Das ist eine gute Idee. Ich weiß auch schon, was wir uns ansehen werden. Anwal hat noch eine Menge zu bieten. Da das doch ein ganzes Stück entfernt ist, werden wir uns hin Beamen, wie du so schön sagst."

Von der Garderobe nahm er sich eine Jacke und hatte auch für Claudia eine. Die war ihr viel zu groß, aber das spielte in dem Moment keine Rolle. Er fasste sie an der Hand und schon wurde es um sie herum schwarz. Nach wenigen Sekunden waren sie angekommen. Sie sah sich um und staunte wieder mal mit offenen Mund über das, was sich vor ihr ausbreitete. Sie waren hoch ins Gebirge geflogen, wo es schon keine Vegetation mehr gab und ein kühler frischer Wind wehte. Und sie sahen auf Berge, die in Wellenlinien fast waagerecht mit bunten Streifen glänzten. Sie müssen eine kristalline Struktur haben, dass sie so in der Sonne und dem Licht des großen Gasplaneten schillerten. Das war einfach umwerfend. Claudia zückte ihr Handy und filmte einen Rundumblick. Chen war auch auf dem Video zu sehen. Es war ihr mittlerweile egal, sollten sie doch alle sehen, dass sie dieses Highlight mit ihm zusammen erlebte.

Chen sah sich suchend um und nach kurzer Zeit war er fündig geworden. Er zog seine Jacke aus und legte sie auf einen großen flachen Stein, der wie eine Bank zum Sitzen einlud. Sie setzte sich dicht neben ihn und sie genossen diesen wundervollen Ausblick. Claudia merkte, wie er vor Kälte zu zittern anfing. Kurzerhand zog sie einen Ärmel ihrer Jacke aus und legte sie um sie beide herum. Dafür musste sie noch näher an ihn heranrücken, so dass sie sich ganz zart berührten. Er erschauerte und sie wusste nicht, ob jetzt vor Kälte oder vor ihrem engen Zusammensein. Die feinen Linien in seinem Gesicht zeigten die Spektralfarben und fingen an zu pulsieren. Offensichtlich war das ein Ausdruck seines Gemütszustands. Claudia sah in seine Augen und erntete einen ganz verklärten Blick. Sie ließ es zu und versank für einen Moment vollkommen darin. Das war ein Augenblick, den sie wohl ihr Leben lang nicht vergessen würde. Aber was passierte als Nächstes? Sie wusste es nicht und überließ ihm die Initiative.

Er drückte ihre Hand und sagte: „Lass uns zurückfliegen, mir wird langsam richtig kalt."

Da es ihr ähnlich erging, nickte sie nur und schon waren sie nach wenigen Sekunden wieder in seinem Haus angekommen. Sie setzte sich in einen der bequemen Sessel und er berührte eine bestimmte Stelle in der weißen Wand. Es knarzte ein wenig und schon schob sich ein Kamin hervor. Claudia staunte nicht schlecht. Er schaltete das Feuer ein, es war natürlich künstlich, wärmte aber sehr angenehm. Die Holzscheite knackten und es roch ein wenig nach offener Feuerstelle. Wie das natürlich herüberkam, war schon erstaunlich. Das Ganze zeigte ihr aber eindrucksvoll, wie weit die Anwalen im Grunde auch in solchen Kleinigkeiten in ihrer Entwicklung den Menschen voraus waren.

Er brachte Gläser mit einem Getränk, welches sie schon kannte und auch diese Esswürfel, die so fantastisch schmeckten. Claudia ging durch den Kopf, wie sie sich nur revanchieren könnte. Immer nur zu nehmen, auch wenn es ihr angeboten wurde, passte ihr nicht. Das war nicht ihre Art.

Musik erklang und er forderte sie zum Tanzen auf, indem er sie aus den Polstern hochzog und ihr mit leichten Bewegungen im Takt der Musik erklärte, was er vorhatte. Sie war eine schlechte Tänzerin, aber sich zum Rhythmus der Musik zu bewegen, das bekam sie noch hin. Eine sanfte getragene Melodie war zu hören, und sie bewegten sich eng umschlungen. Ihr stockte der Atem bei diesem Gefühlsausbruch. Der Duft, den er verströmte, war betörend. Sie war sich nicht mehr sicher, ob es sich dabei um ein Parfüm handelte, oder ob er diesen selbst abgab, natürlich um sie für sich einzunehmen. Und sie genoss es zweifellos.

Für einen Moment kam Claudia wie eine Mahnung der Gedanke in den Sinn: ‚Was mache ich hier, ich gebe mich einem Außerirdischen hin?'. Aber das verdrängte sie ganz schnell, denn es war einfach zu schön. Sie wollte es nur genießen.

Wieder blickte sie ihm in die Augen. Innerlich verspürte sie den heftigen Wunsch, ihn einfach zu küssen. Ganz nah kamen sich ihre Gesichter. Doch Chen hielt sie etwas auf Abstand und sah sie tiefgründig an. Dann ließ er ab von ihr. Offensichtlich kannten die Anwalen den Kuss nicht. Claudia wurde unsicher und ließ es dabei bewenden. Sie wusste nicht, ob er ihre Gedanken gehört hatte. Irgendwie sah er sie für einen Moment anders an, nicht mehr so betörend, sondern mehr fragend. Ihm ging das wahrscheinlich alles zu schnell. Sie nahmen Platz in diesen kuscheligen Sitzgelegenheiten und prosteten sich wieder zu. Sie wollte die Fragestunde nicht fortführen und sinnierte vor sich hin. Chen beobachtete sie eine Weile, stand dann auf und ging ins Nebenzimmer. Als er zurück kam, zog er sie mit einer Hand hoch und stand ihr gegenüber. Er öffnete ihre Hand und legte das hinein, was er in der anderen Hand umschlossen hielt.

„Das ist für dich. Wir drücken damit unsere Verbundenheit zu einem Partner aus, mit dem wir gern zusammen sein möchten."

Chen sah sie erwartungsvoll an. Claudia öffnete ihre Hand und war sprachlos. Ein filigran gearbeitetes Medaillon, wundervoll strahlend in silbrigen Glanz offenbarte sich ihr. Sie wurde rot im Gesicht. Damit hatte sie nicht gerechnet. Sie schaute es sich näher an. Es hatte etwas Jugenstilhaftes an sich, ähnlich in der Bauweise der Häuser, obwohl man es eigentlich nicht vergleichen konnte. Leider war keine Kette dabei, und so konnte sie es nicht umbinden. Er bemerkte, was sie wollte und kam ganz nah an sie heran. Er nahm das Medaillon, hielt es an ihre Brust, wo es normalerweise hängen würde, drehte es einmal nach rechts um die Achse und schon schwebte es einen Millimeter über der Haut und ließ sich auch nicht von der Stelle entfernen. Chen umfasste das Medaillon wieder, drehte es nach links und hatte es wieder in der Hand.

„Versuche es selbst einmal. Es mit einer Kette umzuhängen, hat nur Nachteile, wenn du dich nach vorn beugst."

Sie machte es ihm nach und lächelte. „Das ist so wunderschön, ich weiß gar nicht, wie ich dir danken soll." Sie streckte sich zu ihm und gab ihm einen leichten Kuss auf die Wange. Die Linien in seinem Gesicht pulsierten schneller. Wahrscheinlich ist das sein Ausdruck der Überraschung.

Sie fand, es war der richtige Augenblick gekommen, diesen wunderschönen Abend zu beenden. Chen signalisierte Zustimmung und so trennten sie sich nach einer kurzen Umarmung.

Spät am Abend kam sie nach Hause. Ihre Eltern schliefen längst. Sie schnarchten beide um die Wette, als ob sie einen Preis beim Abholzen der Bäume bekommen würden. Claudia ging hinauf in ihr Zimmer, ließ sich auf ihr Bett fallen und war ganz in Gedanken an das eben Erlebte. Sie streichte zart über das Medaillon und nahm es dann mit einer Linksdrehung ab. Körperlich war sie fix und fertig, aber seelisch schwebte sie auf Wolke sieben. War das ein Tag gewesen. Sie hätte nie gedacht, dass ihr einmal so etwas geschenkt werden würde. Und ganz offensichtlich liebte Chen sie, so wie sie ihn, obwohl sie Lichtjahre trennten, dass sie ihn nur mit der unvorstellbar fortschrittlichsten Technik, eben der Kraft der Gedanken erreichen kann. Im Geist tickten sie gleich und das war das Entscheidende.

Ihr Körper forderte seinen Tribut und sie schlief ein, so wie sie sich auf ihr Bett gelegt hatte.

~PM~

Kapitel 32

Soji's Dad hatte den Durchbruch geschafft. Er konnte mit dem deutschen Astronauten Holger Frank reden und ihn nach Rieger mitnehmen und damit ihre Geschichte glaubhaft machen. Am nächsten Tag konnte sich Frank in einem Nachrichtensender präsentieren. Er hatte seinen Ausbildungsanzug an, so dass jeder an den Abzeichen, die er trug. sehen konnte, dass er wirklich Astronaut war.

Der Moderator fragte ihn: „Herr Frank, sie wollen uns von einer Begebenheit erzählen, die wir unseren Zuschauern nicht vorenthalten sollen."

„Genau. Gestern wurde ich von einem Bekannten darüber eingeweiht, dass er, seine Familie und mittlerweile auch weitere Familien Kontakt zu Bewohnern eines anderen Sonnensystems haben."

Der Moderator und seine Co-Moderatorin hoben die Köpfe und ihr bis dahin gelangweilter Gesichtsausdruck wechselte in die volle Aufmerksamkeit.

„Sie wollen uns aber jetzt keinen Bären aufbinden?"

„Nein, schauen sie selbst und natürlich alle Zuschauer, die diesen Kanal eingeschaltet haben. Ich hatte mit dieser Frage gerechnet und deshalb die Begegnung gefilmt."

Auf der Leinwand hinter den Akteuren war der Planet Rieger zu sehen mit seinem Gasriesen am Himmel und die unendliche Graslandschaft, die sich von Horizont zu Horizont erstreckte. Der Astronaut und sein Bekannter waren zu sehen, wie sie durch das Gras liefen. Dann kam eine weitere Einstellung, in der die schwebenden Bäume zu sehen waren. Etwas wackelig, aber man konnte erkennen, wie die Beiden darauf zuflogen und dann auf dem Platz vor Seo's Haus hielten. Wie sie flogen, blieb erst einmal rätselhaft. Seo kam aus seinem Haus, hinter sich seine Frau Taoa. Sie schwebten in ihren weißen Gewändern heran, begrüßten den Bekannten mit einer kurzen Umarmung und gaben dem Astronauten die Hand. Seo sah ihm direkt in die Augen und so konnte er verstehen, was sie sagten. Das war nicht zu hören, aber die Mimik von Holger Frank verriet es. Dann war der kurze Film erst einmal zu Ende.

Die Dreierrunde machte einen etwas erschlagenen Eindruck. Die Stille in der Pause, die nun folgte, war fast körperlich zu spüren. Das Gesehene war gewaltig und schwer zu verarbeiten. Aber Zweifel blieben. Deshalb kamen Fragen:

„Wie kam der Kontakt zu den Alien überhaupt zustande? Wie sind sie denn zu diesem Planeten hingekommen und wie weit weg ist dieser? Und wie haben sie sich auf diesem Planeten selbst bewegt, es sah aus, als ob sie schwebten?"

„Ich will versuchen, alle Fragen zu beantworten. Die Alien, sie nennen sich Anwalen, hatten vor einiger Zeit Transportsteine in Form von Meteoriten zur Erde geschickt. Eine junge Frau hier in Deutschland hatte einen solchen Stein gefunden und sofort eine Verbindung zu diesem aufbauen können. Daraus ist dann der Kontakt entstanden, indem sie so nach und nach die Möglichkeiten dieses Transportsteins herausgefunden hatte. Die Anwalen beherrschen die Raum-Zeit-Krümmung in Perfektion. Damit können sie in Sekundenschnelle jede Entfernung bewältigen. Dieser Planet, den wir gesehen haben, ist 46 Millionen Lichtjahre von der Erde entfernt. Sie beherrschen auch die Gravitation, so dass wir uns wirklich schwebend vorwärts bewegt hatten. Sie haben also richtig gesehen."

„Was meinen sie, warum suchen die, sie sagten Anwalen, Kontakt zu uns?"

„Ich stellte die gleiche Frage. Sie sagten, sie sind ein sterbendes Volk, sie haben kaum noch Nachwuchs. Sie wollen ihren Planten uns überlassen, damit wir die Erde entlasten können. Wir sind derzeit das einzige Volk, dass zu diesem Planten passen würde. Ich hatte gefragt, was sie als Gegenleistung erwarten würden? Darauf meinten sie, der bisherige Kontakt zu den Menschen hat ihnen sehr viel gebracht, das hatten sie so nicht erwartet. Wir sind wirklich freundlich und herzlich, dass sie sich ausgesprochen wohl in unserer Gegenwart fühlen. Sie erwarten keine Gegenleistung, nur ein friedliches Miteinander zu den Menschen, die sich bei ihnen ansiedeln wollen."

Wieder gab es eine etwas längere Pause, die deutlich machte, wie alle Anwesenden zu tun hatten, das Gehörte zu verarbeiten.

„Wie soll es nun weitergehen?"

„Ich empfehle ihnen, dass sie und ein Kamerateam dorthin fliegen und sich selbst ein Bild machen und dann länger darüber berichten. Die Welt wird das wissen wollen und nicht jeder wird sofort dahinfliegen können."

„Aber wie sollen wir fliegen?"

„Ich kann sie mitnehmen und mittlerweile eine ganze Reihe anderer Menschen, die bereits dort waren. Das ist nicht das Problem. Wenn sich der Kontakt etabliert hat, kommen die Anwalen auch bestimmt zu uns auf die Erde. Nur momentan haben sie große Bedenken, sie sehen derzeit zu viele Menschen, die dem Neuen und Andersartigen gegenüber nicht aufgeschlossen sind und ablehnend reagieren."

Es gab erst einmal nichts weiter zu diesem Thema zu sagen. Die Brisanz, die in dieser Nachricht lag, tat ihr Übriges. Der Sender ging dazu über, andere aktuelle Nachrichten zu bringen. Sie kamen aber im Anschluss an dieses Interview mehr als banal herüber.

Jede Stunde wurde die Nachricht über die Kontaktaufnahme zu Außerirdischen gesendet. Und mittlerweile haben auch andere Nachrichtensender im In- und Ausland diese Meldung übernommen. Es war in aller Munde. Überall hörte man die Frage: ‚Hast du schon gehört?'. Expertenrunden waren zu sehen und zu hören, die eben nicht mehr Informationen als alle anderen zur Verfügung hatten und deshalb über die Wahrhaftigkeit fabulierten mit dem Ziel, es als Fake-News abzustempeln. Die allgemeine Stimmung kippte langsam in diese Richtung. Es war Zeit für weitere Neuigkeiten.

Soji, Max und ihre Familien und Claudia flogen nach Rieger, um sich mit Seo und den anderen Anwalen zu beraten. Sie erzählten von den Nachrichten und den Experten, die den Kontakt zunehmend in Frage stellten. Sie hatten sich überlegt, Seo zur Erde mitzunehmen und mit ihm in einem Studio des Nachrichtensenders, der die Meldung zuerst gebracht hatte, Rede und Antwort zu stehen. Seo fand die Idee gut, wenn ihm jemand ans Leder wollte, war er allemal wieder zurückgeflogen. Er würde auch ein Übersetzungsgerät mitnehmen, welches für die Anwalen zwar veraltet und deshalb nicht mehr in Gebrauch war, aber in einer solchen Talkrunde ganz praktisch wäre.

Soji sagte: „Also ist das beschlossen. Dad, du nimmst wieder Kontakt zum Nachrichtensender auf und wir sind in Startposition. Ich denke, wir, die Pioniere des Erstkontakts, sollten alle an der Gesprächsrunde teilnehmen, das macht mehr Eindruck. Ich würde jetzt lieber mit euch allen feiern, denn wir sind ein ganzes Stück weitergekommen, aber die Zeit drängt, nicht dass die allgemeine Stimmung auf der Erde umkippt und wir als Scharlatane abgetan werden."

Chen sah Claudia und sie sah ihn an. In ihrer Augen widerspiegelte sich ihre Gemeinsamkeit, die sie erlebt hatten, und es drängte nach einer Fortsetzung. Aber sie mussten warten. Es wäre sehr unpassend gewesen, sich jetzt zurückzuziehen. Sie waren ja nicht aus der Welt, eigentlich müssten sie sagen, aus den Universen.

Die Menschen verabschiedeten sich ganz herzlich und mit Seo flogen sie zurück. Er hatte seine Kapuze auf, so dass er nicht gleich von jedem angestarrt wurde, denen sie begegneten. Markus rief sofort den Sender an und fragte, ob sich ihr Vorschlag sofort realisieren ließe. Sie hätten auch einen Überraschungsgast mitgebracht. Nach kurzer Zeit rief der Sender zurück, sie könnten in einer Stunde diese Sondersendung bringen, aber sie sollten sofort kommen. Es braucht eine gewisse Vorlaufzeit wegen der Maske und der Ablaufbesprechung.

Markus sagte zu allen: „Es geht los. Wollen wir sie ein wenig schocken, indem wir uns dorthin beamen und nicht die Autos nehmen?"

Mit einem Grinsen im Gesicht stimmten alle zu und im nächsten Moment befanden sie sich in der Empfangshalle des Nachrichtensenders. Die dort Beschäftigten sahen schockiert mit offenen Mündern und großen Augen, wie sie wie aus dem Nichts plötzlich auftauchten. Der verantwortliche Sendungsleiter wurde herbeigerufen. Auch er konnte seine Überraschung nicht verbergen. Aber schnell hatte er sich wieder gefangen und führte sie in die Räume hinter dem Studio, in dem gleich die Scheinwerfer angehen sollten.

Seo schwebte an ihn heran, nahm die Kapuze vom Kopf und sah dem Leiter direkt in die Augen. Jetzt hörte dieser seine Stimme im Kopf und war total überrascht. Auch die Fremdartigkeit der Erscheinung von Seo aus der Nähe zu sehen, trug dazu bei.

„Ich freue mich, sie kennenzulernen und mit ihnen allen zusammen unsere Idee, Menschen bei uns anzusiedeln, voranzubringen. Ich würde sie auch gerne einladen, mein Haus steht ihnen immer offen."

Der Sendungsleiter schluckte. Soviel Offenheit und Entgegenkommen hatte er nicht erwartet. Natürlich stimmte er zu. Neugierig war er schon von Berufs wegen.

Kurze Zeit später waren sie auf Sendung. Der Sendungsleiter hatte auch seinen Experten dazu gezogen, damit die Gesprächsrunde nicht zu oberflächlich ablief. Er wollte die Zweifler überzeugen. Am meisten bewegte die Frage, wie diese Entfernungen bewältigt werden, so scheinbar ohne jegliche Technik. Seo fühlte sich angesprochen und erklärte die Nutzung der Nahtstellen des Raum-Zeit-Gefüges so allgemein wie möglich, damit auch die Zuschauer es verstehen konnten. Dem Experten war das nicht genug. Er demonstrierte weiterhin Unverständnis mit der Frage, er weiß aber immer noch nicht, wie das gehen soll, dass man sich nur mit der Kraft der Gedanken bewegen kann und das über solche Entfernungen.

Seo dachte, wenn er es nicht anders verstehen will, werde ich ihm demonstrieren, wie dumm er eigentlich ist. Er holte aus seinem Gewand einen kleinen schwarzen Würfel und stellte ihn demonstrativ in der Mitte des runden Tisches auf, an dem sie alle saßen. Eine riesige durchsichtige Wand erschien in Form eines Hologramms, denn die Gesprächsteilnehmer, die dahinter saßen, waren immer noch zu sehen. Diese Wand füllte sich in einem rasanten Tempo mit Formeln und Gleichungen. Als der Vorgang beendet war, fühlten sich alle ein wenig erschlagen von diesem visualisierten Wissen.

Das Übersetzungsgerät erklärte mit seiner sonoren Stimme:

„Sehen sie, das ist ein kleiner Teil der Grundlage unserer Möglichkeiten, riesige Entfernungen zu überbrücken. Ich denke, auch die klügsten Köpfe der Menschheit werden einige Zeit benötigen, um das zu verstehen. Aber ich habe von unseren Freunden erfahren, dass sie immer noch Probleme in der Bereitstellung ausreichender Energiemengen haben. Wir könnten ihnen beim Bau von Fusionskraftwerken oder anderen Energiegewinnungswerken helfen. Damit wäre ihr Problem gelöst."

Seo schaltete das Hologramm ab und steckte den Würfel wieder in seine Tasche.

„Wir haben auch große Fortschritte in der Beherrschung der Gravitation erreicht. Sehen sie mich an. In meinem Alter fällt es mir schwer, auch kurze Strecken zu laufen. Ich sitze deshalb ganz bequem auf einer Gravitationsschale und schwebe damit zu meinem Ziel. Auf Stühlen zu sitzen, ist mir unangenehm, ich bevorzuge lieber die auf mich angepasste Schale."

Er stand auf und hob seine Tunika etwas hoch, so dass alle sehen konnten, was er beschrieben hatte. Das war sehr beeindruckend, weil er mit dieser Demonstration sehr verletzlich und damit anrührend herüber kam. Claudia dachte, sie sind uns in vielem so ähnlich, vor allem was die Psyche betraf. Es ist schon frappierend. Sie sah zu den anderen und dachte, der Zeitpunkt könnte nicht besser sein, um zu zeigen, was ihr auf den Nägeln brannte.

„Ich habe noch einen Videoclip zu zeigen von der Schönheit des Planeten Rieger. Mit Chen war ich zusammen dort, er hatte mich darauf aufmerksam gemacht."

Das Standbild im Hintergrund von der Siedlung der Anwalen wechselte zu den bunten Bergen. Der Anblick war bezaubernd. Alle in der Runde waren begeistert. Seo schaute mit einem etwas merkwürdigen Blick kurz zu Claudia, er ahnte wahrscheinlich von ihrer Beziehung zueinander. Sie dachte bei sich, es wird nicht nur schwer werden, ihre Eltern aufzuklären, sondern sich auch die Zustimmung der anderen Anwalen einzuholen. Im Grunde wusste sie nichts von den Gepflogenheiten und Bräuchen dieser doch immer noch Fremden. Und dann verliebt sie sich in einen der ihren. Und er liebt sie. Es wird noch spannend werden, bis alle diese Verbindung akzeptiert haben.

Es wurden noch viele Fragen gestellt und Seo zeigte eine bemerkenswerte Geduld und Ausdauer. Aber irgendwann hatte er genug und sagte das dem Moderator. Dieser brachte daraufhin die Sendung zum Ende.

Erstaunlich war auch, dass während der gesamten Sendezeit keine Werbung eingeblendet wurde. Offensichtlich war das Thema den Machern zu wichtig, eine Werbung dazwischen wäre allen Zuschauern geschmacklos vorgekommen.

Die Gruppe mit Seo zusammen machten einen Halt bei Soji und ihren Eltern. Sie hatten sich dahin gebeamt, so dass sie niemand verfolgen konnte. Sie waren immer noch vorsichtig, zu wertvoll war ihnen ihr Gast vom Planeten Rieger. Und man wusste nicht, wie Regierungsbeamte ticken.

Daniela bereitete einen kleinen Umtrunk vor und Seo kostete diesmal von einigen Getränken. Er war, wie es aussah, mutiger geworden. Sie besprachen Einzelheiten der Talkrunde und hatten auch das TV-Gerät eingeschaltet. Auf allen Kanälen wurde davon berichtet. Sie hatten erreicht, was sie wollten. Niemand konnte jetzt noch diese Nachrichten als Fake-News bezeichnen.

Seo verabschiedete sich von allen mit einer Umarmung und betonte nochmals, sie sind alle jederzeit herzlich willkommen auf Anwal. Dann war er von einem Moment zum anderen verschwunden.

~PM~

Kapitel 33

Max war bei Soji geblieben und seine Eltern waren ohne ihn nach Hause gefahren. Die beiden wünschten ihren Eltern eine Gute Nacht und gingen hinauf in Soji's Zimmer.

Sie hatten es sich auf ihrem Bett bequem gemacht und Max fragte seine Freundin ohne Umschweife:

„Sag mal, läuft da was zwischen Claudia und Chen? Sie hatten sich mehrmals solche Blicke zugeworfen, wie wir das in unserer Anfangszeit auch getan hatten. Weißt du mehr als ich?"

Soji druckste etwas herum, aber dann erzählte sie ihm von Claudias Besuch.

„Sie hatte große Bedenken bei einer Beziehung zwischen ihr und einem Außerirdischen, wo gar nicht klar ist, ob das was bei der unterschiedlichen Physis werden könnte. Das machte ihr mächtig zu schaffen. Sie erhoffte sich einen Rat von mir. Aber was sollte ich ihr in dieser Situation raten? Ich habe ihr gesagt, sie soll es laufen lassen, eine Lösung wird sich von selbst einstellen. Und wie es aussieht, hat das wohl geklappt.

Max, lass uns ins Bett gehen, ich bin ziemlich fertig von den Ereignissen des heutigen Tages. Wir können ja noch ein wenig kuscheln."

Ihr Augenaufschlag verriet ihm, dass sie nicht nur Kuscheln gemeint hatte. Und damit war er zufrieden.

Claudia kam nach Hause und ihre Eltern sprangen sofort auf und kamen ihr im Hausflur entgegen.

„Kind, wir müssen uns vielmals bei dir entschuldigen. Wir hatten wirklich nicht gedacht, dass das alles wahr ist, was du uns erzählt hattest. Diese Berichte jetzt in den Nachrichten haben uns überzeugt. Wir haben dich einfach abblitzen und allein gelassen. Und wir haben bestimmt einiges verpasst, was die Eltern von Soji und Max und Benjamin schon erlebt haben. Aber nun erzähl mal, was ist dort auf diesem Planeten alles passiert."

Claudia gab den längsten Bericht ihres Lebens an ihre Eltern und die hörten gespannt zu, mal mit großen Augen und offenen Mund, mal ganz nüchtern. Dann machte sie eine Pause. Sie überlegte, ob sie gleich von Chen erzählen sollte, aber das hob sie sich dann doch für ein späteres Mal auf.

Sie fragte: „Na, habt ihr Lust, diesem Planeten einen Besuch abzustatten?"

Ihr Mutter fragte: „Geht das so einfach?"

„Ja sicher," und sie fasste ihre Eltern an den Händen, dachte an die Grasebene auf Rieger und nach ein paar schwarzen Sekunden waren sie dort. Claudia war wie immer überrascht, wie das Ganze so problemlos funktionierte. Offensichtlich konnte bei dieser Art Transport nichts schiefgehen, kein Triebwerkversagen, kein Hüllenbruch, nichts. Ehrfurcht erfasste sie, und das nicht zum ersten Mal. Sie sah zu ihren Eltern und musste lächeln. Ihr drängte sich der Vergleich auf, sie verhielten sich wie Kaninchen, die das erste Mal heraus aus ihrem Stall kamen und frei auf einer Wiese herumhoppeln konnten. Warum auch immer, das war einfach lustig. Vielleicht hing das auch damit zusammen, dass sie sie vorher so haben abblitzen lassen. Claudia ließ ihren Eltern Zeit, die neuen Eindrücke zu verarbeiten.

„Wollen wir noch ein Stück weiter fliegen zu den schwebenden Bäumen und den Anwalen?"

Ihre Eltern nickten und so waren sie in wenigen Minuten bei Chen angekommen. Sie bewunderten das Haus und kamen aus dem Staunen nicht heraus. Auch diese fliegenden Bäume hatte man als Normalsterblicher noch nicht gesehen. Dann gingen sie auf das Haus zu und er kam auch schon zur Tür heraus. Er begrüßte Claudia mit einer kurzen Umarmung, die eine gefühlte kleine Ewigkeit länger war als üblich, und sie stellte ihre Eltern vor. Sie gaben sich die Hand, der Anwale ging näher an sie heran und schaute ihnen in die Augen. Nun hörten sie in ihren Köpfen seine Stimme und konnten verstehen, was er sagte.

„Ich freue mich, euch kennen zu lernen. Ich bin Chen und gehöre zu der Gruppe, die den Erstkontakt hergestellt hatte. Aber kommt herein, ich zeige euch gern mein Haus auch von innen."

Sie folgten seiner Einladung und die Eltern nahmen auf den Sitzgelegenheiten Platz. Auch hier gab es wieder das große Staunen, denn wie sich diese Sitze dem Körper anpassten, ihn schmeichelten war schon ein besonderes Erlebnis.

Claudia sagte: „Soll Chen den Kamin anmachen? Ich hole uns etwas zu trinken."

Ihre Eltern schauten verständnislos, denn sie sahen keinen Kamin. Er überraschte die Eltern genauso, wie er Claudia mit dem Kamin zum Staunen gebracht hatte. Sie kam mit gefüllten Gläsern zurück an den Tisch und alle genossen das Getränk.

Claudias Mutter fiel auf, wie selbstverständlich ihre Tochter bei diesem Außerirdischen in der Küche hantierte. Sie fragte sich, ob das normal sei, denn so oft haben die sich doch noch nicht gesehen. Eine Mutter hat eine Antenne für so etwas. Vielleicht steckt da auch noch mehr dahinter, denn wie die beiden sich immer Mal kurz ansahen – Nachtigall, ich hör sie trapsen. Aber sie behielt ihre Gedanken für sich.

Vor allem ihr Vater war sehr neugierig und stellte viele Fragen, die Chen geduldig beantwortete. Ihre Mutter sah sich in der Küche um, die im Grunde genommen sehr spartanisch eingerichtet war. Ihre Tochter erklärte ihr alles. Zentrales Gerät war der automatische Essens-Zubereiter. In einem Schrank befanden sich Geschirr, Besteck, Gläser und Tassen und daneben ein Geschirrreinigungsgerät, das ein wenig irdisch aussah, und das war auch schon die Küche.

Sie fragte:

„Wie oft warst du denn schon hier, dass du dich so gut auskennst?"

„Einige Male", Claudia wich einer konkreten Antwort aus. Das hatte ihre Mutter nicht zu interessieren.

Es war spät geworden. Der Gedanke an den Heimweg wurde präsenter und so verabschiedeten sich die drei Menschen von Chen und flogen nach Hause. Claudia musste schmunzeln, auch ihre Eltern hatten damit zu kämpfen, ohne jegliche Reisezeit in die gewohnte Umgebung zurück zu kommen. Wie sich die Reaktionen der Leute auf dieses Ereignis glichen, war wirklich bemerkenswert. Wir sind eben eine Spezies. Aber das wäre auch eine Frage an Chen, wie die Anwalen auf dieses Phänomen wahrnahmen.

Claudia ging in ihr Zimmer und legte sich auf ihr Bett. Das war wieder ein aufregender Tag gewesen. Sie dachte an die Tage, bevor sie diesen Kontakt hatten. Was war das öde und langweilig. Acht Stunden im Labor arbeiten und sich darüber freuen, dass die Kollegen frischen Kaffee gekocht hatten. Mein Gott, und was erlebte sie gerade die letzten Tage an außergewöhnlichen Begegnungen. Sie dachte sofort wieder an Chen und es wurde ihr warm ums Herz. Dieser Mann war so außergewöhnlich, auch durch seine Fremdartigkeit. Am liebsten würde sie sofort wieder zu ihm hinfliegen. Aber dann dachte sie, so einfach sollte man es den Männern doch nicht machen, soll er ruhig ein bisschen zappeln. Dann ging sie ins Bad und legte sich anschließend ins Bett, um zu schlafen. Aber es dauerte Stunden, bis sie einschlafen konnte.

Der nächste Tag zog sich für Claudia in die Länge, sie war unkonzentriert und musste manchen Arbeitsschritt wiederholen. Ihre Gedanken schweiften immer wieder zu Chen hin. Mein Gott, bin ich verliebt, sagte ihre innere Stimme. Gleich nach der Arbeit werde ich zu ihm hinfliegen. Er wird bestimmt genauso Sehnsucht nach mir empfinden wie ich für ihn.

Sie rief Soji an und fragte, ob sie bei ihr übernachten könnte. Nur für den Fall, dass sich ihre Eltern nach ihr erkundigen. Sie fliegt gleich zu Chen und braucht ein Alibi. Ihre Eltern wissen noch nichts von dieser Beziehung.

Soji dachte, nun hat es also geklappt zwischen den Beiden, also warum nicht. Sie wünschte ihrer Freundin viel Glück und dachte im gleichen Moment an Max und wie sehr sie ihn liebte.

Claudia sagte ihren Eltern, dass sie die Nacht bei Soji verbringen wird, sie wollen einen Mädchenabend veranstalten mit Filme und Popcorn. Sie müssen sich also keine Sorgen machen, wenn sie heute nicht nach Hause kommt. Auch wenn sie ihren Eltern keine Rechenschaft mehr schuldig ist, was sie in ihrer Freizeit macht. schließlich ist sie erwachsen, aber Bescheid geben wollte sie schon.

Dann landete sie vor dem Haus von Chen. Das Wetter hatte sich geändert, es regnete ohne Pause. Diesmal schien seine Antenne zu versagen, denn er kam ihr nicht entgegen. So drückte sie einfach gegen die Tür und schon verschwand diese. Sie ging einen Schritt hinein und rief nach ihm. Er kam ihr aus dem Wohnzimmer mit der Anwalin entgegen, die sie schon einige Mal bei ihm gesehen hatte. Sofort schlug Claudias Stimmung um und sie bereute, hier einfach hergekommen zu sein. Natürlich wollte sie nicht stören und hatte nur den Wunsch sofort umzukehren.

Chen bemerkte ihren Stimmungsumschwung: „Darf ich dir meine Schwester Niata vorstellen. Ich wollte dich schon längst mit meiner Familie bekannt machen, aber bis jetzt hat es sich nicht ergeben, wie du weißt." Sie spürte, wie er innerlich lächeln musste. Sie war also seine Schwester. Und das warf in ihr weitere Fragen auf. Vor allem wurde ihr bewusst, wie wenig sie doch immer noch von den Anwalen und speziell von Chen wusste.

Niata strich ihr über den Oberarm und erzeugte bei Claudia durch diese freundliche Geste sofort Vertrauen. Sie sagte: „Ich wollte sowieso gehen. Also habt einen schönen Abend." Sie berührte mit ihrer Stirn die von Chen und schon war sie verschwunden. Offensichtlich hatte sie sich weggebeamt. Nun waren Claudia und Chen allein und langsam kam in ihr die Stimmung auf, die sie die vorherigen Male in diesem Haus empfunden hatte.

Er fragte sie: „Wollen wir zusammen duschen? Ich habe große Lust dazu." Sie hatte eine Idee:

„Lass uns rausgehen und den Regen genießen. Und danach können wir zusammen duschen." Er nickte zustimmend und sie entledigten sich ihrer Bekleidung.

Sein Haus lag etwas abseits der Ansiedlung rund um den großen Platz und war vom Laub des schwebenden Baumes umgeben. Niemand konnte den Platz dahinter einsehen, ohne näher heranzugehen. So standen sie Schulter an Schulter an seinem Haus und genossen diesen besonderen Moment der körperlichen Nähe und die Nässe des Regens. Alles vibrierte in ihnen und verlangte nach mehr. Chen stöhnte kurz auf. Dieses Mädchen von der Erde berührte dermaßen seine Sinne, dass er es kaum aushielt. Das war er von Anwalinnen nicht gewöhnt. Es war ja nicht so, dass er in seinem Leben noch keinen Sex gehabt hätte, aber das hier übertraf alles. Auf der anderen Seite wusste er auch nicht, ob es überhaupt klappen könnte, denn die körperlichen Unterschiede waren ja nicht zu übersehen. Nur ein Versuch kann Klarheit schaffen.

Obwohl der Regen eine angenehme Temperatur hatte, begannen sie zu frösteln. Sie gingen zurück ins Haus und wärmten sich unter der Dusche. Claudia betrachtete interessiert die Duschutensilien. Er öffnete einen Flakon und rieb sie mit dem Schaum daraus ein. Was war das für ein betörender Duft! Und ihre Haut prickelte sehr angenehm und erregend. Sie dachte, was die Duftnoten betraf, hatten die Anwalen bedeutend mehr drauf als die Menschen. Sie nahm ihm den Flakon aus der Hand und vollführte die gleiche Prozedur bei ihm. Seine farbigen Linien im Gesicht und auf der Haut traten deutlicher hervor und pulsierten in einer sehr schnellen Abfolge. Also trockneten sie sich gegenseitig ab. Das brachte ihrer beider Blut in Wallung.

Claudia stand ganz dicht vor ihm und fragte: „Kann ich etwas ausprobieren, was du, soweit wie ich das sehe, noch nicht kennst?"

Er nickte, ohne etwas zu sagen. Sie berührte ganz zart seine Lippen mit ihren. Ihre Küsse wurden fordernder und langsam machte er es ihr nach. Sie streichelte und küsste ihn ganz zärtlich an allen Stellen seines Körpers und er folgte ihr. Sie war noch nie so bereit gewesen wie in diesem Moment. Chen zitterte leicht am ganzen Körper und die feinen Farblinien in seinem Gesicht tanzten. Deutlicher konnte er seine Erregung nicht zeigen. Also steuerten sie sein Bett an und ließen sich von den Wellen der Liebeslust davontragen. Erschöpft kuschelten sie sich aneinander und schliefen ein.

Kapitel 34

Die Informationen über die Kontaktaufnahme zu Außerirdischen hatten sich über die ganze Welt verbreitet und konnten von den Regierungen der Länder nicht ignoriert werden. Es gab Sondertagungen und Treffen. Das Wesentliche in allen Diskussionen war die Friedfertigkeit der Außerirdischen, die ja im krassen Gegensatz zu allen bisherigen Darstellungen von Aliens stand. Und natürlich das Angebot, sich auf diesem Planeten ansiedeln zu können. Dem stand aber die bisher bekannte Logistik dieses Unterfangens entgegen, denn ein Mensch, der schon einmal Kontakt mit den Anwalen hatte, konnte maximal zwei Menschen nach Rieger mitnehmen. Auch wenn es praktisch keine Reisezeit gab, würde es sehr lange dauern, bis die angestrebte Entlastung der Erde von den Menschen wirksam werden würde. Einhellige Meinung war, das Vorhaben zu starten und zu beobachten, wie es sich entwickelt. Würden die Siedler Selbstversorger sein, oder sind sie ständig auf Nachschub von der Erde angewiesen? Wie weit geht die Hilfe der Anwalen? Gibt s Energie für Geräte und Fahrzeuge? Diese Fragen werden erst nach einem Start der Neubesiedlung beantwortet werden können, das war auch in den Regierungskreisen bekannt.

Die Eltern von Max - Rebecca und Arno - waren die Ersten, die diese Idee, sich auf Rieger anzusiedeln, in die Tat umsetzen wollten. Sie trafen sich mit Seo und wurden zu dem Wald der geradlinigen Bäume mitgenommen. Das war schon ein Stück von der Siedlung der Anwalen entfernt. Diese Bäume standen so dicht, dass der Wald fast undurchdringlich war und nach wenigen Metern wurde es darin richtig dunkel. Wer weiß, welches Getier sich darin aufhielt. Seo wusste es auch nicht. Kein Anwale ging in diesen Wald hinein.

Arno hatte eine Elektromotorsäge mitgebracht und ging auf einen Baum am Rand des Waldes zu. In kurzer Zeit hatte er ihn gefällt. Dann untersuchte er das Holz. Es war so ähnlich strukturiert wie der irdische Bambus, nur war dieser nicht hohl, aber ebenfalls sehr leicht. Er nickte anerkennend für diesen Tipp der Anwalen, denn damit ließ sich etwas anfangen.

Nun fragte er Seo doch noch einmal: „Wie bekommen wir Baugerät und -material hierher nach Rieger?"

„Das ist kein Problem. Ihr packt das Nötige in einen Container. Dann sagt ihr Bescheid und wir kommen und transportieren den Container hierher. Wenn wir zu zweit oder zu dritt kommen, reichen unsere Kräfte vollkommen aus, diese Container von der Erde hierher zu baemen. Aber denkt bei eurer Planung bitte auch an die Erschließung des Baulandes wie zum Beispiel Wasserversorgung und Abwasserentsorgung und auch die Müllbehandlung. Wenn ihr das in Angriff nehmt, wollt ihr ja auch auf Dauer hier leben."

Arno nickte zustimmend und war am Grübeln. Wenn er ehrlich zu sich selbst war, hatte er eher an eine kleine Blockhütte mit dem Allernotwendigsten und eine Tischlerei gedacht, aber nicht an ein Wohnhaus mit allem Drum und Dran. Das muss auch noch besprochen werden.

Seo lud die Beiden zu einem Umtrunk ein, ehe sie wieder nach Hause zurückkehren. Sie sagten zu, denn die Aussicht auf den köstlichen Wein machte die Zusage leicht. Sie hatten es sich bei dem schönen Wetter auf der Terrasse bequem gemacht in einer Art von Liegestühlen, die durch die gesteuerte Gravitation schwebten und ein absolut entspannendes Gefühl erzeugten. Dazu noch der Wein, so ließ es sich aushalten. Die Nachbarn Yty und Ilea kamen dazu und noch weitere Anwalen, die in der Nähe wohnten. Rebecca und Arno verstanden, was die anderen erzählten, sie hörten es in ihrem Kopf. Und danach ging es sehr lustig zu. Aber zu sehen waren Außerirdische, die keine Miene verzogen. Das machte die ganze Runde skurril und sie mussten innerlich schmunzeln. Was waren das für Zeiten, dass sie hier in so einer Versammlung mit den Anwalen saßen und ihr Vergnügen hatten.

Seo fragte in die Runde: „Was wollen eure Regierungen machen, um unsere Bekanntschaft ganz offiziell zu handhaben? Laden sie uns ein?"

Rebecca antwortete: „Das wissen wir nicht. Aber am vernünftigsten wäre eine Zusammenkunft der Regierungschefs aller Länder, auf der ihr euch vorstellen könnt und erklärt, was ihr vorhabt. Ich denke mir, dass wäre das Optimale. Aber leider läuft es bei den Menschen nicht immer optimal ab."

„Das ist eine gute Idee. Versucht, sie Wirklichkeit werden zu lassen," antwortete Seo.

Nach einigen Stunden, es gab auch noch zwischendurch zu essen, flogen die Eltern von Max nach Hause.

Zur gleichen Zeit war Claudia wieder bei Chen. Wegen des schönen Wetters saßen auch sie auf der Terrasse und genossen ihre gemeinsame Zeit. Die Stimmung war, wie sie nicht besser sein konnte. Immer wieder schauten sie sich in die Augen und verloren sich darin. Sie berührten sich wie zufällig immer wieder an den Händen und Armen. Claudia wusste, wo das hinführen wird. Sie wollte es und das drückte sie mit jeder Bewegung und jeder Regung ihres Körpers aus. Er machte sie einfach nur an und der Duft, den er versprühte, tat sein Übriges. Sie verschwanden im Schlafzimmer und er machte die Tür hinter sich zu. Eng aneinander geschmiegt liebkosten sie sich und kamen dem Bett immer näher. Und dann lief es wieder so ab wie beim ersten Mal, leidenschaftlich und wild. Sie war die Frau, die er sich immer gewünscht hatte. Und er war ihr

Mann, da war sie sich sicher, egal was die anderen alle denken mögen. Und der Sex war umwerfend, viel intensiver und facettenreicher. Sie dachte, ein menschlicher Mann kann ihr das nicht bieten. Etwas Besseres als Chen konnte ihr nicht begegnen.

Sie ruhten sich aus, aber schlafen konnten sie nicht. Claudia stand auf und machte sich im Bad frisch. Wie sie so nackt vor ihm herumtänzelte, hätte er sie am liebsten wieder im Bett gesehen. Aber sie zog sich an, ging in die Küche und bereitete einen Tee mit Honig zu. Er hatte sich in der Zeit auch angezogen. Auf der Terrasse setzten sie sich wieder in die Schaukelstühle und ließen sich den Tee schmecken.

Claudia ging das Thema Mann und Frau im Kopf herum und eine Frage wollte sie unbedingt stellen:

„Wie sind eure Frauen, gibt es da große Unterschiede zu mir zum Beispiel?"

„Das ist eine Frage. Zum Glück habe ich mich etwas belesen, wie eure Anatomie beschaffen ist. Aus nachvollziehbaren Gründen, wie du dir sicher denken kannst. So kann ich diese Frage gut beantworten.

Unsere Frauen nehmen sich mit uns Männern nicht viel, was Kraft und Körpergröße betrifft. Rein körperlich sind sie dir nicht unähnlich, sie haben keine Brüste, nur während der Schwangerschaft wölben sie sich etwas und sie sind auch sehr empfindlich in der Zeit. Die Schwangerschaft dauert nach eurer Zeitrechnung etwa ein halbes Jahr. Am unteren Ende der Bauchfalte ist bei ihnen die Öffnung, die ihr die Vagina nennt. Gebären tun sie aber aus der Bauchfalte. Sie haben wahrscheinlich längst nicht solche Geburtsschmerzen auszuhalten wie ihr Menschenfrauen. Aber sie sind euch sehr ähnlich."

Claudia hakte nach: „Wie ist es bei euch mit heiraten? Also wie bekundet ihr gegenüber der Gesellschaft, dass bei euch Mann und Frau für immer zusammen bleiben wollen?

Bei uns wird dieses Ereignis mit einer großen Feier begangen. Man hat besonders festliche Kleidung an, um die Bedeutung dieses Tages noch zu unterstreichen. Und es werden Ringe ausgetauscht. Damit zeigt man der Umgebung, dass man zusammengehört und an den Partner vergeben ist. Diese Heirat wird auch amtlich beurkundet, um steuerlich und rentenmäßig berücksichtigt zu werden."

Chen sagte: „Auch das ist bei uns ähnlich. Wenn sich zwei für immer verbinden wollen, wird das gefeiert und diese Verbindung wird mit einem Medaillon oder Halsringen allen kund getan. Das andere wie Steuer und Rente haben wir nicht."

Claudia hatte noch eine ganz andere Frage:

„Dass ihr schöne Musik machen könnt, habe ich schon erlebt. Aber wie ist es mit Tanzen und auf Partys gehen. Gibt es so etwas bei euch?"

Chen überlegte einen Moment. Scheinbar hatte er die Frage nicht ganz begriffen. Aber dann sagte er:

„Unsere Gesellschaft ist überaltert. Früher, noch vor meiner Zeit, hat es so etwas wie Tanz und Partys gegeben. Aber jetzt ist das alles eingeschlafen. Es würde niemand mehr wahrnehmen. Vielleicht kommt es wieder, wenn sich genug Menschen hier angesiedelt haben und solche Zusammenkünfte pflegen. Da kommen bestimmt auch Anwalen dazu und haben ihre Freude daran."

Sie setzten das Frage- und Antwortspiel fort. Hauptsächlich wollte Chen möglichst viel von der Erde und den Menschen wissen. Sie bemühte sich, auf alles eine Antwort geben zu können, aber manche Frage blieb erst einmal unbeantwortet.

Claudia versprach, beim nächsten Treffen die Antworten mitzubringen.

Die Zeit war fortgeschritten und so flog sie noch zu später Stunde nach Hause. Hier würde sie keine Ruhe zum Schlafen finden, da war sie sich sicher.

Kapitel 35

Ein paar Tage später trafen sich alle bei den Hagemanns auf der Terrasse. Diesmal waren auch die Eltern von Claudia dabei. Es gab wieder Kaffee und Kuchen und alle ließen es sich schmecken.

Markus eröffnete die Diskussionsrunde: „Wie können wir ein Treffen aller interessierten Regierungschefs auf die Beine stellen? Wir sind ja keine Diplomaten und auch nicht im Auswärtigen Amt beschäftigt. Wir haben im Grunde keine Möglichkeit, denke ich mal."

Arno meldete sich zu Wort: „Ich sehe das anders. Wir sind zwar nur unbedeutende Bürger Deutschlands, aber wir sind weltweit bekannt durch unseren Kontakt zu den Anwalen und können so als Fürsprecher für sie auftreten. Als erstes würde ich für alle Ausweise erstellen, die man sich um den Hals hängt, mit Namen und Bild und dem Hinweis ‚Kontaktperson zu den Anwalen', ähnlich einem Presseausweis. Dann fliegt oder beamt sich einer von uns, der gut Englisch kann, ins UN-Hauptquartier und versucht einen Verantwortlichen zu sprechen, um unser Anliegen vorzutragen. Das Gleiche gilt für das Auswärtige Amt und die Schweizer Botschaft in Berlin. Ich könnte mir so ein Treffen in Davos gut vorstellen."

Alle dachten über den Vorschlag nach und befürworteten ihn schließlich. Jedenfalls viel niemanden etwas Besseres ein. Über Feinheiten, vor allem zu diesem Ausweis wurde gesprochen. Und sie einigten sich auf einen Videoclip, der auf einem Tablet abrufbar sein sollte, falls die Angesprochenen sich in Unkenntnis hüllen.

Dann meldete Claudia sich zu Wort und schaute dabei zu ihren Eltern:

„Ich muss euch etwas beichten. Ihr solltet es von mir erfahren und nicht auf Umwegen als Gerücht. Ich habe mich in Chen verliebt und er sich in mich. Wir sind also ein Paar. Ja, es funktioniert alles, um das gleich vorwegzunehmen. Okay, ich bin die Erste, aber wenn sich erst Siedler auf Rieger niedergelassen haben, wird eine solche Verbindung wohl öfters vorkommen. Davon bin ich überzeugt."

Sie holte das Medaillon aus der Tasche und heftete es sich an die Brust. Alle staunten, wie das funktioniert und wussten aber sofort, dass es der Liebesbeweis von Chen war.

Diese Nachricht hatte gesessen. Für kurze Zeit war es ganz still am Tisch. Jeder musste das eben Gehörte und Gesehene erst einmal sacken lassen.

Soji war sehr ernst und fragte sie: „Und du bist dir ganz sicher, dass das Bestand haben wird? Willst du so weit gehen und mit Chen Kinder haben wollen? Da weißt du wirklich nicht, ob das funktioniert, ob ihr gesunde Nachkommen haben würdet. Ich finde das Ganze sehr früh, im Grunde kennen wir die Anwalen kaum, sie sind immer noch Fremde, auch wenn wir uns alle gut verstehen."

Claudia hatte Tränen in den Augen: „Was soll ich denn machen? Es ist einfach so passiert, irgendwann hast du nicht mehr die Kraft und lässt deinen Gefühlen freien Lauf. Und da ich verhüte, steht das Thema Kinder bekommen nicht auf der Tagesordnung."

Max hatte auch eine Frage dazu:

„Hast du dir mal überlegt, wie Seo und die anderen Anwalen auf eure Beziehung reagieren werden? Werden sie es gut heißen, oder lehnen sie uns in Zukunft ab? Ich glaube das zwar nicht, denn zu wichtig ist ihnen der Kontakt zu uns. Aber wie Soji schon sagte, wir kennen sie kaum, sie sind immer noch Fremde."

Nun meldete sich der Vater von Claudia zu Wort:

„Ich finde es erst einmal sehr gut, dass meine Tochter uns informiert hat, denn immerhin ist diese Beziehung nicht ganz privat. Ich habe volles Vertrauen zu ihr. Und wenn sie mit Chen klar kommt, will ich das auch. Er kann gerne einmal zu uns kommen, damit wir uns besser kennen lernen."

Er sah zu seiner Frau und die nickte zustimmend. Claudia fiel ein Stein vom Herzen, denn wie ihre Eltern zu allem stehen würden, wusste sie nicht und diese Erklärung ihres Vaters ließ sie ihre Zukunft in einem besseren Licht sehen. Und sie jubelte innerlich, dass ihre Eltern Chen eingeladen haben. Damit hatte sie überhaupt nicht gerechnet, jedenfalls nicht zu diesem Zeitpunkt. Vielleicht steckte auch dahinter, dass sie noch etwas gut zu machen hatten ihr gegenüber, was die Glaubwürdigkeit betraf.

Die Runde löste sich frühzeitig auf, jeder musste am nächsten Tag wieder arbeiten und früh aufstehen. Über das Wichtige hatten sie sich unterhalten und nun mussten sie ihre Gedanken realisieren. Benjamin hatte die Aufgabe übernommen, die Ausweise zu produzieren. Er ließ sich von allen ein Passbild schicken, der Rest erledigte sich dank seiner Computerkenntnisse fast von selbst.

Soji beamte sich mit ihrem Ausweis am Revers und dem Tablet unterm Arm in das UN-Hauptquartier, ein immer noch beeindruckendes Bürogebäude in New York-City, und stand dann in dem riesigen Foyer etwas verloren da. Es dauerte aber nicht lange und ein Angestellter vom Einlass kam auf sie zu, unschwer am Schild zu erkennen, welches er am Revers trug. Sie begrüßten sich und Soji erklärte ihr Anliegen. Am liebsten hätte sie den UN-Generalsekretär gesprochen, aber wie zu erwarten war, hatte sie da ohne einen Termin keine Chance. Sie fragte, ob sie vielleicht mit einem seiner Stellvertreter reden könnte, es war doch sehr wichtig, was sie vorzubringen hatte. Sie erklärte in groben Zügen, worum es ihr ging. Der

Angestellte ging hinter den Empfangstresen und telefonierte. Schließlich hatte er etwas erreicht und nach einer längeren Wartezeit kam offenbar jemand Wichtiges auf sie zu. Merkwürdig, wie man das manchen Menschen ansah. Er stellte sich mit O'Brien vor.

Soji widerholte sich hinsichtlich ihres Anliegens und wurde dann endlich in ein Büro geführt. Dort wartete ein weiterer Herr auf sie, der sich als Mr. Jensen vorstellte. Er bot ihr etwas zu trinken an, sie dankte und nahm einen Kaffee.

Beiden Herren erklärte sie nun ausführlich, worum es ihr ging. Sie waren zum Glück durch die Nachrichten vorinformiert, weshalb die Glaubwürdigkeit kein Thema war. Das Video auf dem Tablet trug ein Übriges dazu bei, denn die Bilder wurden noch nicht öffentlich gezeigt. Dann kam die Frage, warum sie die Regierungschefs zu einer Konferenz einladen sollten, immerhin war das auch mit erheblichen Kosten verbunden.

Soji antwortete: „Der Kontakt zu den Anwalen bringt uns als Menschheit nur Vorteile, sei es die Energieversorgung, ein groß angelegtes Siedlungsprogramm, um die Erde von der Überbevölkerung mit all ihren Auswirkungen zu entlasten und damit auch etwas für das Klima tun. Und letztlich würde sich die Raumfahrt und die Erforschung des Weltraums vollkommen neu aufstellen müssen."

Sie holte Luft und sah den beiden Herren in die Augen.

„Und noch etwas. Seien sie nicht zögerlich. Wir bekommen auch auf anderem Wege Unterstützung. Und wer weiß, vielleicht benötigt man in Zukunft nicht mehr ihre Organisation."

Soji merkte, dass sich die Stimmung zu ihren Gunsten geändert hatte. Die Männer gingen hinaus, um sich kurz zu beraten.

„Gut, Frau Hagemann, wir werden mit dem Generalsekretär und anderen wichtigen Leuten die Sache besprechen. Sie können sicher sein, dass das umgehend passieren wird. Wir melden uns bei ihnen mit der Entscheidung, wie es weitergehen soll.

Sollen wir ihnen ein Taxi zum Flughafen rufen?"

Sie schüttelte den Kopf und um den Herren klar zu machen, dass sie keinen Blödsinn erzählt hatte, beamte sie sich aus dem Büro direkt nach Hause. Beide Männer waren vollkommen perplex, als Soji von einer Sekunde zur anderen einfach verschwand.

Kapitel 36

Es war eine Woche vergangen und die Gruppe traf sich wieder bei Soji und ihren Eltern. Es regnete immer wieder, so dass sie es sich im Wohnzimmer bequem gemacht hatten. Soji konnte mit Stolz verkünden, was sie im UN-Hauptquartier erreicht hatte. Sie erzählte im Detail, wie es gelaufen war. Und sie konnte es sich nicht verkneifen, diese abgehobenen Mitarbeiter mit ihrem Abgang etwas zu schocken.

Ihre Mom fragte sie: „Bist du dir sicher, dass du sie beeindruckt hast?"

„Ja, ziemlich sicher. Stell dir mal vor, du bist völlig ahnungslos und plötzlich verschwindet vor deinen Augen ein Mensch so mir nichts, dir nichts komplett im Nichts. Wenn das nicht schockt, dann weiß ich auch nicht. Hast du etwas bei den Eidgenossen erreicht?"

Daniela schüttelte nur den Kopf. Sie sagte: „Das Ansehen Deutschlands ist momentan ganz schön im Keller, da brauchst du bei den Schweizern mit diesem Anliegen nicht anklopfen. Das geben sie dir deutlich zu verstehen."

Rebecca, die Mutter von Max hatte im Auswärtigen Amt auch nichts erreicht. Nur mit schriftlicher Anfrage bekommt man dort einen Termin. Und sie hören sich nicht einmal an, aus welchem Grund man jemanden sprechen will.

Markus sagte, er wolle bei CNN anklopfen. Vielleicht haben die Lust, zu diesem Thema einen Beitrag zu bringen. Und wenn, dann brauchen wir die Ämter nicht und können damit ein wenig auf die UN Druck ausüben.

Es gab Getränke und einen kleinen Imbiss. Da ließ sich Daniela nicht lumpen. Viele Themen wurden besprochen, vor allem war immer noch unklar, wie die ausreisewilligen Siedler kontrolliert werden sollen. Es wird eine Behörde geben müssen, die diese Aufgabe übernehmen wird. Da waren sich alle einig. Das mit der Behörde wollte zwar niemand, aber eine andere Idee gab es derzeit nicht.

So nach und nach begab sich die Gruppe auf den Heimweg. Dann waren die Hagemanns wieder unter sich.

Claudia fuhr mit ihren Eltern nach Hause. Auf dem Weg fragte sie: „Wann soll ich denn Chen einladen? Es soll ja auch für euch passen."

„Wenn du willst, halten wir den nächsten Samstag fest. Ich werde alle meine Kochkünste aktivieren und etwas Schönes auf den Tisch stellen. Hat denn Chen eine besondere Vorliebe, was das Essen anbelangt?"

Claudia schüttelte den Kopf, das wusste sie nicht. Bei ihm gab es ja nur diese wundervoll schmeckenden Würfel, wo keiner so richtig wusste, wie und aus was sie hergestellt werden.

Dann waren sie angekommen und sie ging hinauf in ihr Zimmer mit dem Hinweis, dass sie müde sei. In der nächsten Zeit wollte sie allein sein. Sie legte sich auf ihr Bett und dachte natürlich an Chen. Was war das für ein Mann. Er wusste genau, wie er Frauen betören konnte. Und sie hatte dieses Glück, ihm wichtig zu sein, seine Liebe spüren zu können. Das hatte er nun schon ein paar Mal zum Ausdruck gebracht.

Sie wollte noch etwas lesen, um auf andere Gedanken zu kommen, aber das funktionierte heute nicht. Also nahm sie eine ausgiebige Dusche und machte sich anschließend bettfertig. Das klappte, denn nun schlief sie schnell ein.

Die Zeit verging wie im Fluge und das Wochenende stand vor der Tür. Claudias Mutter war sehr nervös, wusste sie doch nicht, ob sie mit ihrer Entscheidung, Raclette anzubieten, richtig lag. Aber wenn man nicht weiß, was der Gast essen wird oder kann, ist das Raclette die richtige Entscheidung. Diese

Erfahrung hatte Soji's Mutter auch gemacht und sie war erfolgreich damit. Sie hatte entsprechend eingekauft und zusammen mit Claudia alles geschnitten und geschnipselt. Nun musste der Gast nur noch kommen. Da Chen nicht wusste, wo Claudia wohnt, holte sie ihn ab. Das ging schnell und nach wenigen Minuten stand sie mit ihm vor der Tür. Sie wollte schon aufschließen, aber er hielt sie zurück. Chen wollte an der Tür empfangen werden, da war er, man würde es so sagen, ziemlich altmodisch. Aber es hatte auch noch einen anderen Grund. Er schaute ihren Eltern für einige Sekunden in die Augen und die Verbindung war hergestellt. Nun konnten sie in ihren Köpfen verstehen, was er sagte:

„Mein Name ist Chen und ich freue mich, dass ihr mich eingeladen habt. So lerne ich die Eltern von Claudia kennen."

Claudia beobachtete die Szene. Mein Gott, richtig freundlich wirkte das alles nicht. Chens Gesicht zeigte keinerlei Regung und zu hören war das Gesagte ja auch nicht, nur in den Köpfen waren seine Worte in bestem Deutsch präsent.

Ihr Vater gab ihm die Hand und sagte:

„Mein Name ist Rainer und ich freue mich ebenso."

Ihre Mutter kam etwas schüchtern herüber, denn sie sprach sehr leise:

„Mein Name ist Sabine und ich bin sehr froh über deinen Besuch."

Claudia hakte sich bei Chen unter und alle gingen ins Wohnzimmer. Sie hatten auf der großen Eckcouch Platz genommen. Auf dem Tisch hatte Sabine Gläser und Getränke aufgefahren, und jeder konnte sich bedienen. Bloß keine große Pause entstehen lassen, dachte Claudia und schenkte allen ein, was sie trinken wollten. Chen erklärte sie den Inhalt der einzelnen Flaschen. Bescheiden oder auch vorsichtig, wie er war, entschied er sich für einfaches Mineralwasser.

Rainer wollte von Chen wissen und hatte da auch so seine Hintergedanken im Kopf:

„Wie ist das bei euch, müsst ihr arbeiten und wie lange, um euren Lebensunterhalt zu bestreiten und später einmal eine Rente zu beziehen?"

Chen konnte sich erinnern, dass diese Frage schon einmal Thema war. Trotzdem antwortete er geduldig:

„Ihr müsst euch vorstellen, die gesamt Produktion läuft vollautomatisch ab, gesteuert von KI. Es muss also niemand mehr arbeiten, um leben zu können. Trotzdem sind viele in der Produktion tätig, weil es ihnen Spaß macht und sie Erfüllung darin finden. Viele sind in der Forschung und Entwicklung beschäftigt, müssen sie aber nicht, das könnte auch künstliche Intelligenz, ihr kürzt das mit KI ab. Viele sind auch künstlerisch tätig.

Jeder hat eine Küchenmaschine, die die meisten Speisen wohlschmeckend und in ausreichender Menge herstellt. Man muss also nicht einkaufen und kochen. Das hat aber auch Nachteile. Wir verzichten auf das Einkaufserlebnis oder den Restaurantbesuch. Ich selbst habe es nie kennengelernt, da bin ich zu jung. Geld gibt es schon lange nicht mehr und eine Rente muss man sich nicht erarbeiten, wie ihr euch unter den geschilderten Tatsachen vorstellen könnt. Ich könnte mein Leben auch im Schaukelstuhl verbringen und nichts tun. Es würde niemanden stören, aber mir wäre das zu langweilig. Unsere Ansiedlung hat es sich zur Aufgabe gemacht, mich eingeschlossen, euch auf dem Weg in eure neue Heimat auf dem Planeten Anwal zu begleiten. Gemeint sind natürlich die Menschen, die umsiedeln wollen. Wir werden niemanden zwingen, seine gewohnte Umgebung zu verlassen, wenn er sich hier auf der Erde wohl fühlt. Und längst nicht alle sind von Naturkatastrophen betroffen."

Chen machte eine Pause und trank von seinem Wasser. Claudia sah ihm an, dass er so langes Reden nicht gewohnt ist. Aber ihr Vater wollte mehr wissen: „Warum wohnt ihr auf diesen schwebenden Bäumen? Hat das irgendeinen Vorteil, als wenn ihr auf der Oberfläche des Planeten wohnen würdet?"

„Auf den Bäumen zu wohnen ist purer Luxus und den gönnen wir uns einfach. Es gibt aber auch Gegenden, da wohnen die Anwalen auf dem Boden. Ihr könnt auch auf einen Baum umsiedeln, wenn ihr wollt. Das hat den Vorteil, man lebt über den Wetterereignissen wie Sturm und Hagel. Es ist schön, aber mehr auch nicht."

Claudia dachte bei sich, ihre Mutter benimmt sich etwas merkwürdig. Ist es die Nervosität wegen des Abendessens? Sie rutschte von der anderen Seite näher an Chen heran und blühte etwas auf. So hatte es den Anschein, denn ihre Gesichtszüge waren weicher und die Augen strahlten. Aber sie strahlten niemanden an und das war das Traurige dabei. Nachdem sie das eine Weile beobachtet hatte, viel es ihr wie Perlen aus den Augen. Es war der Duft, der Chen umgab. Claudia musste grinsen und hatte Mühe, nicht laut zu lachen. Da fuhr wohl jede Frau drauf ab. Ja, das ist schon merkwürdig, was hier abgeht mit dem außerirdischen Gast.

Ihr Vater war weiter neugierig: „Mal angenommen, meine Tochter entscheidet sich, ihr Leben zusammen mit dir zu verbringen und sie wohnt dann auch bei dir. Was würde sie denn dort arbeiten? Wie ich sie kenne, ist faul rumsitzen nicht ihr Ding."

„Was sie macht, ist ihr vollkommen selbst überlassen. Sie kann sich auch uns anschließen und bei der Umsiedlung behilflich sein."

Die Angesprochene dachte: ‚Na schön, wie sie über dich reden'

„Darf ich auch etwas dazu sagen, wenn es um mich geht? Also, ich arbeite schon gerne im Labor und würde mich auf Rieger nach einer entsprechenden Beschäftigung umsehen. Aber natürlich will ich mich auch einbringen, wenn es um die Umsiedlung geht. Da hat Chen schon Recht. Ich würde ihm gerne mein Zimmer zeigen. Wäre das ok? Ihr könnt ja später das Frage- und Antwortspiel fortsetzen."

Sie lächelte ihn an und für einen Moment hatte er sie mit seinem Blick eingenommen, dass ihr weich in den Knien wurde. Beide standen auf und gingen hoch in ihr Reich, das nur ihr gehörte. Es war ein typisches Mädchenzimmer, denn vieles erinnerte an ihre Kindheit, obwohl sie sich nun schon länger zu den Erwachsenen zählte. Plüschtiere bevölkerten ihr Bett und Poster von Stars hingen an den Wänden, die nicht mehr aktuell waren. Viele Bücher standen in einem Regal und ein großer Monitor dominierte den Schreibtisch, der auch als TV-Gerät benutzt wurde.

Chen nahm vorsichtig ein Buch in die Hand und blätterte darin.

„Historische Bücher gibt es bei uns schon lange nicht mehr und du hast so viele davon. Ich bin beeindruckt."

„Wie, ihr habt keine Bücher? Jetzt bin ich aber etwas irritiert."

„Natürlich haben wir Bücher in elektronischer Form, jederzeit abruf- und speicherbar. Aber mit diesen Seiten mit gedrucktem Inhalt, das findet man nur noch in der Zentralbibliothek, die solche bibliophilen Kostbarkeiten aufhebt."

Chen war ihr beim Reden immer näher gekommen, so dass sie sich ganz zart berührten. Seine Augen strahlten sie an und sie war verloren. Weich schmiegte sie sich an ihn und so standen sie eine Weile mitten im Raum. Sie küssten sich, als ob es das erste Mal wäre. Claudia merkte, wie seine Begierde von ihm Besitz ergriff und wie sie immer stärker bereit war, mit den Liebeswellen davon zu eilen. Es dauerte nicht lange und das Bett gehörte ihnen.

Der Ruf ihrer Mutter brachte sie wieder in die Gegenwart zurück.

„Das Abendessen ist fertig. Kommt zu Tisch."

Das ließ sich Claudia nicht zweimal sagen, wo es doch heute mit dem Raclette etwas Besonderes gab. Chen hätte gern nach dem eben Erlebten darauf verzichtet, aber das hätte niemand verstanden. Also fügte es sich in sein Los und nahm ebenfalls am Tisch Platz. Etwas überschwänglich erklärte Sabine die Handhabung des Essens und alle ließen es sich schmecken. Auch Chen fand nach kurzer Zeit diese Art des Speisens für bemerkenswert. Die Menschen wussten schon, wie man die Nahrungsaufnahme zum Vergnügen werden ließ.

Nach dem Essen redeten sie noch über alles Mögliche, was das Leben lebenswert macht. Chen war müde und zeigte das auch. Alle verstanden, dass er nach Hause wollte. Claudia brachte ihn noch bis zur Tür, wo sie sich noch einmal inniglich umarmten und küssten. Dann war er weg. Auch Claudia musste sich immer noch an einen solchen Abgang gewöhnen.

Sie redeten noch lange über die Anwalen und insbesondere über Chen. Sie hatten ihn in ihr Herz geschlossen und konnten durchaus verstehen, warum ihre Tochter sich in ihn verliebt hatte. Claudia freute sich über diese Entwicklung.

Kapitel 37

Die UNO hatte sich selbst übertroffen. Nach wenigen Wochen stand der Termin für einen Kongress aller Staaten, auf dem sich die Anwalen vorstellen konnten, ebenso ihr Angebot an die Menschheit, nach Rieger umzusiedeln. Als Veranstaltungsort wurde das ‚Palais des congrès de Paris' gewählt. Auf die Schnelle wurde wahrscheinlich kein anderer großer Veranstaltungsort gefunden.

Soji und die Anderen waren bei Seo gewesen und informierten ihn über den neuesten Stand. Er erklärte, alle anderen Anwalen anzusprechen, die an diesem Kongress teilnehmen wollten. Dann war der Tag des Kongress-beginns gekommen. Soji und Max hatten sich für diese Tage freigenommen und holten die sechs Anwalen ab. Sie hatten mit den Veranstaltern abgesprochen, dass sie exakt zu einer Zeit vor dem Podium erscheinen werden. Das sollte unbedingt bei den einleitenden Worten berücksichtigt werden, denn der Überraschungseffekt wird gewaltig sein.

So kam es dann auch. Wie aus dem Nichts standen auf einmal die Anwalen und ihre menschlichen Begleiter auf der Bühne. Die Außerirdischen hatten ihre weißen Umhänge an. Wie sie zu den ihnen zugewiesenen Plätzen schwebten, machte schon einen gewaltigen Eindruck. Nachdem sich der Saal etwas beruhigt hatte, ergriff der UNO-Generalsekretär das Wort. Zunächst begrüßte er jeden Anwalen mit Handschlag, ebenso ihre menschlichen Begleiter. Das war schon etwas außergewöhnlich, war aber der Situation vollkommen angemessen. Dann sprach er über den Beginn einer neuen Zeit und die zu erwartenden Möglichkeiten für die Menschheit. Seo war der nächste Redner, er benutzte das Übersetzungsgerät, und wie vorher abgesprochen, wurden seine Wort in Englisch übersetzt. Das konnten die meisten Kongressteilnehmer verstehen. Es wurde aber auch simultan in jede Landessprache übersetzt.

Er erzählte über Anwal und sein Volk. Links und rechts vom Podium waren Videos dazu zu sehen, wie sie lebten und wie schön dieser Planet ist. Dann erklärte er die Möglichkeit, wie man die gewaltige Entfernung zwischen diesen Planeten mit ihrer Art zu reisen in Sekundenschnelle überwinden kann. Und er wiederholte das Angebot, dass sich Menschen, die das wollen, dort ansiedeln können. Platz ist mehr als genug vorhanden, es wird niemand be- oder verdrängt.

Der Kongress ging in die Mittagspause und anschließend verteilten sich die Teilnehmenden in Arbeitsgruppen, wo die vielen Fragen gestellt und beantwortet werden konnten. Die Anwalen verteilten sich und das wurde von allen sehr begrüßt. Sie wollten die Informationen aus erster Hand erhalten.

Am späten Nachmittag war der erste der zwei Kongresstage zu Ende. Die Teilnehmer gingen in die ihnen zugewiesenen Hotels und die Anwalen flogen nach Hause bis auf Chen. Der traf sich mit Claudia und sie verbrachten noch einen schönen Abend, zuerst zusammen mit ihren Eltern, später zogen sie sich auf ihr Zimmer zurück. Er blieb bei ihr die ganze Nacht, so dass sie auch noch das Frühstück gemeinsam zu sich nahmen. Er war immer noch sehr vorsichtig, was das Essen anbelangte. Claudia dachte, wie kann ein erwachsener Mann mit so wenig satt werden? Er wird garantiert bald wieder Hunger verspüren. Sie fragte ihn dazu.

„Wir haben wahrscheinlich ein etwas anders aufgebautes Verdauungssystem als ihr. Ich muss wirklich nicht mehr essen. Das reicht mir für den Tag. Aber wenn du das genauer wissen willst, können wir Ero fragen, der ist Mediziner und kann dazu Antwort geben."

Er sah sie mit seinen wundervollen Augen an und sie lehnte sich für einen Moment an ihn an. Wenn sie wollten, wie sie könnten, würden sie wieder in ihrem Zimmer verschwinden, aber der Kongress ruft. Sie beamten sich nach Paris und waren pünktlich dort angekommen.

Es war ein erfolgreicher Kongress. Die Ergebnisse der Arbeitsgruppen wurden vorgetragen und akzeptiert. Die Menschheit hatte nun einen Partner, eine kosmische Allianz. Über das Erreichte waren alle zufrieden und nun konnte es beginnen. Der Weg war vorgezeichnet, was die Besiedlung von Rieger betraf, aber auch die Kontaktaufnahme zu anderen intelligenten Völkern, die die Anwalen kannten. Das wird eine spannende Zeit werden und man hoffte, dass sich diese Entwicklung auch auf die Beruhigung von Konflikten auf der Erde auswirken wird.

Die Gruppe der Anwalen trafen sich bei Soji und ihren Eltern, denn dieser Erfolg musste gefeiert werden. Spät am Abend traten alle mit guter Laune, auch durch die alkoholischen Getränke befeuert, ihren Heimweg an. Auch Max wollte an diesem Abend bei seinen Eltern sein. So kam es, dass Soji allein in ihrem Zimmer war. Ihre Eltern waren müde und sind schnell schlafen gegangen. Sie lag auf ihrem Bett und nahm ihren Meteoriten aus dem Nachttischfach. Sie spürte die altgewohnte Wärme und bewunderte wieder die schönen Spektralfarben, die er zeigte. Ihre Augen glänzten, als sie an folgendes dachte:

Es war so, wie ihr Abenteuer begonnen hatte. In Gedanken zogen die Stationen auf dem Weg bis heute an ihr vorbei. Die Gefühle dabei waren so stark, dass sie eine Gänsehaut bekam.

Und sie freute sich, dass alles ein gutes Ende mit so einem fantastischen Anfang für einen neuen Weg der Menschheit gefunden hatte einschließlich ihrer Liebe zu Max.

Ende